译文纪实

FREEDOM FROM THE MARKET

Mike Konczal

[美]迈克·孔恰尔 著　　　　　舍其 译

市场给不了的自由

上海译文出版社

献给肯德拉、薇薇安和春天的梦

任何需要工作得那么辛苦的人，都不可能还有余力成为国家和人权的朋友……我们的时间、健康和力量由上帝赐予，我们绝不承认，任何人有权命令我们要拿多少时间、健康和力量出来交易。

——《10 小时通告》，1835 年呼吁每天最多工作 10 小时的文告

直到人们发现，个人收入无论多高都不能让大批人群对霍乱和斑疹伤寒免疫，也不能让他们免于无知，教育机会和经济安全的积极优势甚至会更加得不到保障；直到发现了这些事实以后，这个社会才在道德败坏与经济灾难的预言中慢慢吞吞、不情不愿地开始为普通人的需求提供集中供应，因为这样的人就算一辈子都在工作，也没办法让自己的这些需求都得到满足。

——理查德·亨利·托尼（R. H. Tawney），《平等》，1931 年

我们必须懂得公司生来就是要挣钱的，并对公司的这一本性感到乐何如之，但也要令其不得越雷池一步，就好像我们虽说喜欢老虎，但也知道不能让自家小孩跟老虎一起玩。

——劳伦斯·莱西格（Lawrence Lessig），2007 年

目 录

引言 ·· 001

第一章 耕者有其田 ······································· 016

第二章 劳者有其闲 ······································· 039

第三章 衣食有着 ·· 062

第四章 后顾无忧 ·· 082

第五章 幼有所托 ·· 107

第六章 疾有所医 ·· 127

第七章 财有所用 ·· 151

第八章 教有所成 ·· 176

结论 ·· 196

致谢 ·· 206

参考书目 ·· 210

引　言

过去数十年，我们一直被灌输这样一种观点：自由市场——商品、服务和劳动力的流动不受任何监管的市场——是自由的基本形式，而自由本身也可以起到市场的作用。企业所有者的自由，出售自身劳动力的自由，购买医疗保健和教育等生活必需品的自由——这些都是能让我们保持自由的市场机会，也让我们得以展现出社会一员的身份。这种狭隘、局促的看法已经渗透我们生活的各个方面，就像空气一样无孔不入，处处包围着我们。

然而，美国以市场为主导的世界观如今正在土崩瓦解。在这个政治动荡、不安全感泛滥、流行病肆虐的时期，人们渴望回到一个不受市场控制的世界。他们的渴求在政治上的声势也越来越大，特别是在年轻选民中，他们要求政府直接提供生活必需品，并在各个方面压制有可能吞噬我们整个生活的市场。

这些政治要求其实并不新鲜，只不过尘封许久，鲜有人记得。两个世纪以来，美国人一直在为摆脱市场、获得自由而奋斗。从他们的故事中，我们可以汲取力量，得到经验教训并加以继承和发扬。

与自由市场的斗争尽管古老，最近也在我们周围重新蓬勃发展起来。2011年"占领华尔街"运动期间有一社交媒体账号短暂现身，即轻博客网站"汤博乐"（Tumblr）上一个题为"我们是 99％的人"

的页面，上面全都是经济如何困顿的故事。人们说出的头号问题，也是整个网站上随处可见的恐惧，来自助学贷款债务和医疗账单。把人们吸引到这场政治运动中的是一个想法，他们希望有一个市场以外的空间，一个不受债务支配也不会因为收入不稳定而受影响的空间①。后来，在市场之外得到生活必需品的渴望，在 2016 年和 2020 年的民主党初选中都成为热门议题。突然之间，关于免费上大学、关于单一支付者全民免费医疗的辩论满天飞。跟工作场所有关的陈旧议题也被重新翻了出来，其中就有劳苦大众为了在各州、各城市通过最低时薪 15 美元的规定而付出的诸般努力。以前的守门人希望人们在政治方面的设想能对市场保持更友好的态度、采取渐进的措施，但如今他们看到，这些辩论越过他们，超出了他们的掌控能力。即便在唐纳德·特朗普赢得 2016 年总统大选后，这股力量仍在蔓延，激励着全新的一代人竞选公职、改变政治辩论的局面。

在最近关于社会主义有多大吸引力的民意调查中，我们可以发现也反映了这股力量。其中一项民调的标题这样写道：《独家调查：美国年轻人越来越欢迎社会主义》。另一项民调的标题则是《相比"资本主义"，Z 世代②更喜欢"社会主义"》。2019 年初的一项民调发现，千禧一代和 Z 世代中，将近 50% 的人"更愿意生活在社会主义国家"。18 岁到 24 岁的人群中，有 61% 对"社会主义"一词看法积极，而 55 岁以上人群中有同样看法的还不到 29%，形成了鲜明对比。年轻人更有可能认为政府应该提供全民医保，大学也应该免费就读，不

---

① Konczal, "Parsing the Data and Ideology of the We Are 99% Tumblr"; Graeber, *The Democracy Project*, 84 – 87.

② Z 世代（Generation Z）是美国及欧洲流行用语，指出生于 1995—2009 年间的人，中文称网络世代、互联网世代、千禧世代等，受互联网、即时通讯、智能手机等科技产品影响极大。——译者

过这些观点在这个年龄段以外也同样很受欢迎①。

保守派对这一发展的反应可谓预料之中，既如临大敌又十分鄙夷。然而，人们很容易忽略这股新的政治力量背后的推动力，以及由此激发的对资本主义的怀疑。这种态度的核心思想，就是拒绝历史学家埃伦·梅克辛斯·伍德（Ellen Meiksins Wood）所指出的"市场依赖"，即市场决定了我们生活的方方面面。按照伍德的说法，在资本主义制度下，市场"在组织人类生活和社会生产方面扮演了史无前例的角色，人们必须通过市场，才能得到最基本的实现自我繁殖的条件"。这个时代的变化是，资本主义在我们的日常生活中大行其道，而市场依赖冲破试图遏制它的重重努力，站稳了脚跟②。

人们用市场来做交易、交换物品已有数千年的历史。今天跟历史有所不同的是，经济已经重组，我们对市场的依赖在扩大和加速，并已渗透社会的各个方面。尽管有各种各样的说法声称市场给我们带来了机会，但我们也同样对市场产生了依赖。伍德指出，决定了我们现在如何面对市场的，"不是机会，不是选择，而是强制"。我们生活的一应所需都被迫进入市场，我们只能听任私有、追求利润的商业摆布，只能靠自己的支付能力去获得这些必需品。我们的很多需求——从医疗保健到退休金，再到养育子女——都无法得到满足，或是市场所提供的远远满足不了，最后只能遭受越来越多的苦痛③。

如果我们懂得人们抵制的是对市场的依赖，那应该也能看到他们在阐述一种不同的自由理念。人们宣称医疗保健是一种人权时，就意味着站在反对市场依赖的立场上。从这个角度看，市场仍是存在的。

---

① Kight，"Exclusive Poll：Young Americans Are Embracing Socialism"；Salmon，"Gen Z Prefers 'Socialism' to 'Capitalism'."
② Wood，*The Origin of Capitalism*，2；Wood，"The Politics of Capitalism."
③ Wood，*The Origin of Capitalism*，6 - 7.

医生和护士会拿到工资，核磁共振仪和绷带需要花钱购买，等等。但他们同样认为，不应仅仅根据市场这唯一的因素决定个人能得到什么样的医疗照护。医疗资源应该用于那些生病的人，而不仅是那些生了病还刚好有钱的人。必须遏制市场，支持由国家提供的医疗保健①。工人要求满足生活所需的最低工资、控制工作时长时，也是在声明自己并不仅仅是商品，命运只能根据对市场的依赖程度来决定，他们是鲜活的个体，理应享有超出这一水准的自由。富兰克林·德拉诺·罗斯福（Franklin Delano Roosevelt）呼唤新的自由时，就是在说要对这种依赖性加以限制。要驾驭市场的这些新颖特征，而不是沦为其奴仆。

这本书想要说的是，真正的自由需要我们摆脱市场，远离其控制。在某些方面需要政府直接向全民提供关键服务，而不是让人民只能仰市场鼻息。这些关键服务包括社会保障、教育和医疗保健等。另一些方面则需要抑制市场的控制力，比如我们的工作时长，以及企业歧视客户的行为等。所采取的形式也许没有一定之规，取决于从技术到我们所讨论的问题属于哪一方面等一切因素。但无论如何，市场依赖都是一种极为不自由的状态，而真正的自由要求我们对市场在社会中和我们生活中起作用的各种方式都加以限制和严格界定。

美国人一直都对市场和自由之间的利害关系心知肚明。直到最近，这种历史上一直都有的意识才在公众记忆里模糊起来。在几个世纪以来关于土地政策、免费大学、最长工作时间、公共日托等议题的政治斗争中，美国人已经明白，市场依赖可能会造成不自由的状态，需要加以限制。但近些年，我们的历史意识被油滑的自由主义幻想蒙

---

① 关于如何恰当分配医疗服务资源，把生病的人包括进来，见 Williams，"The Idea of Equality"。

上了一层阴影，后者认为在进步时代①和罗斯福新政时期以前，政府在抑制市场方面没有发挥过任何作用。按照这个童话故事般的说法，资本主义本身并不需要国家政府，尤其是联邦政府来打造，而在决定谁能从这个名义上的私有市场中受益时，政府也没有起过任何作用。这一说法大错特错，我们需要找回真正的美国式自由的历史。我们忘了，争取自由的运动，摆脱市场控制的努力，都跟苹果派一样是地地道道的美国货。

找回这段历史对我们来说极为重要，因为当前的经济和政治之所以失灵，就是因为过于依赖市场。过去半个世纪，迫于无奈，我们的个人生活和经济对市场的依赖程度越来越深。那些执行这项任务的人并没有坚持限制政府的立场，对于利用政府来让我们更加依赖市场，也毫无愧疚之心。在没有市场的地方，他们会创造出市场并强行推行。在存在限制的地方，他们会对限制拳打脚踢。这是在光天化日之下挖采社会，搞得我们因为政治斗争而精疲力竭身体掏空，急切盼望着发生根本性的改变。此外，就像科里·罗宾（Corey Robin）和埃里克·方纳（Eric Foner）等作者说的那样，自由派和左翼已丧失了一种原本可以帮助我们描述这一艰难处境的语言，把地盘拱手让给了保守派，即那些认为只有在市场中才有自由的人。他们的看法颇令人信服。但现在人们开始渴望一种新的自由理念，一种植根于公共项目，真正为人民服务、能降低市场依赖程度的理念。为了推动政治和

① 进步时代是指 1890—1920 年间，美国历史上一个大幅进行社会政治改革现代化的时代。这段时期的美国政府由共和党长期执政，在 36 年间主政达 28 年之久。进步运动的主要目标是以揭露及削弱政治豪强及其利益集团的方式净化美国政府内部的腐败，同时进一步建立直接民主的参政方式。进步派也试图通过反垄断法监管拥有垄断权力的托拉斯集团，以促进公平竞争及保障消费者权益。——译者

生活往更好的方向发展，我们必须找回这段历史[1]。

要想自由就必须摆脱市场控制，这一看法跟现在盛行的自由观念截然不同。如今，经济自由，也就是在市场中买卖、在市场中存在的自由，被看成是唯一的自由。哲学家温迪·布朗（Wendy Brown）就曾对电影制作人、作家阿斯特拉·泰勒（Astra Taylor）这样说道："今天要说平等和自由有什么含义，除了你在市场中能看到的含义之外，就再也没有别的了……但市场本身就是个不平等的地方。这是个成王败寇的地方，而成败都是完全市场化的民主的自然结果。"[2]

至于说今天的市场自由的概念是怎么来的，有两个故事。第一个来自自由主义者，他们把英国哲学家以赛亚·伯林（Isaiah Berlin）提出的一个区别推到了极致。1958 年，伯林让消极自由和积极自由的概念广为人知，这两个概念通常是指"不受他人干涉的自由"和"做事情的自由"。消极自由的定义是你行动的时候没有任何人妨碍你，而积极自由说的是实现某些特定目标的自由，通常是作为一个群体集体确定下来的[3]。

你可能会觉得这是一体两面，或是关于如何平衡自由和安全这两个相互冲突的社会目标之辩的不同方面。然而伯林帮了倒忙，说这两个概念根本上就是互相抵触的。新一代自由主义者以及新自由主义思想家则把两个概念间的那堵墙筑得更加高大。在他们看来，消极自由不仅是政府的重要目标，也是唯一合理合法的目标。任何形式的经济干预，无论是政策法规、税收、公共项目还是社会保障，都必然会伤

---

[1]　Robin, "Reclaiming the Politics of Freedom"; Robin, "The New Socialists"; Foner, *The Story of American Freedom*.

[2]　Taylor, *Democracy May Not Exist, but We'll Miss It When It's Gone*, 33.

[3]　Berlin, "Two Concepts of Liberty."

害自由的理念①。

　　另一个故事则刚好发生在经济学家取得优势、占领政策制定高地的时候。关于监管和建构市场的恰当方式，经济学家，甚至是自由主义经济学家往往都会有这样一种看法：只需要给人们钱就行了。在1970年的一篇文章中，自由主义经济学家詹姆斯·托宾（James Tobin）对比了平等主义思想的两种观点。第一种他称之为"特殊平等主义"，这种观点认为获得医疗和教育等特定商品的机会不应该以支付能力为基础。第二种观点叫"普遍平等主义"，大部分经济学家都持此观点。普遍平等主义者认为，政府不应该通过监管来改变市场生产商品的方式，不应该直接提供教育这样的商品，也不应该像制定最低工资法那样来干预价格。如果政府真的关心平等，实际上就应该只给穷人现金，而对人们怎么花钱不闻不问。

　　对这种新近开始产生影响的观点，托宾有如下描述："那些过度热心的外行一看到人们住得破破烂烂、有上顿没下顿，第一反应就是为他们提供广厦万间，让他们能吃饱穿暖。但是，经济学家对此第一反应是给他们提供更多的现金收入。"资本主义制度下的自由主义公平理论也开始体现这种观点，他们专注于将经济视为一场巨型拍卖会的思想实验。在这些论辩中，公平问题只关注每一类型的人在这些市场商品的竞标中应该得到多少钱，而不是商品应该在什么条件下生产并送达有所需要的人②。

---

① 关于伯林的贡献对论辩不但没有任何帮助反而更让人云里雾里，见 Pettit, *Republicanism*，17 - 20。关于伯林与罗斯福新政，见 Cohen, *On the Currency of Egalitarian Justice, and Other Essays in Political Philosophy*，171 - 172。

② Tobin, "On Limiting the Domain of Inequality"；Satz, *Why Some Things Should Not Be for Sale: The Moral Limits of Markets*，63 - 66. 关于这段时间经济学家的势力日渐增长，见 Appelbaum, *The Economists' Hour*。关于拍卖会中的公平公正，见 Dworkin, "What Is Equality? Part 2：Equality of Resources"。关于与右翼势力上升相伴随的关于拍卖会的政治观点，见 Forrester, *In the Shadow of Justice*，208 - 214。

保守派经济学家米尔顿·弗里德曼（Milton Friedman）指出，这种世界观的逻辑结论是，用提供基本收入（例如负所得税）的方式来代替所有公共项目。在 1978 年的一系列演讲中，法国哲学家米歇尔·福柯（Michel Foucault）提出，这在经济中创造了一种特定关系。支持基本收入的人认为，这是"在不破坏经济的情况下对社会最有效的做法"，而且也意味着"把社会作为整体理应向所有成员提供医疗和教育等服务的想法束之高阁"。对不平等问题的关注会完全集中在最贫困人群的绝对贫困上，这一群体跟社会其他阶层在精神上可能都是互相隔绝的①。

对大部分人来说，这样一个世界意味着除了对赤贫者，"允许……竞争机制和企业活动……对社会其他方面发挥作用"。市场依赖会成为大部分人的生存规则，因为"一旦超过这个门槛，所有人都必须为自己和家人而变成自负盈亏的企业单位"。（在基本收入提案作为解决所有社会问题的万金油方案提出时，很多人都对此持怀疑态度，就是因为背离了更宽泛的平等主义议题。）平等主义的全部意义就在于确保市场依赖会持续下去，很多经济学家都这么认为，这一观点也越来越成为主流②。

本书是一部人们对市场依赖的抗争史，也是他们由此关于自由的观点和斗争理由如何形成的故事。至于说为什么想要自由就必须摆脱

---

① 关于负所得税，见 Friedman, *Capitalism and Freedom*，190 - 195；Foucault, *The Birth of Biopolitics*，203 - 204。

② Foucault, *The Birth of Biopolitics*，206. 完整讨论关于基本收入的政治观点超出了本书引言的讨论范围。如欲了解与基本收入有关的更多细节，可参阅 Lowrey, *Give People Money* 和 Hughes, *Fair Shot*。对基本收入的相关批评、评论，见 Gourevitch, "The Limits of a Basic Income: Means and Ends of Workplace Democracy" 以及 Bergmann, "A Swedish-Style Welfare State or Basic Income: Which Should Have Priority?"。

市场控制，数百年来，美国人清晰地阐述了范围广泛并有一定重叠的五大理由。

第一个理由最为直接：市场经济中的商品分配跟我们的自由生活所需并不匹配。健康、教育和时间是行使我们的自由权必需的部分条件，因此必须让所有人都能大致平等地享有这些权利。这些商品的分配，不应以谁出得起钱为基础[1]。

第二个理由，就这些生活必需品来说，市场并不能提供可靠的供应。有时候跟社会需求相比，公司没办法生产出足够的商品。人们需要免费的公立大学，因为很明显，私立高等教育机构只想提高自己的声望，无意提供大众教育。保险公司只想预先把那些会从保险中得到最大收益的人排除在外。仅仅补贴那些私营公司，指望他们做好分内之事，只会让这些公司更加拼命去获取这些资源，而不是去提供社会所需的商品。政府主导的公共项目与此相反，能降低成本，也能确保人们得到所需要的东西。此外，尽管任何一种商品的市场单独来看都有无法满足社会所需的可能，但如果看到所有这些市场加在一起也会在经济衰退和大萧条期间失灵，就知道问题实际上更加复杂。需求不足会造成失业率长期高企、产出长期低迷，原因无他，只是因为市场未能协调好自身的所有活动而已。人们需要受到保护、摆脱市场控制的重要原因，是为了抵消经济周期带来的破坏，而这种痛苦不是哪个人咎由自取，也不是光靠他们自己就能抵挡的。会以这种方式崩塌的市场，不适合我们自由理念的核心要素[2]。

第三个理由，自由意味着不受专制权力的支配，也不为他人意志

---

[1] 关于商品与社会意义，见 Walzer, *Spheres of Justice*；Rahman, "Losing and Gaining Public Goods"。

[2] 关于提供者缺乏弹性的情况以及由政府来提供上述服务，参见 Mason, "Public Options"。更一般的讨论见 Sitaraman and Alstott, *The Public Option*。

左右。美国人认为，如果有人可以肆无忌惮、反复无常地干涉你的生活，你就谈不上是自由的。市场是一个专制权力极大、控制能力也极强的所在。这一点在劳动合同中体现得尤为明显。在纸上谈兵的经济学看来，工人只是出售他们的劳动力，老板买入，就跟买卖口香糖差不多。但工作场所一直是如何定义自由的政治战场中最重要的一个。工人将自己置于工作市场的老板面前，哲学家伊丽莎白·安德森（Elizabeth Anderson）管这些老板叫"私人政府"，而这种关系跟任何政府权力一样，亦有可能掠夺成性、极力剥削。虽说工人也许可以选择离开，但很多人并没有一走了之，要么是因为在经济大环境中没什么现实可行的选择，要么是因为他们的合同条款。老板始终占有优势，因为存在市场依赖，工人需要工作才能生存，才能有继续活下去所需的资源①。

　　腐败、专制的权力不只存在于劳动合同中，而在所有市场上都广泛存在。想想安然公司怎么操纵能源价格，制药行业的投资人怎么把罕见的救命药物攥在手里，把价格哄抬上天，让普通人根本买不起。想想那些被欺骗性的金融产品夺走了房屋资产的家庭，在其中有色人种受到的打击尤为深重。美国哲学家德布拉·萨茨（Debra Satz）把这种交易描述为"有毒的市场"。无论对个人还是整个社会来说，这样的市场都会带来贻害无穷的后果。在这样的市场上，充斥着其中一方利用另一方在信息和能力上的不对称、利用另一方不堪一击的处境

---

① Anderson，*Private Government: How Employers Rule Our Lives（and Why We Don't Talk about It）*. 摆脱专制统治的自由来自共和国的自由传统，尽管总的来说，这种传统最近的复兴并没有对市场加以严格限制。见 Pettit，"Freedom in the Market"。有一种行之有效的纠正方法，见 Gourevitch，"Labor and Republican Liberty"。也曾有人试图将共和政体的统治理论应用于劳动力市场，这是一种饶有兴味的复兴，参见 Gourevitch，*From Slavery to the Cooperative Commonwealth*，以及 Roberts，*Marx's Inferno*。

来谋取自身利益的例子。为了维护他们的自由，人们一直在与这种市场抗争①。

第四个理由，随着市场扩大到整个社会，所有东西都变成商品，而不能成为商品的东西就无法得到任何报偿。政治经济学家卡尔·波兰尼（Karl Polanyi）在其著作《大转型：我们时代的政治与经济起源》中指出，土地、劳动力和金钱这样的东西并不是真正的商品，而是作为"虚构的商品"起作用。土地并不是由谁生产出来的，天生就一直在那里。金钱不是因为谁努力工作而出现的，而是来自银行和政府，是一种记账的方法。波兰尼写道："劳动力只是人类一种活动的别名，这种人类活动伴随着生命本身，生命本身不是为了出售而生产出来的，而是出于完全不同的原因出现的。这种人类活动既不能跟生命的其他方面剥离开，也无法储存、无法调动。"社会坚决反对将这些要素变成商品。在整个 19 世纪，也就是波兰尼之前的那个世纪，美国人在跟土地、工作时长和金钱有关的问题上吵得脸红脖子粗，因为他们知道，如果这些东西完全由市场决定，就是剥夺了他们的一部分自由②。

维持人类生命所需要的资源，市场无法保证供给。那些没有能力工作的人，无论因为年老、年幼还是残疾，也都需要生存。完全依赖市场的社会不可能以运作良好的机制繁衍生息，因为所有社会都必须有用于照护的基础设施才能让自己得到补给。人不是电池，不是去工厂里充充电就行了。他们是人，需要关怀、爱和保护才能发挥作用。社会需要抚养和照顾孩童的资源，而这些工作并不要求从社会上得到任何收入。这种有利于社会繁衍生息的照护工作恰恰是市场不会买单

---

① Satz, *Why Some Things Should Not Be for Sale: The Moral Limits of Markets*, 94 - 98.

② Polanyi, *The Great Transformation.*

的工作，市场只能举债，直到因此出现的赤字压得所有人都喘不过气来①。

　　为什么想要自由就必须压制市场，人们给出了最后一个理由。与消极自由的概念相反，市场是一种政治投射，是展现国家权力的一种政府形式。只要想想现代资本主义经济是怎么运作的，就会觉得消极自由的概念无足轻重。就像我们会讨论政府的行动究竟是有助于自由还是会妨碍自由一样，政府对市场采取的措施也需要民主讨论。要拥有市场，没有不偏不倚的道路，任何一个选择都关系重大，尤其是涉及我们有多大自由的时候。19世纪末以前人们就已经认识到这一点，尽管那时经济和政府间的界限还没有通过法律清晰划分出来。经济自由作为一种毋庸置疑的契约权利的想法，那时候还没有人提出过。

　　金钱和财产是我们用来处理人际关系的工具。这种关系有政府支持，最后也是由政府来执行所有契约。比如，假设我们有一栋房子。你拥有这栋房子是因为你可以阻止其他人未经你允许就住进来或用来干别的什么事情。你和房子之间并不是你和什么物理实体之间的垂直关系，房子没心没肺，不会知道你和它之间有什么合法契约。实际上，这是一种人与人之间的横向关系。如果你跑到别人家门廊上睡觉，他们可能会叫警察来把你带走。在现代经济中更是如此，因为政府构建了资本和财产的申领制度，这样就能易于资本和财产在时间和空间中流动。从公司股份到知识产权，我们这个时代的财富，其成分很多都没有反映实物之间的关系，而是代表了追索利润和收入的权力，这种权力最后都会落入政府手中。一旦我们从这个角度去理解财产，就会明白我们只能将其定义为人与人之间意在管控调节的一种干

---

① Fraser, "Contradictions of Capital and Care."

预形式，再无其他①。

　　自由社会在某些领域提供最重要的商品，而在另一些领域压制市场。有时候这些通过法律法规和委托授权来实现，有时候则需要以政府直接提供商品的形式。自由社会还致力抑制市场的控制权：让工人在工作场所拥有发言权，而不是只能用脚投票；积极压制商家欺行霸市的行为；确保在市场之外完成的工作会有人去完成，也能得到报偿。所有这些政治目标都可以通过这样一种方式来实现，既利用市场的创新和活力，同时又降低我们对市场的依赖程度。这个更自由的社会是我们要做出的选择。

　　讲述自由和市场的故事有很多方式。这是一本历史著作，因为这些斗争经常被呈现为抽象的学术之争，但历史能让你看到血淋淋的斗争现场。如果我们只利用经济学和公共政策工具来理解这些问题，最终会把一切都归因于市场的自然属性，那样丢失的东西就太多了。如果我们只关注市场如何失灵、政府如何应对，往往会认为市场是自然而然的结果，应该主宰我们生活的方方面面。如果我们利用当前的哲学工具来查验市场扩张到生活中的情形，多半会在精心排练过的关于什么该拿来卖什么不该拿来卖的辩论中歧路亡羊，而忽略普通人面临的生死攸关的市场威胁。人们会为性工作是否有辱人格唇枪舌剑，但不会有人对带薪工作本身是否有辱人格发表半句评论。关于是否应允许买卖人体器官和非法药物存在大量争议，但很少有人会说，有人因为买不起胰岛素而丧命的社会是不公平的。

---

① Fried, *The Progressive Assault on Laissez Faire: Robert Hale and the First Law and Economics Movement*, 51 - 53；Cohen, "Freedom and Money"；Pistor, *The Code of Capital*, 3.

历史也给了我们很多故事以资借鉴。本书第一章至第三章分别讨论了土地、劳动力和生活必需品，以及将这些对象理解为商品有多么虚幻。免费宅地、工作时长上限和社会保障的支持者在试图让生活的这些方面摆脱市场的单方面控制时，都遇到了极大阻力。第四章聚焦于罗斯福新政，以及社会保障和《全国劳资关系法》（"瓦格纳法案"）如何重新定义了自由的新基准，以应对极端的可能性。

　　第五章考察了第二次世界大战期间的日托中心这一引人注目的案例。军方想要的是轰炸机飞行员而不是卷宗文件，因此他们为女性工作者提供了日托服务，而且不像慈善机构和针对穷人的项目那样经常让受到帮助的女性感到羞辱。战争结束后，妇女们发起了政治运动，希望日托继续开放。第六章讲述了联邦官员如何与民权活动人士和黑人医疗专家联手，利用新鲜出炉的医疗保险计划来推翻吉姆·克劳法①，破除南方医院中的种族隔离。政府主导的公共项目能够以市场无法自行解决的方式消灭不公平，这是一个明显的例子。

　　第七章和第八章讲述了故事另一个方向上的异动，即我们的新自由主义时代如何扩大影响，如何把市场当成一种政治武器。第七章关注的是"天下为公"的概念如何从公开上市公司、公共领域和公用事业中被剥离和消失，这是一个迅速展开的重大变化，公共义务的概念被扫地出门，取而代之的是"自由是私有财产"的理念。第八章则聚焦于一百多年来早已成为定规的免费大学转变为学生需要贷款才能上学的过程。意识形态的这一转变以强迫年轻学生在金融市场上变身小企业为基础，法律无中生有，凭空创造了这样的市场依赖。

---

① 　吉姆·克劳法：1876 年至 1965 年间美国南部各州及边境各州对有色人种（主要针对非洲裔美国人，但同时也包含其他族群）实行种族隔离制度的法律。这些法律上的种族隔离强制要求公共设施必须依照种族的不同而隔离使用，且在"隔离但平等"的原则下，种族隔离被解释为不违反宪法保障的同等保护权，因此得以持续存在。——译者

关于市场和人类的自由扮演的角色，那些过去年代的思想家和活动人士建成了思想和概念的学术弹药库，相比之下，现如今的这些概念看起来无比单薄。实际上，让我们忘记以前我们的认识有所不同，正是这个市场依赖性拉满的时代的重大成就之一。但是，古老的传统等着我们去重新找回。眼前极为渺茫的可能性也许会让我们一败涂地、精疲力竭，也无法确定我们究竟能改变什么。这种虚无主义会让我们袖手旁观、无所作为。但历史告诉我们，尽管成功的机会总是渺茫，但人们也总是在为他们认为正确的事情而战。有时，胜利属于人民。

第一章　耕者有其田

　　1846 年，报纸出版商赫勒斯·格里利（Horace Greeley）接过了土地改革的大业。他认为，只要是愿意去西部工作的人联邦政府都应该免费赠予 65 公顷土地，并把精力和热情都用来为这个想法奔走呼号。他创办的报纸叫《纽约论坛报》，正在迅速赢得大量读者，他便在这份报纸上发表社论，表达对这一想法的支持。他在社论中指出，让人们不通过市场获得土地，就能让国民享有自由。将西部的公有土地分给个人，这一做法"将迅速让大量独立的自耕农覆盖尚未被占用的公地，这些人在机会和有利条件方面，将享有世界上前所未有的平等"。这不是某种形式的慈善事业，而是消除贫困的解药。格里利写道："法律把一个有能力也有意愿工作的人送进救济院，或是让他陷入赤贫，与此同时他愿意开开心心在上面劳作并收获的土地却因为他的贫穷而与之无缘，被这个由自由人组成的政府分给了那些出得起钱的人。这样的法律，真是无耻之尤。"在 16 年后《宅地法》通过之前，他都一直是这场运动中最突出的声音①。

　　格里利心里想的大反派是谁非常明确：土地垄断，以及试图独占自由土地的奴隶主。他宣称："拥有财产的权利或拥有土地的权利是一回事；而拥有数千英亩甚至上百万英亩土地的权利，就是另一回事了。"他谴责"让生产者无法"工作，而且"往往让生产者在他虔敬、勤勉地耕作过的土地上陷入绝对饥饿……的土地垄断制度"。即使在 1846 年，格里利也已经看到，免费宅地将"竖立起一道坚不可摧的屏障，抵御奴隶制的进一步侵蚀"。到 1850 年代他还会继续与在他帮助下新创立的共和党一起提出，要想阻止奴隶制向西部扩张同时不希望奴隶制的力量控制国家政治的话，免费宅地是最佳方式[2]。

　　格里利设想的几乎任何人都可以自由获取公共财富的前景，是以殖民者的殖民主义，以及对美洲原住民赶尽杀绝、让他们流离失所为基础的。在向西扩张的过程中，政府会使用战争、驱逐、压制乃至更野蛮的暴力方式来达到目标。法律史学家斯图尔特·班纳（Stuart Banner）就曾评述，从使用合法的契约购买美洲原住民土地到通过军事征服来夺走这些土地，并没有明显的区分。从一开始，这些契约就是在有利于白人殖民者的法律制度下制定的，随着时间推移，这些契约也变得模糊起来，跟武力征服无法区分开。边疆上的土地只有在被用武力从那些世世代代生活在那里的人手中夺走时，才是"自由"、"免费"、无需任何代价的[3]。

　　然而，对于美国如今这个财富和权力极不平等的时代，《宅地法》还是能带给我们一些经验教训。那时候人们认识到，在土地上体现的财富和资本的不平等，意味着日常生活中的权力不平等，以及人民真的相当缺乏自由。对于财富分配将如何决定他们栖身其中的社会，美国人各抒己见。未来可以更平等、更自由，也有可能会开倒车、更不自由。公地，也就是联邦政府拥有的土地，会帮助奴隶制扩张吗？会被富得流油的大家族买卖吗？还是说，会被大面积分配给工人和定居

---

①　Robbins, "Horace Greeley: Land Reform and Unemployment, 1837–1862."

②　"The Public Lands—National Reform," *New-York Daily Tribune*; Mackenzie, "A Winter Journey through the Canadas."

③　Banner, *How the Indians Lost Their Land*.

者，但每家每户得到的数量有限？推动免费宅地重新定义了经济自由，也是要求让某些东西远离市场控制，并对此毫无歉意：这个要求来自整整一代思想家和活动人士奠定的意识形态基础。

早期那么多改革者都将重点放在土地问题上是有原因的。美国建国之初，土地是资本和财富的主要来源，能否获得土地不仅会决定家庭结构，也会决定社会结构。联邦政府同样拥有大量土地。在建国后头几十年，各州将州界以外约 94 万平方公里的土地让给了联邦政府。1803 年的路易斯安那购地案后，联邦政府额外得到了 212 万平方公里土地，让联邦土地大幅增加。19 世纪上半叶，联邦政府通过购买和武力征服，得到了约 400 万平方公里的土地[1]。

所有这些土地如何分配，是 1803 年到南北战争期间美国政治的中心议题之一。默认选项是让这些土地进入市场，以增加政府收入。联邦政府债台高筑，急需资金纾困，因此把这些土地全都卖掉来筹钱是最明显的选项。从路易斯安那购地案到南北战争爆发，出售公地的收入占到了联邦收入的 10% 左右。尽管这笔钱本身并不是非常可观的资金来源，但仍有助于补充贸易关税的收入，后者贡献了绝大部分税收[2]。

但从一开始就有人反对将土地看成跟其他可以用来买卖的商品一样。土地是财富的来源，但并不是由谁创造出来的。财富上的不平等在分配的两端都会造成问题。那些因为太穷而无法得到他们原本可以拥有的土地的人就只能仰人鼻息，受土地所有者支配，而土地所有者得到的租金和利润可以用来投资更多土地，从而让富得流油的人更加

---

[1] Sellers, *The Market Revolution*, 3 – 33；Gates, *History of Public Land Law Development*, 77，86.

[2] Gates, *History of Public Land Law Development*, 124 – 125，145；作者根据美国人口普查局数据自行计算, Historical Statistics of the United States, *Colonial Times to 1970*, 1106。

富有，也会让土地和权力在他们手中越发过度集中。这些土地所有者也可能会利用财富将政治玩弄于股掌之间，比如说南方就会争取把奴隶制向西扩展到联邦公地。

在美国独立战争前后颇具影响力的作家托马斯·潘恩（Thomas Paine）的作品中，我们就可以读到这样的观点。在 1796 年出版的小册子《土地正义论》中，潘恩指出，任何开发和耕种土地的人都"欠社会一笔土地租金"：他创造了"土地租金"这个词，用来描述关涉到土地时的独特义务。土地所有者欠所有人一笔钱，因为土地并不是由谁创造出来的，也就不像别的随便什么东西一样能当成商品。"土地并不是人类创造出来的"，因此"无权把任何一块土地视为自己的永久财产"①。在潘恩的行文中我们看到，早期的猎人和牧羊人并没有视土地为财产的意识。只有在人们开始从事农业之后，土地产权的意识才开始出现，因为再也不可能把土地和人们在某一片土地上的投资区分开。但对于在土地上能做的事情，从盖房子到种庄稼，人们无论做出多少投资和创新，都永远不会创造出更多的土地。土地所有者欠公众一笔钱，就因为他们从并非由人创造的集体资源池中分了一杯羹。

对手中握有大量土地的人日益增长的权力，潘恩感到担忧。他认为，让人民无法拥有土地会造成贫困和依赖，会让他们无法作为自由公民充分发挥自己的能力。潘恩也相信，土地所有者从一开始就因为得到土地而欠下了一笔集体债务，这些收入应该用来为全民提供经济保障。他提议对土地继承征税，并用这笔钱为公民退休后的养老金、公民成年后的现金补助提供资金，可以说是类似于社会保障的很早的例子。

---

① Paine, "Agrarian Justice."

有些人认为这么做还不够，只有让公众直接拥有土地才能防止土地所有者滥用土地和权力。英国激进人士托马斯·斯彭斯（Thomas Spence）认为，潘恩允许私人拥有土地并只是向他们征税，会让人们"放弃权利接受微不足道的酬报，为一点蝇头小利就把他们与生俱来的权利拱手让人"。斯彭斯担心这样的现金补助会起到贿赂的作用，让富人只需要塞钱给穷人就能把整个体系玩弄于股掌之间。在斯彭斯看来，在这种制度下，"富人会取消所有医院、慈善资金和地方上为穷人提供的生活必需品，并告诉那些穷人，他们现在有了他们最伟大的支持者潘恩所要求的一切"。[1]

但关于土地问题的争论并没有仅停留在坚持认为富有的土地所有者对其他所有人都必须承担什么义务上，也包括应该保证每个人都能拥有属于自己的土地。托马斯·杰斐逊（Thomas Jefferson）认为土地很特别，因为能造就值得培养的公民。1785 年，他在给詹姆斯·麦迪逊（James Madison）的一封信中写道："在任何国家，只要既有还没开垦的土地，也有无立锥之地的贫民，那就非常明显，关于财产的法律已经扩大到了侵犯自然权利的地步。上帝把土地赐予我们，是供人类共同劳作和生存的。"在《弗吉尼亚笔记》中，杰斐逊写道："那些在土地上劳作的人，是上帝拣选出来的子民。"[2]

美国独立后，随着城市发展，对免费土地的需求变得越来越大。在这些呼声中，有一个声音来自托马斯·斯基德莫尔（Thomas Skidmore）。1790 年斯基德莫尔出生于康涅狄格州牛顿市一个穷困家庭，长大离家后就一直在美国东海岸上下游走，当家庭教师。最后他

[1]　Paine, "Agrarian Justice"; Foner, *Tom Paine and Revolutionary America*, 250 - 252; Spence, "The Rights of Infants."

[2]　引自 Bronstein, *Land Reform and Working-Class Experience in Britain and the United States*, 1800 - 1862, 25 - 26, 270n87。

在 1819 年搬到了纽约市，成了机械师。他很爱挖苦人也很难相处，不过在政治和经济学方面算是自学成才，那个年代所有的政治思想他都了然于胸①。

斯基德莫尔有部重要著作题为《人的财产权》，出版于 1829 年。这部著作的主题体现在长长的副标题中：《本书主张以下目标：让当前这代成年人在这方面都有平等地位，也让未来所有世代的所有个人，都能在成年时得到平等》。在这部著作中，斯基德莫尔提出了对私有财产，特别是土地进行大规模再分配的主张。

斯基德莫尔这本书的书名来自托马斯·杰斐逊在《独立宣言》中的声明。杰斐逊说，我们的造物主赋予人类"某些不可剥夺的权利，包括生命权、自由权和追求幸福的权利"。斯基德莫尔指出，如果无权拥有财产，那么其他权利全都是扯淡。在他看来，在我们这个社会中要追求幸福，就必须拥有财产，而要拥有财产，人们就必须拿生命和自由去冒险。"难道我们不是每天都会看到，有多少人为了得到财产，为了追求杰斐逊先生所说的人类不可剥夺的权利之一的幸福，不得不牺牲自由和健康，甚至最后不得不献出自己的生命吗？"②

斯基德莫尔描述了土地改革的巨大潜力和土地垄断的威胁。如果财产已经公平分割，但土地所有权并不平等，那就还是一回事，结果造成的不平等还会一代一代传下去。按照斯基德莫尔的说法，这个世界正在迅速割裂为"两个截然不同的阶级"，"其中一个阶级拥有这个世界，而另一个阶级一无所有"。纽约市最近刚刚城市化的工人，担心的正是这个问题。生活在城市里的工人的预期寿命下降了，原因包

①　Wilentz, *Chants Democratic*, 183 – 184; Bronstein, *Land Reform and Working-Class Experience in Britain and the United States*, *1800 – 1862*, 37.

②　Skidmore, *The Rights of Man to Property!*, 59; Wilentz, *Chants Democratic*, 184 – 185.

括疾病、火灾、污染和暴力等。这些城市工人在杰斐逊思想下长大，认为有恒产者有恒心，普遍民主是以财产所有权为基础的。很多人担心一辈子都需要成为受雇劳动者，他们认为这就是依赖，也很不自由[1]。

斯基德莫尔这部著作的核心，是为纽约州制定一部新宪法的一个计划，包含二十个要点，实际上也是在欢迎机会平等可能带来的激进后果。其中有个"总分配"提案，就是通过一次大型拍卖将所有财产大规模再分配。作为第一步，斯基德莫尔设想了一个债务庆典活动，所有私人债务都会在这个活动中一笔勾销。随后政府将获得并评估所有财产，取其总价值，并分配给所有成年公民，成为他们记录在册的授信额度。而成年公民可以用这个授信额度竞标财产存量。这样一来，财产就会大致平均分配。公民身故后，其财产将返还给政府，由政府重新分配给新人，而不是由政府运用其权力让财富和特权一代代传下去。斯基德莫尔认为，他的计划带来的不平等，比如有些人活儿干得更多，或是能生产出比别人更好的产品，这样的不平等是合理合法的。真正的威胁来自早已存在的不平等，以及各世代之间继承财富带来的不平等分配[2]。

那不只是一个思想实验，也曾短暂成为政治纲领。写这本书的时候，斯基德莫尔正在创建最早的一个工人党。经济衰退使 1829 年成了纽约工人的一段艰难时世。传言说雇主会把每天的工作时间延长 1 个小时到 11 小时，出于回应，一群学徒工举行了一次公开集会，讨论准备来一次大罢工。斯基德莫尔参加了这次集会，并成为这场运动

---

[1] Skidmore, *The Rights of Man to Property!*, 125; Howe, *What Hath God Wrought*, 528 - 532.

[2] Skidmore, *The Rights of Man to Property!*, 137 - 144; Bronstein, *Land Reform and Working-Class Experience in Britain and the United States, 1800 - 1862*, 38; Wilentz, *Chants Democratic*, 186 - 187.

的领导人。在他推动工人们要求通过的一系列决议中有一项很激进，声称："所有人对自身财产的拥有是出于共同体中大多数人的共识，除此之外再没有别的所有权。"几天后，有五六千人参加了抗议活动，从此有了工人党，不过存续时间不长。他们的政治纲领受到斯基德莫尔的强烈影响，包括呼吁每天工作 10 小时，要求免费的公共教育，债务人不再入狱，并在公司破产时为工人提供追讨工资的办法。斯基德莫尔成功推动工人党在政纲中另外增加了两个要点：谴责私有财产权，禁止继承私有财产①。

这年秋天，工人党以这一不同寻常的政治纲领参与竞逐州政府职位。他们的表现好得出人意料，在纽约市赢得了 31% 的选票。一名成员当选州政府官员，斯基德莫尔本人距离当选州议员只差 23 票。但在这次选举后不久，来自内部的背叛摧毁了这个政党。另一些影响力没那么大的党内领导不想跟激进的土地再分配问题扯上关系，他们在一次会议中通过密谋，成功把斯基德莫尔赶下台，还在听众中安插了亲信，阻止斯基德莫尔发言。没过多久，这个政党就在内斗中分崩离析了②。

关于土地改革的大规模政治运动，要等到报纸出版商、活动人士乔治·亨利·埃文斯（George Henry Evans）创建国家改革协会之后才会蓬勃发展起来。1805 年埃文斯出生于英国赫里福德郡布罗姆亚德镇，十五岁时和家人搬到后来成为纽约州宾厄姆顿的地方。他热爱阅读，并在阅读中吸收了美国独立战争时期的思想家和作家的诸多思想，也和斯基德莫尔一样对托马斯·潘恩的作品无比迷恋。1824 年，

---

① Wilentz, *Chants Democratic*, 191; Bronstein, *Land Reform and Working-Class Experience in Britain and the United States*, *1800 - 1862*, 40.

② Wilentz, *Chants Democratic*, 195, 198 - 199, 201 - 211, 408; Pessen, "Thomas Skidmore, Agrarian Reformer in the Early American Labor Movement."

十九岁的埃文斯创办了自己的报纸《博物馆及独立纠正者》。搬到纽约后，他创办了《工人代言人》，是美国最早支持工人的主要报纸之一，也是他同样参与创办的工人党的党报。这份报纸一直在印刷发行，直到于 1837 年的经济危机中破产①。

1844 年，埃文斯跟另外一些组织者一起制订了一项土地改革计划，后者也包括在纽约上州组织针对地主的抗议者。他们在三个核心要求上达成了一致。其一是公地免费，也就是让定居者得到免费宅地。其二是宅地豁免，也就是不得征收房屋用来偿还破产债务。最后一条是对允许个人拥有的土地面积设置上限。前两条是确保个人有可以生存下去的基本条件，也确保他们拥有土地的权利不可剥夺，即使碰到经济最困难的时候也一样，以此来保护个人。最后一条则是促进平等，保护个人不受土地所有权极为不平等的威胁。以这三个想法为核心议题，他们建立了一个新的组织，并将其命名为国家改革协会②。

国家改革协会很快掀起了一场声势浩大的政治运动。虽然这场运动以纽约工人运动为基础，但迅速蔓延到各州，并成为一台强大的游说机器。协会收取会费、撰写备忘录、起草法案，并通过报纸、小册子和由工人组织的大型的或地方性的集会来教育公众。埃文斯重新办起了《工人代言人》，使之成为这场运动的喉舌。组织成员都签署了一份"土地誓言"，只投票给同意国家改革协会理念的候选人③。

---

① Pilz, *The Life*, *Work and Times of George Henry Evans*, *Newspaperman*, *Activist and Reformer* (1829 - 1849), 11 - 12; Lause, *Young America*, 10 - 11, 16; Bronstein, *Land Reform and Working-Class Experience in Britain and the United States*, *1800 - 1862*, 16, 120.

② Lause, *Young America*, 3, 17; Pilz, *The Life*, *Work and Times of George Henry Evans*, *Newspaperman*, *Activist and Reformer* (1829 - 1849), 151 - 156.

③ Bronstein, *Land Reform and Working-Class Experience in Britain and the United States*, *1800 - 1862*, 16 - 18.

据 1848 年的《国家改革协会年鉴》称，有 50 家国家改革协会的附属机构分布在 20 个州。这些机构炮制了大量涌入国会的请愿书，从 1845 年到 1855 年，他们提交的 533 份请愿书上至少有 6.4 万人签名。1849 年，要求土地改革的请愿书数量仅次于对廉价邮资的呼声。埃文斯提出的三个核心要求之一，即不得征收房屋来偿还债务，马上带来了一连串的胜利，从 1847 年到 1852 年，有 18 个州通过了与之相关的法律。事实证明宅地豁免很受欢迎，因为有助于保护家庭安全，使之免受金融危机、经济周期和市场上其他反复无常变化的影响①。

1845 年 10 月，格里利的《纽约论坛报》刊印了国家改革协会的小册子《投票让自己拥有一个农场》，其中介绍了如何"以 1 分钱 10 份的价格"订购更多报纸，以便分发给更多人。小册子的内容以前也以传单形式分发过，但格里利的支持让读到的人比以前多多了。文章一开头就提出了一个让人为之一震的问题："你是美国公民吗？那么你也是公地的共同所有人。为什么不从你的财产中拿出足够的一部分，给自己一个家呢？为什么不投票让自己拥有一个农场呢？"②

文章提出了两个明确要求：限制任何人可以拥有或继承的土地数量，以及只让定居者免费拥有土地，投机者无法染指。不过，这些定居者可以把他们增加的土地卖给任何还没有土地的人。《投票让自己拥有一个农场》大张旗鼓地呼吁，作为平等公民，人们理应得到作为共同遗产的国家财富的一部分。

---

① Bronstein, *Land Reform and Working-Class Experience in Britain and the United States*, *1800 - 1862*, 168 - 169；Goodman, "The Emergence of Homestead Exemption in the United States: Accommodation and Resistance to the Market Revolution, 1840 - 1880."

② "The National Reformers," *New-York Tribune*；Stephenson, *The Political History of the Public Lands*, *from 1840 to 1862*, 111.

《投票让自己拥有一个农场》所用的语言可不只在拿自由说事儿，而是见什么人说什么话，针对不同人群用不同语言做了各种各样的阐释。如果你信教，就"坚持说土地是主的，因为是主创造了土地。所以，抵制那些借着主的工作索要钱财、亵渎神明的人吧"。如果你没那么虔诚，反而认为自己"非常理性"，那么可以辩称"你生活的权利在此也包括有一容身之处的权利"。如果你是个"跟党走的人"，那么"你用自己的选票为诡计多端、争权夺利的政客谋利益也太久了，是时候用选票为自己谋利益了——投票让自己拥有一个农场吧"。这是一整套话术，也是关于在自由社会中财富应该如何分配的论辩。敌人是谁昭然若揭：诡计多端、争权夺利、对你的实际利益漠不关心的政客，借着上帝的工作索要钱财、亵渎神明的人，拥有大量土地的"贵族"，躺在劳动者血汗上的"贪婪的垄断者"，以及"自古以来江洋大盗一样的斑斑劣迹者"（说的是当时的土地法）。通过这样的语言，这篇文章树起了劳工们可以群起而攻之的标靶①。

"耕者有其田"的免费土地如何成为自由社会的基础，关于这个问题的论辩贯穿在很多思想家的著作中，从杰斐逊早期对自耕农的支持和潘恩的社会义务，到斯基德莫尔的政党中劳工倾注的激进主义和国家改革协会的动员，都可以看到这个问题的身影。每一种思想都有自己的关注焦点，但无论什么背景，都有关于自由和土地的一系列核心论点反复出现。所有支持免费宅地的人都坚持认为，他们并不是在推动慈善事业。他们支持免费宅地，是作为创造更平等的公民身份的一种手段，并非只是补偿社会上的失败者而已。

大规模工业化及其将带给整个经济体和国家的改变还要很久之后

---

① Bronstein，*Land Reform and Working-Class Experience in Britain and the United States*，*1800 - 1862*，70 - 71.

才会发生。但即使在那个时候，所有的劳工改革论调也有一个共同的阶级敌人，就是改革者所谓的"土地垄断"，他们采用了很多同样的论点对其口诛笔伐。他们指出，土地所有者利用政府来确保他们能得到最好的可以开发的土地。土地所有者也想投机，所以他们会闲置这些土地，而这些土地本可以对尚未安定下来、还在发展中的社区产生效益。只有在别人建设社区的工作完成之后，投机者才会愿意出售这些土地，赚取暴利。土地所有者把一个地区所有的生产资本囤积起来，迫使劳动者被雇用，这样后者为了生存，就不得不忍受老板们的百般欺凌。后来帮助创建了共和党的乔治·华盛顿·朱利安（George Washington Julian）就曾指出："土地垄断让这个国家的劳动人口过剩，先是剥夺他们对土地的天然权利，然后又规定一些条款，并根据这些条款给他们提供食物和住处。"[1]

上述论证需要有人广而告之，赫勒斯·格里利接受了挑战。1811年，赫勒斯·格里利出生于新罕布什尔州阿默斯特镇附近的一个农场。他还是小孩子的时候，父亲就因为债务而失去了家里的农场。他在学校成绩优异，十三岁时校长把他送回了家，说是再没有什么东西可以教给小赫勒斯的了。1831年，他来到纽约，创办了一份名叫《纽约客》的报纸，但没过多久就在1837年的经济危机中关门大吉。这场名为"1837年恐慌"的经济危机被归咎于民主党的经济政策，也给了辉格党大显身手的机会。辉格党在纽约的领导人将年轻的格里利收入麾下，1838年，他成为辉格党报纸《杰斐逊人》的编辑，1841年，他又创办了自己的《纽约论坛报》。

格里利的事业非常重要，因为他是19世纪中叶美国最响亮的声

---

① Julian, *Speeches on Political Questions*, 59.

音。他是《纽约论坛报》的出版人兼编辑，这份报纸创办不到 15 年，就有了将近 28 万订阅其日报、周刊或半周刊的读者。如此大的读者群使之成为全世界最有影响力的报刊之一，结果就连那些不同意格里利观点的人也不得不严阵以待，把他的思想当成自己的陪衬①。

格里利是走在现代化前沿的人。作为辉格党领袖人物，他并没有迷失在这个政党的保守主义中，而自称是"在保守主义和激进主义之间调停调解、翻译解释的人"。在涉及他对经济和工人有什么看法的问题时，我们可以看出他扮演的这个角色。格里利认为，经济体中各方都有共同利益，尤其是老板和工人。他绝不认为劳工和资本双方的利益是相互对立的。格里利支持劳工，但厌恶阶级冲突。他认可仲裁、工人合作社和 10 小时工作制，但反对罢工。跟那个年代的很多人一样，格里利认为成为受雇劳动者会削弱他们劳动者的品格。不仅如此，格里利还支持激进的政府政策，例如关税，他认为这有助于人们实现自给自足②。

在领导土地改革和免费宅地运动时，他关于共同利益和自给自足的思想达到最为成熟的阶段。他认为，要解决方兴未艾的市场经济中的劳工动乱问题，土地是唯一方案。格里利是通过埃文斯加入免费宅地运动的。尽管刚开始犹豫不决，后来他还是非常支持国家改革协会的议题，并将自己的重大影响全力发挥到将这个运动推向全国的普及工作中。不到一年格里利就宣布有 50 家报刊支持土地改革，且均以他对免费土地的主张为基础，反映了他讨厌阶级冲突的态度。在格里利看来，各公司也会受益于免费土地政策。他写道："大西部升起的

---

① Tuchinsky，*Horace Greeley's New-York Tribune*，2 - 5；Williams，*Horace Greeley*，11.
② Howe，*The Political Culture of the American Whigs*，184 - 195；Tuchinsky，*Horace Greeley's New-York Tribune*，181 - 182，184.

每一缕炊烟，都意味着纽约的银行点钞室和仓库多了一位新主顾。"
"去西部吧年轻人"这句话不是他说的，但确实经由他变得广为人知。
格里利将免费公地描述为"劳资关系的重要调节器，工业和社会引擎
的安全阀"。这个安全阀的比喻也成了格里利对付所有问题的答案。
他认为，土地所有权是对抗经济萧条的一种方法，在失业率上升时可
以给工人一个机会。在他看来，免费公地和限制土地所有权都是"将
劳工从奴役和苦难中最终解放出来不可或缺的关键"。格里利相信，
这个安全阀能够帮助在城市发展中被抛在后面的那些人。1848 年，
他曾短期在国会任职，上任第二天就提出了一项宅地法案。有人问
他，为什么一个来自纽约的人会那么努力为西部人争取免费土地，他
回答说，在国会里，他"代表的无立锥之地的人比任何议员都多"。①

　　1846 年，随着墨西哥战争爆发，所有关于土地的政治事务都发
生了变化。詹姆斯·诺克斯·波尔克（James K. Polk）在 1845 年到
1849 年担任美国总统期间，得到的土地比美国历史上任何总统都多，
甚至超过了杰斐逊和路易斯安那购地案。波尔克买下了俄勒冈州和现
在的美国西北部地区，并向墨西哥发动战争，夺取了现在美国西南部
的土地。波尔克迫使墨西哥政府签订城下之盟，交出现在的加利福尼
亚州、新墨西哥州、亚利桑那州和得克萨斯州的土地时，他自己所在
的民主党极为震怒，因为他没有吞并整个墨西哥。这时的南方认为奴
隶制并非只是专属南方的独特制度，而是应该主导整个西半球政治的
主要经济制度。生产棉花的奴隶制利用不断扩大的金融市场和自身对
美国外交政策的控制，在 1850 年代不断发展壮大，在南方人看来，

---

① Tuchinsky, *Horace Greeley's New-York Tribune*, 135 - 136; Robbins, "Horace
　 Greeley: Land Reform and Unemployment, 1837 - 1862"; Williams, *Horace
　 Greeley*, 91 - 93.

不仅他们自己的经济以"棉花国王"为中心，古巴的糖、巴西的咖啡也都是由奴隶生产的，因此他们认为西半球的未来将以奴隶劳动力为基础，应当由南方的奴隶制来掌控①。

1820 年的《密苏里妥协案》规定了奴隶制如何在路易斯安那购地案得到的土地上延伸，但这些新获得的领土改变了奴隶制的问题。宾夕法尼亚州民主党人戴维·威尔莫特（David Wilmot）提出一项条款想阻止奴隶制扩张到这些新领土，该条款在众议院通过后，在参议院功亏一篑。突然之间，北方无论是民主党人还是辉格党人，都意识到南方试图夺取土地是为了扩张奴隶制。而南方认为北方是在力图扼杀南方的整个政治和经济生活方式。分界线两边的政治，变得水火不容。

墨西哥战争使格里利在奴隶制扩张的问题上变得激进起来。他从一开始就反对这场战争。他在《纽约论坛报》上写道，这场战争"最不公平、最贪婪"，而且"完全由……维护并加强奴隶制的决心……促成"。格里利支持《威尔莫特但书》②，称之为"联合起来的北方反对奴隶制在我们的旗帜保护下进一步扩张的庄严宣言"。当时的废奴主义者也注意到这一变化。马萨诸塞州议员查尔斯·萨姆纳（Charles Sumner）说，"《纽约论坛报》终于（就奴隶制问题）表态了"③。

西部的土地是以免费宅地的形式让定居者进入还是用来扩大奴隶

---

① Howe, *What Hath God Wrought*, 803，蓄奴的南方在政治权力上占据着半壁江山，也主导着美国的外交政策，见 Karp, *This Vast Southern Empire*。
② 即前文国会议员威尔莫特提出的想阻止奴隶制在从墨西哥新获得的土地上扩张的修正案，但未能成功。围绕《威尔莫特但书》的冲突也是美国南北战争的重要起因。——译者
③ Snay, *Horace Greeley and the Politics of Reform in Nineteenth-Century America*, 88 - 90.

制，成了 1850 年代关于自由之辩的中心议题。在跟这个问题缠斗的人中，乔治·华盛顿·朱利安算得一号人物。朱利安以前是辉格党人，1850 年从印第安纳州作为自由土地党的代表选入众议院。1851 年 1 月，他发表了进入众议院后的第一次演讲，支持来自田纳西州的民主党议员安德鲁·约翰逊（Andrew Johnson）提出的一项宅地法案。朱利安在众议院大厅里阐述为什么土地改革是共识。他说，土地改革者"并非倡导旨在通过什么雷厉风行的立法行动剥夺富人财产的平等政策，他们只是要求，在大西部荒无人烟的地方奠定帝国基础时，国会应当批准这个国家尚无立锥之地的公民在其土地上安家的天然权利"。

不过朱利安也利用这次演讲把炮制《1850 年妥协案》、希望在奴隶制向西部的扩张中求取平衡的人奚落了一番，让约翰逊和土地改革者中的温和派深感不安。他指出，免费宅地本身就可以让奴隶制终结，并声称"采用我所主张的政策是（比《1850 年妥协案》）好得多的解决奴隶制问题的方案"。他接下去说道："因此，免费获取公地是一项反奴隶制措施。"朱利安认为，免费土地政策会削弱奴隶制的意识形态，因为这一政策表明人们有权拥有自己的家园和劳动成果，劳动本身也有其价值①。

1850 年代以前，南方对免费宅地和开放西部土地的看法莫衷一是。但到了 1852 年，南方对此表示反对。南方的反对有很多切实的原因：南方人口相对北方来讲正在下降，他们对此感到紧张；南方很难吸引新的人口，很多勤劳的自由民也在离开南方，前往印第安纳、伊利诺伊、威斯康星、艾奥瓦和明尼苏达等北方自由州。更重要的是，南方正确地认识到免费土地政策跟他们扩张奴隶制的利益是冲突

---

① Julian，*Speeches on Political Questions*，50 – 66.

的。南方人担心，蓄奴的思想意识对新领地上的定居者产生不了什么影响。那些离开蓄奴州前往自由州的人，与奴隶制几乎没什么关系，一旦离开，他们就会把蓄奴的思想意识抛诸脑后。亚伯拉罕·林肯（Abraham Lincoln）家就是一个例子，林肯七岁时，他们家从蓄奴的肯塔基州搬到了自由的印第安纳州①。

1850 年国会通过了《逃奴追缉法》，让很多北方人开始担心，奴隶制会主导本国所有的政治事务。格里利对这项法案表示谴责，称之为"暴政权力令人作呕、不可原谅的运用"，把北方各州变成了"奴隶主的帮凶和执达吏，只求在奴隶主的不义之财中分一杯羹"。但最终让格里利和其他北方人激进起来、迫使他们创建自己新政党的，是1854 年的《堪萨斯—内布拉斯加法案》。这项法案由民主党人斯蒂芬·道格拉斯（Stephen Douglas）构思，允许堪萨斯和内布拉斯加根据本地公民的投票结果决定自己成为蓄奴州还是自由州。实际上，这项法案意味着奴隶制可以扩张到西部的任何地方，打破了意在禁止奴隶制扩张到西北部的《密苏里妥协案》的限制。格里利马上在《纽约论坛报》上写道："道格拉斯及其拥趸的内布拉斯加运动"真是"背信弃义，臭名昭著，罄竹难书"。堪萨斯州支持奴隶制的力量与反奴隶制的力量之间爆发了冲突，格里利与弗里德里克·劳·奥姆斯特德（Frederick Law Olmsted）一起买了一门榴弹炮送到堪萨斯，助那些反对奴隶制扩张的人一臂之力。（奥姆斯特德后来成为著名的景观设计师，纽约的中央公园和展望公园都出自他的手笔。那门榴弹炮及时运抵堪萨斯州劳伦斯城，击退了奴隶制力量的进攻。）格里利写道，在这个问题上必须划清界限："所有坚决反对奴隶制权力扩张的人都

① Stephenson，*The Political History of the Public Lands*，*from 1840 to 1862*，146 - 152.

会下定决心、团结一致的问题，就是堪萨斯问题。"①

共和党就是在这场冲突中成立的，最早的成员中就有朱利安和格里利等人。共和党成立后很快就变得很有竞争力，并在1856年参与了总统大选的角逐。共和党关注的核心问题，是阻止奴隶制扩张到任何新领土之上。他们的议题也结合了辉格党的优先事项，也就是格里利提倡的内部改革，包括关税、铁路发展和免费宅地等②。

从1852年到1860年，参议院和总统大权一直在蓄奴的南方人手里。这段时间众议院通过了三个宅地法案，但都在参议院败下阵来。1860年初，一项宅地法案在参众两院得以通过，但最后还是被民主党总统詹姆斯·布坎南（James Buchanan）否决了。《纽约论坛报》逐字逐句驳斥了布坎南的否决声明，最后格里利向读者抛出了一个明显的反问句："会有人觉得亚伯拉罕·林肯会否决这样一项法案吗？"这一年晚些时候，林肯赢得了总统大选③。

《宅地法》于1862年5月20日通过。该法案规定，任何成年公民或打算成为美国公民的人，都可以领取65公顷勘测过的政府土地。领取人必须通过建造住宅来提高土地价值，5年后他们可以免费得到这片土地，只需要缴纳少量注册费用。这些土地不能用来偿还定居者的债务，公地也不再用作美国债务的抵押品。

《宅地法》有重大缺陷。该法案无法保证不被投机者利用，因为土地投机者会付钱让人们提出虚假申请，然后坐等最好的土地升值后

---

① Snay, *Horace Greeley and the Politics of Reform in Nineteenth-Century America*, 113 - 115；Schlesinger, "Was Olmsted an Unbiased Critic of the South?", 179. 格里利后来可能一直没有把他那份买榴弹炮的钱付给奥姆斯特德，见 Williams, *Horace Greeley*, 188 - 189，355n27。

② Potter, *The Impending Crisis, 1848 - 1861*, 246 - 248, 338, 418 - 419；Roark, "George W. Julian: Radical Land Reformer."

③ Williams, *Horace Greeley*, 94；Robbins, "Horace Greeley: Land Reform and Unemployment, 1837 - 1862," 40.

再出售。政府还单独向铁路公司划拨了大量土地，也就是说定居者会面临选择：要么申领剩下的土地，要么高价购买更好的土地。《宅地法》也没能起到格里利所设想的安全阀的作用。去西部的旅程太贵，也需要深思熟虑，不是随随便便就能上路的。在经济衰退期间，工人无法攒够去西部领取宅地所需的资金，因此这项政策对抗失业的作用大打折扣；有钱去西部领到宅地开始建设家园的人也很难稳定下来，因为随便一年歉收就会让他们从大获成功变为一败涂地。成功得到宅地的家庭，跟离开或出售宅地的家庭一样多①。

但是即便有这么多问题，《宅地法》仍然为所有能够利用这项政策的人提供了基本的机会。这是美国历史上规模最大的财富转移，把国家财富转移给普通民众，让他们得以养家糊口。接下来的七十六年间，共有 300 万人申请宅地，其中将近 150 万人最终得偿所愿。转交的土地约有 100 万平方公里，也就是公地的 16％。这么大的一片土地是什么概念呢？就是得克萨斯州和加利福尼亚州加起来的 90％ 左右。据估计，现在有 4 600 万美国人是当时根据最早的《宅地法》得到土地者的后代，所有这些都是免费的，是把公地赠送给愿意在这些土地上耕作的公民②。

《宅地法》向我们表明，人们在受到机会和财富会广泛分配的信念激励时会如何组织起来，以及美国的财富应该为谁服务，我们应该创建一个什么样的国家。《宅地法》也同样向我们展示了，在市场之外生存必须有一些基本资源和财富，这个概念在我们的历史上如何激发了思想和政治活力。但是《宅地法》也有其局限，通过了解南方在

---

① Gates，"The Homestead Law in an Incongruous Land System," 655 – 659，662，666；White, *The Republic for Which It Stands*，141 – 146；Deverell，"To Loosen the Safety Valve: Eastern Workers and Western Lands."

② Williams，"The Homestead Act: A Major Asset-Building Policy in American History."

内战后重建时期的土地政策以及赫勒斯·格里利的遭遇，就可以看出来。

　　南北战争结束后，被解放的奴隶渴望拥有自己的财产，美国历史学家和民权运动人士杜波依斯（W. E. B. Du Bois）称之为"土地饥渴"。对这些被解放者来说，土地是"任何奴隶要想真正得到解放都最为基本、绝对需要的东西"。这一希望有得到实现的可能。1865年1月16日，为了给在东南部行军时追随自己的新解放的奴隶提供给养，威廉·特库姆塞·舍曼（William Tecumseh Sherman）将军发布了第15号特别野战令，将南卡罗来纳州海岛群和查尔斯顿以南的土地都留给新解放的奴隶们。每户人家可以得到16公顷（40英亩）土地，军队还会帮他们买骡子。（"40英亩一头骡"这句话很可能就是这么来的。）到1865年6月，已有4万名被解放者定居在16万公顷的土地上，而这些土地本来是奴隶主阶级拥有的最富庶的地方。自由民局是负责帮助新解放奴隶的政府机构，在南方控制了34万多公顷被废弃的土地。1865年7月，自由民局局长奥利弗·霍华德（O. O. Howard）将军发布了第13号通告，并据此开始将这些财产分割为16公顷的地块，交给被解放者。但是，这些措施没能持续多久。林肯遇刺后，副总统安德鲁·约翰逊接任。他迅速终止这两个命令，将所有土地都还给了以前南方邦联拥有这些土地的人[1]。

　　1866年，国会通过了《南方宅地法》，并为其开放了18.6万平方公里的土地。在南北战争期间，乔治·华盛顿·朱利安曾提出，如果北方希望打破种植园主的权力，将奴隶经济转变为自由劳动力经

---

① Du Bois, *Black Reconstruction in America*, *1860－1880*, 601－603; Foner, *Reconstruction*, 70－71, 158－163.

济，那么他们就需要拆分南方被某些人大规模拥有的土地，转换为一份一份的宅地。这一努力未能奏功，但朱利安还是希望自己的《南方宅地法》能帮助新解放的人民创造自给自足的局面。然而，由于南方白人的暴力恫吓，而且新解放的奴隶也缺乏资金，能够通过《南方宅地法》得到土地的人少之又少。大部分土地只能被商业利益集团吞并，用于资源开采。尽管《宅地法》一直沿用到了 1970 年代，《南方宅地法》却在通过 10 年后就被废除了。只有 2.8 万人通过《南方宅地法》得到了土地，被解放者中能够得到承诺给他们的免费宅地的不足 5 500 人①。

赫勒斯·格里利一开始很支持重建工作。他在 1866 年写道："如果我们就这么结束这场旷日持久的争论，让黑人继续保持农奴身份，（那么）我们就是一个被击败的、彻底沦丧的政党，这样的结局也完全是罪有应得。"但是他反对将前奴隶主的土地夺过来重新分配给被解放者的想法，他声称："我们需要意识到，没收土地的做法必然罪孽深重，无法证明这种性质的实验是合理的。"格里利转而把他有关免费宅地的想法引入了南方。他对黑人听众说，"你们所有人，要尽快成为土地所有者"，因为这么做会"让你们更深刻地感到独立和自尊，不要等着（通过政府）没收（前奴隶主的土地）来给你们房子住"。尽管几十年来格里利一直担心土地所有权集中会造成权力过大，而且也是最大声疾呼反对奴隶制的人之一，即便如此，他还是无法让自己支持从奴隶主手里夺取土地重新分配。但是，从西部的美洲原住民手里夺取土地时可没见他这么犹豫过②。

---

① Roark，"George W. Julian：Radical Land Reformer"；Merritt，"Land and the Roots of African-American Poverty"；Gates，"Federal Land Policy in the South 1866 - 1888."

② Tuchinsky，*Horace Greeley's New-York Tribune*，177 - 178；Snay，*Horace Greeley and the Politics of Reform in Nineteenth-Century America*，159，164 - 165.

格里利跟当时很多共和党人一样，认为废除奴隶制后北方和南方的大量工人都会变得相当富足，美国也会成为不再需要跟奴隶劳工竞争的自由劳动者的国家。然而南北战争后，工业化进程愈演愈烈，资产阶级的财富日益增加，同样也造成了贫困和阶级冲突。1863年到1873年间，仅在纽约就发生了249次罢工。到1872年，劳工动乱已成为常态，以至于劳资之间的根本冲突也越来越被视为再正常不过的事。

像格里利这样的相信经济利益越自然越和谐越好的人，开始担心大范围的劳工动乱，也开始认为重建工作助长了这种动荡。他们把南方的被解放者对政治权利和民权的要求与北方对劳工权利的要求关联起来，这也促使他们开始反对继续重建。格里利指出，被解放者应该任其"自生自灭"，而不是寄更多希望于政府。曾经以反对奴隶制为傲的《纽约论坛报》，也开始发表反对黑人统治南方各州政府的颇有影响力的政治宣传文章，《废墟中的州》即是一例①。

1872年，这些脱离队伍的共和党人匆忙组建了自己的政党，即新成立的自由主义共和党，出乎所有人意料，居然选了格里利做他们的总统候选人。民主党人知道无法让自己的候选人赢得竞选，于是也来支持格里利。想想格里利几十年来一直说民主党人是"杀人犯、通奸犯、酒鬼、懦夫、骗子、小偷"，这场竞选活动还真是尴尬至极。格里利也试图把以前那些诋毁之词圆过去，于是说："我从来没说过所有民主党人都是酒吧老板②，我只是说，所有酒吧老板都是民主党

---

① Tuchinsky, *Horace Greeley's New-York Tribune*, 165 - 166, 211, 224 - 226; Snay, *Horace Greeley and the Politics of Reform in Nineteenth-Century America*, 170 - 171; Richardson, *The Death of Reconstruction*, 93 - 104.

② 整个19世纪到20世纪初即禁酒运动前，美国的酒吧都是底层劳工的重要社交场所，遍布美国城乡，乃至不少党派都将酒吧设为党部，也有很多政治运动是从酒吧发起并传播开来的。——译者

人。"格里利在总统大选中败于尤利西斯·格兰特（Ulysses S. Grant），在当时的 37 个州中只赢了 6 个。之后没几个星期，他就去世了。虽然没能赢得总统竞选，他的政治纲领长期来看还是胜出了，重建计划最终搁浅，共和党在随后几十年也变成了亲商的政党①。

　　在他们转而反对重建计划的转变中，我们可以看到美国人关于自由的理念十分鲜活，也在不断演变。在此之前，格里利认为只要结束奴隶制，为自由劳工提供政策背景，就足以确保人们能自给自足、独立自主，不用被人颐指气使、呼来喝去。这一观点让格里利致力推动能够创造这种自由的诚意满满而又不同寻常的思想，其中最重要的就有关于免费宅地的想法。但重建带来的挑战告诉格里利，在新的时代，这么做远远不够。新时代的自由需要新的定义，也需要政府找到压制市场的新办法。这种需求迫使他做出选择：自由究竟是来自对公民权利和劳工权利的承诺，反对白人至上主义和工业化，还是来自就这么放弃这两项权利转而支持经济自由。他做出了错误的选择。

---

① Foner, *Reconstruction*, 501 – 511.

第二章　劳者有其闲

1884 年才开年，弗兰克·威格曼（Frank Wigeman）就听到了一些坏消息。元旦那天，威格曼到戈德查尔斯合伙人公司上班，结果发现自己被降薪了。这是宾夕法尼亚州的一家钉子厂，他是前一年开始在这里工作的。公司一直用代金券支付员工工资，这种货币只有在公司开的商店里才能当现金用。而公司开的商店往往都在非常荒僻的地方，商品定价也比在别的地方能买到的高。用代金券付工人工资已在 1881 年被定为非法，那年宾夕法尼亚州为了保护工人，通过了一项新的法律。为了这笔本应以现金付给他的 87.67 美元工资，威格曼提起了诉讼①。

宾州这项法律之所以特别，有两个原因。首先，制定这项法律是为了保护工人免受欺凌。虽然这个目标并不少见，但这次还跟另一个关键特点结合起来：不能通过劳动合同将其排除。劳动合同受到一套严厉的甚至是封建的、由法院强制执行的默认规定的制约。员工如果没有完成合同规定的内容就拿不到拖欠的工资，其他雇主不能试图挖走已经受雇的工人，员工自行承担所有受伤的风险，雇主对员工行为有完全的控制权。尽管这些默认的内容可能会变，但在签订劳动合同的谈判中，雇主往往占据了全部的主动权。

这就意味着如果想通过改变制约着劳动合同的默认规定来限定工

作时长，会遭遇工人无权无势、难以为继的情况。雇主可以直接要求工人不要理会这些建议。比如说 1868 年，宾夕法尼亚州通过了一项法律，规定每天默认工作 8 小时。但这项法律只能起到建议的作用，因为实际上无权阻止工人每天工作更长时间。法律只是声明，如果没有其他因素决定劳动合同，就可以此为准。任何一份合同只要有其他规定，都将依从其他规定执行。宾夕法尼亚州斯库尔基尔县的矿工试图按照法律规定在 8 小时后停止工作，但雇主希望他们工作更长时间。工人们发起罢工，想通过法律争取自己的利益，但最后还是没能保住每天只工作 8 小时的限定。伊利诺伊州和马萨诸塞州的情形跟宾州如出一辙，州政府提出的对工作时间的参考限制也引发了罢工，但雇主成功迫使工人绕过政府跟他们谈判，让法律失去了用武之地②。

但 1881 年的这项法律有所不同，因为明确禁止了雇主只能在公司开的商店里用的代金券支付员工工资。支持这项法律的政治家和劳工组织明白，这项法律会引起争议，因为反对者会马上说，政府无权或者说没有能力改变人们自行签订的私人劳动合同。支持者花了 10 年时间精心构筑论据，他们需要同时面对实践中和法律上的反对意见。他们指出，老板和工人的权力并不对等，因此合同的签订并不是自由的。支持者还认为，法院不应强制执行借由"当事人的软弱、

---

① 这项法律的历史，弗兰克·威格曼打上法庭的这个案子，以及此案引发的关于自由之意义的辩论，详细描述见 Sawyer, "Contested Meanings of Freedom: Workingmen's Wages, the Company Store System, and the Godcharles v. Wigeman Decision"。跟今天我们都用研讨过的名字来给各项新法律命名不同，此处提到的这项法律名称很直接，也很让人耳目一新：《保证在煤矿、制造厂、钢铁厂等所有工厂工作的工人和劳动力都能以固定周期、以美国的合法货币领到工资的法案》。

② Sawyer, "Contested Meanings of Freedom: Workingmen's Wages, the Company Store System, and the Godcharles v. Wigeman Decision," 297 – 298; Witt, "Rethinking the Nineteenth-Century Employment Contract, Again"; Orren, *Belated Feudalism: Labor, the Law, and Liberal Development in the United States*.

对公民权利的侵犯、(以及)压迫性的、违反公共政策规定"的影响签订的劳动合同,这样的合同"剥夺了公民的自由权利,也是在压迫人民……不但不公正,而且也不应该受到法律保护"①。

官司一路打到宾夕法尼亚州最高法院,而对于戈德查尔斯诉威格曼(Godcharles v. Wigeman, 1886)一案,宾州最高法院站在了公司这边。结果不仅威格曼败诉,最高法院还完全废除了 1881 年的这项法律,引发了一场接下来持续半个世纪之久的法院与经济法规之间的战争,可谓雪上加霜。1880 年代,以"契约自由"的思想为基础,还有另外几个打到州级最高法院的案子,也是以废除经济相关法律告终。1886 年,伊利诺伊州最高法院推翻了一项要求矿主安装磅秤用于确定矿工工资的规定,因为法院认为,这么做妨碍了工人就工作环境与矿主讲条件的能力。对于戈德查尔斯诉威格曼案,艾萨克·戈登(Isaac Gordon)法官撰写的不足 600 字的意见书清楚地阐明了其中的利害关系。在戈登看来,禁用代金券的法律"既侵犯了雇主的权利,同样也侵犯了雇员的权利;不仅如此,这么做也是一种侮辱,是企图将劳动者置于立法托管之下,这样不仅有损于他之为人的品性,也损害了他作为美国公民的权利"。戈登认为,这是一场关于自由的论辩。最后他总结道,工人"可以出售他的劳动力,换取他认为最好的东西,无论是钱还是商品;就像他的雇主可以出售自己的钢铁、煤炭一样。任何试图阻止他这么做的法律,所有这样的法律,都是在侵犯他的宪法权利,因此不但残暴恶毒,而且没有效力"。随后数十年,这个案件的逻辑流毒甚广,准备通过类似法律,用于限制代金券或以其他方式让工人在谈判时更有底气的州也还有一些,但在上述案件的影

---

① Sawyer, "Contested Meanings of Freedom: Workingmen's Wages, the Company Store System, and the Godcharles v. Wigeman Decision," 304 - 307.

响下，这些州政府的努力化为乌有①。

契约是自由的一种基本形式，政府永远不应该插手市场，这种思想对于 19 世纪初的工人和法官来说简直闻所未闻。整个 19 世纪上半叶，各地方、各州都在通过法律有序组织市场，解决整个社会都在关心的一些问题。各市、各州都在共同监管产品、发放许可、监督公共市场，以确保有利益冲突的各方之间能够平衡。1827 年，罗杰·托尼②（Roger Taney）在最高法院辩称，法律从来没有把销售权理解为一种天然的权利，否则人们就"可以在闹市中大量出售火药，从而危及市民生命"，或者"在让公众反感或觉得有所不便、会危害公民健康的地方出售兽皮、渔获和其他类似物品；可以在自己的仓库里搞拍卖，一分钱的税都不用上交给国家；可以零售，还可以挨家挨户搞推销"。这种绝对的财产权还没有在这个世界上出现过③。

政府从未介入工人和老板（也就是劳动者和拥有资本的人）之间的行为，是自由主义者一厢情愿的幻想。政府一直在参与组织规范市场结构，19 世纪末的政府和法院也在以重要方式干预劳资双方，增强老板和资本家的权力，同时压制、阻碍工人的行动。政府这么做是

---

① Fried, *The Progressive Assault on Laissez Faire: Robert Hale and the First Law and Economics Movement*, 32, 230n18; Sawyer, "Contested Meanings of Freedom: Workingmen's Wages, the Company Store System, and the Godcharles v. Wigeman Decision," 287 - 288, 314 - 315. 关于与戈德查尔斯案同时代的历史，见 Pound, "Liberty of Contract"。

② 罗杰·托尼（1777—1864），美国政治家、律师，1827 年被任命为马里兰州司法部长，后来还曾出任美国司法部长、财政部长及美国最高法院第五任首席大法官。他认为权利和自由极其重要，反对政府限制个人权利和自由。在臭名昭著的斯科特诉桑福德案（Dred Scott v. Sandford, 1857）中，身为首席大法官的托尼认定黑人不是美国公民，并宣布《密苏里妥协案》违宪，允许在全国所有领土上推行奴隶制，激化了南北方的奴隶制存废之争。——译者

③ 历史学家威廉·诺瓦克写道："19 世纪初的财产权还是一种社会性的、相对的、历史性的权利，而不是个体的、绝对的、自然的权利。"见 Novak, *The People's Welfare: Law and Regulation in Nineteenth-Century America*, 83 - 105, 111。

为了服务当时一种关于自由在市场经济中意味着什么的全新理念，而到了我们这个时代，这一理念再次占据了主导地位。

跟工作场所有关的问题一直是关于自由的论战的中心战场。在工作的地方，我们会让自己对可以算是私人政府的一方俯首称臣。老板一边按照工作时间付我们薪水，一边告诉我们怎么做、做什么，甚至连基本的生理需求都要控制，比如什么时候才允许上厕所。老板对我们工作之外的生活也有相当大的控制能力，对我们颐指气使，告诉我们什么可以说什么不能说，还会监管我们的政治行动。如果违反了公共政府的规定，公共政府会监禁我们；私人政府的权力也同样大到只手遮天，因为可以解雇我们，而遭解雇的后果会非常可怕，让我们无从获取生活中最基本的必需品和资源。跟我们民主形式的公共政府不同，私人政府没有任何关于公平性和问责制的规定，甚至还会喜怒无常、无法捉摸。因此，私人政府可以看成是专制国家的缩影。员工可以看不惯就走人，但这项权利无法对专制倾向形成制约。人们对此心知肚明，这就是为什么几个世纪以来，美国人所要求的都不只是"仰天大笑出门去"的权利①。

在围绕工作场所的有关问题展开的斗争中，工人提出的要求之一是缩短工作时间，其中最引人注目的是呼吁"8 小时工作制"的工人运动。工人要求限定工作时长，从而能得到额外的休闲时间，而且认为这样也能降低经济衰退期间的失业率，提高生产率，有利于经济增长。但工人们的诉求没有止步于此，他们还要求拥有市场以外的空间和时间。工人们知道，如果没有空闲时间，他们就不可能拥有自由而完满的生活所需要的那种人际关系，也不可能真正投入生活。时间和

---

① Robin, "Lavatory and Liberty: The Secret History of the Bathroom Break"; Hertel-Fernandez, *Politics at Work*; Anderson, *Private Government: How Employers Rule Our Lives (and Why We Don't Talk about It)*, 37 - 71.

劳动力一样是虚构的商品，我们无法囤积居奇，也无法将其从某个人的生命长河中舀取出来。工人们也知道，时间是他们为了生存而必须出售的东西，但是，老板和工作场所可以占用工人时间，就意味着需要时间才能做的其他所有事情就只能受限[①]。

工人争取"有其闲"的这段故事几乎和美国一样古老。1830年代的城市工人除了要求土地改革和免费宅地外，也在要求缩短工作时间。1835年5月，波士顿的一群木匠、泥瓦匠和石匠撰写并发布了《10小时通告》（《通告》），这份简短的文件提出了10小时工作制的要求。他们提出的理由清晰而有力。"我们的时间、健康和力量由上帝赐予，我们绝不承认，任何人有权命令我们要拿多少时间、健康和力量出来交易。"这种制度"非常龌龊、残忍、不公、专制"，因为长时间工作把工人的身体都掏空了，不再是从事着原本高尚劳动的公民。《通告》中讲到，老板强迫工人"把身体和精神的力量都在极为辛劳的苦工中用到极致，一直到再也吃不下饭、睡不着觉的地步，很多时候，工人连一点吃饭睡觉的力气都没有了"，这样的描述在工人中引起了共鸣，尤其是那些新近才开始遭遇这种折磨的受雇劳动者。

《通告》呼吁工人认识到自己的天然权利，老板们通过控制工人，侵犯了这种权利。处于这种精疲力竭状态的公民不可能成为"国家和人权的朋友"，也不可能履行"作为美国公民和社会成员的职责"。在《通告》作者看来，工作时间过长是对工人作为经济价值创造者的不尊重。"如果能把我们当人看，而不是当成活该承受重担的牲口，我们也会乐意承担那份重担，履行社会生活中的那份义务。"最后他们

---

① 工人和人民群众会认为每周工作时长越短越好的原因，见 Hunnicutt, *Work without End: Abandoning Shorter Hours for the Right to Work*，9‐15。关于我们有涯之生中的时间如何界定了我们的自由，Hägglund, *This Life* 一书中有很精彩的思考。

还把自己反对工作时间过长的斗争与关于美国独立战争的记忆联系在一起，他们写道："我们凭着父辈们在战场上、在独立战争中流过的血，主张作为美国自由人的权利，任何想要否认我们正义要求的世俗力量，都会遭受惩罚。"①

这份文件的发布取得了成功，引发了一波抗议和罢工浪潮。在波士顿，人们纷纷传阅这份通告并展开辩论，在此激励下还为争取 10 小时工作制举行了长达 6 个月的罢工。虽然这次罢工最终失败，但美国东北部的另外一些行动还是取得了成功。1835 年 6 月，《通告》传到费城，引发了各行各业的总罢工，这很可能是美国历史上的第一次。最开始是手工织布机织工要求 10 小时工作制，很快他们的诉求蔓延到费城所有行业，砖匠、粉刷工、泥瓦匠、做雪茄的、市政员工、面包师、造马鞍的还有印刷工人都很快相继加入他们的行列。房屋油漆工也加入了罢工浪潮，声称"现行劳动制度是在压迫和剥削我们……破坏了社会和谐，也让自由人名声扫地"。在一周半的时间里，参与罢工的行业达到 20 多个。工人们组织了一场游行，他们举着横幅，上书"朝六晚六，10 小时工作，2 小时就餐"。最后，费城通过了第一部规定 10 小时工作制的法律，为公职人员设定了工作时长的标准，很多私营雇主也不再要求工作更长时间。在巴尔的摩，罢工成功保证了为市政工作的机械师每天 10 小时的工作时长。在纽约，造船工人为缩短工作时间举行的罢工也得到了类似的结果②。

从这一波罢工浪潮可以清楚地看到，时间越来越被视为美国新经济中的一种货币，而这个理念在 20 世纪新兴的劳工运动中也一直如

---

① 《10 小时通告》全文见 Commons et al.，*A Documentary History of American Industrial Society*，vol. 6，94 - 99。

② Roediger and Foner，*Our Own Time: A History of American Labor and the Working Day*，30 - 34；Bernstein，"The Working People of Philadelphia from Colonial Times to the General Strike of 1835，" 336 - 339.

影随形、随处可见。对时间的要求让面对截然不同的工作环境的工人们团结起来。身在不同行业、处于不同技能水平的工人，对于工资和工作场所的要求各不相同，因此无论是好是坏，在涉及如何组织起来的问题时，他们并不认为他们的境况都是一样的。然而所有人都需要空闲时间，用来休息，用来陪伴家人，或是参与社区活动。对时间的要求成了协调工人需求的机制。无论是做雪茄的还是造砖的，都可以在得到休闲时间更多的保证后看到更光明美好的前景，而这样的前景有助于让他们联合起来，为共同目标努力。他们可以用工作时间来衡量整个经济体的工作条件是否公平，而不必逐个行业、逐个公司去要求更合理的工资。因为雇主总想为自己争取多多益善的工作时间，时间也就成了自由理念的通用衡量标准，成了自由理念的主战场[1]。

　　南北战争期间，军事动员导致北方劳动力短缺，这个局面也让劳工拥有了前所未有的力量。林肯曾在他第一次就职总统的演讲中说过一句名言："资本只是劳动的果实。如果没有劳动，资本永远不会存在。"林肯领导下的联邦政府对劳工团体通常都不含敌意，给了他们喘息的空间，让他们可以组织起来。从 1863 年到 1864 年，工会的数量增加了两倍还多，从 79 个变成了 270 个，组织起来的工人达到了创纪录的 20 万人。劳工报纸也开始扩大影响力，在缩短工作时间的斗争中，机工和铁匠的报纸《芬奇行业评论》成了最大、最重要的领军者。《芬奇行业评论》的编辑认为："劳动是平等的。劳动有其尊严。劳动就是力量。劳动者有权调整自己的工作时间。"[2]

---

[1] Roediger and Foner, *Our Own Time: A History of American Labor and the Working Day*, vii - viii, 120 - 121.

[2] Dubofsky and Dulles, *Labor in America*, 82 - 84; Roediger and Foner, *Our Own Time: A History of American Labor and the Working Day*, 83.

共和党人转变态度开始反对南方重建，部分原因是重建工作跟劳工动乱愈演愈烈脱不了干系。但也有一小部分人认为，缩短工作时间是反对奴隶制的题中应有之意。为 8 小时工作制奋笔疾书者不乏其人，其中有位很重要的思想家名叫艾拉·斯图尔特（Ira Steward），就把自己的事业跟废奴运动的精神联系起来。在斯图尔特看来，8 小时工作制"意味着反贫穷、反贵族、反垄断、反奴隶制"。斯图尔特认为，要完成反奴隶制的大业，不仅要把美国工人从他们作为财产的奴隶制中解放出来，也有必要把他们从"工资奴隶制"中解放出来。斯图尔特出生于 1831 年，在马萨诸塞州长大。南北战争前他是机工学徒，每天要工作 12 小时，这样的经历让他把缩短工作时间的要求当成了自己的事业。他深度参与了机工与铁匠国际联盟，是马萨诸塞州 8 小时工作制大联盟的领导人，这个联盟还有一位领导人是废奴主义者温德尔·菲利普斯（Wendell Phillips）。为了支持缩短工作时间的斗争，他废寝忘食奋笔疾书，在议会大声疾呼，并向工人发表演讲[1]。

斯图尔特也是最早尝试理解工人的民主和自由在工业社会中意味着什么的人。他主张为工人提供维生工资（也就是让他们足以维生，这很可能是他造的一个词），并要求缩短工作时间。他还推动了工人运动向新方向发展。他认为，高工资、短工时不仅对工人本身有好处，对整个经济体也有好处。高工资会创造更多商品需求，而更高的需求反过来又会刺激生产。短工时意味着工作量可以进一步分配给更

---

[1] Glickman, "Workers of the World, Consume: Ira Steward and the Origins of Labor Consumerism"; Roediger and Foner, *Our Own Time: A History of American Labor and the Working Day*, 85; Glickman, *A Living Wage: American Workers and the Making of Consumer Society*, 33 - 34; Dubofsky and Dulles, *Labor in America*, 95 - 97; Cahill, *Shorter Hours: A Study of the Movement since the Civil War*, 33 - 34.

多工人，有助于降低总是与飞速变化的经济体相伴而来的高失业率。工作时间缩短也意味着生产力可能会提高，因为雇主会想方设法通过投资让工人产出更多，而这么做又可以让工人提高工资。这样一来就有了良性循环，所有人都能从中得到好处[1]。

对于是谁在经济中创造了价值这个问题，上述观点把工人和消费者推到了舞台中心，把老板和所有者赶下了神坛。在斯图尔特看来，因为工人"消费最多"，所以他们"提供了最多的就业机会"，增加他们的收入、缩短他们的工作时间对于提高就业率来说会产生重要作用。如果不这么做，在个人无力回天的大萧条中，经济就会陷入泥潭无法自拔[2]。

斯图尔特认为，消费主义是一种能够实现工业化民主的方式。大众能够享受到工业经济创造的繁荣局面，是保持经济引擎运转所必需的。在斯图尔特看来，"消费主义"意味着工人不但有权从他们的创造中得到公平的份额，也有能力用自己的份额购买他们需要的东西。他认为，这是让工人阶级的力量为我所用的方法，也能让经济保持稳定。对于那些用勤俭克己之类的概念来规训工人阶级的人，他嗤之以鼻。"指斥（劳动人民）过于奢侈……这个说法是为了证明工资已经不能再高了而炮制出来的。"消费主义说的不只是个人如何满足自己的欲望和偏好，也是工人要求在为自己创造的经济繁荣中分一杯羹的方式。

斯图尔特批评起那个年代的大众文化来丝毫不留情面。他强烈谴责那些"以卖烧酒、印廉价小说、赛马和打棒球为生"的人，因为他

---

[1] Glickman，"Workers of the World, Consume：Ira Steward and the Origins of Labor Consumerism," 72 - 75；Roediger and Foner，*Our Own Time: A History of American Labor and the Working Day*，85.

[2] Glickman，"Workers of the World, Consume：Ira Steward and the Origins of Labor Consumerism," 77.

们让工人"失却雄心壮志，再也不会去抗议任何事情"。有了用轻浮无聊的事情转移注意力的大众文化，工人们就会"跑去看马戏表演而不是参加劳工会议，对罢工的人空出来的位置虎视眈眈"。尽管斯图尔特在很多事情上都眼光独到，但他没有看到，日益发展壮大的工人阶级文化比他认为的要丰富得多。工人们创造的文化有助于他们控制自己的时间和社区，维护他们的传统和社会习俗，对于他们面对的往往很残酷的工作条件，这种文化也有缓解作用。工作时间缩短让公民社会有了蓬勃发展所需的时间和文化空间，因此对自由亦有贡献①。

对于会给予工人更多，同时也为工人及其家人和社区留出更多时间的经济体的呼声越来越高。1898 年，在被问到劳工想要什么时，美国劳工联合会的领导人塞缪尔·冈珀斯（Samuel Gompers）直接答道："更多！今天更多，明天更多，然后……越来越多。"他说的"更多"不是指具体的工资或什么政策，而是要确保工人能得到更多他们生产的东西，不用眼睁睁地看着剩余的产品都被输送给位于收入分布最顶端的人。对"更多"的要求可以成为跨过将工人阶级分割为不同群体的界限进行协调的一种方法。

按照历史学家罗珊·库拉里诺（Rosanne Currarino）的说法，这种要求"更多"的政治诉求也蔓延到工作场所以外，成了整个社会对未来的期许。冈珀斯说，劳工要求"更多休闲，更多休息，更多机会……可以去公园，可以有更好的住所，可以读书，可以创造更多的欲求"。"更多"是把社会组织起来的一种方式，可以确保繁荣局面雨露均沾，也能创造丰富多彩的社会生活和工作环境。冈珀斯要求：

---

① Glickman，"Workers of the World, Consume: Ira Steward and the Origins of Labor Consumerism," 75 - 78. 关于这一时期的工人阶级文化，见 Rosenzweig, *Eight Hours for What We Will: Workers and Leisure in an Industrial City*，1870 - 1920。

"让打造我们生活所需的美好事物更多一些；家园更好一些，环境更好一些，教育程度更高一些，志向更高远一些，思想更高尚一些，人情味更多一些，把所有的人类天性集合起来，打造出一个自由、独立、充满爱心、高尚、真诚并富有同情心的人。"要求"更多"的政治诉求也提出了可以群起而攻之的对立面，冈珀斯陈述道："劳工想要什么？我们希望校舍多一些，监狱少一些；书籍多一些，军火少一些；学问多一些，恶行少一些；闲暇多一些，贪婪少一些；公正多一些，复仇少一些；实际上就是说，可以让我们培育出更好天性的机会多一些。"①

限制工作时间是要求"更多"的政治诉求的重要组成部分，对工作时间的限制也成了他们的战斗口号。通过设定每天工作 8 小时的上限，要求"更多"的政治诉求得以描述更加百花齐放的繁荣场面，而不是只关注工资上涨的结果。1870 年代有一首题为《8 小时》的抗争歌曲，开头就写到了这个要求：

我们打算把事情重做一遍；
我们厌倦了毫无结果的苦工；
我们的钱也许够我们活下去，
但用于思考的时间却没有哪怕一分钟。
我们想晒晒太阳，
我们想闻闻花香；
我们知道这是上帝的旨意，

---

① 关于要求"更多"的政治诉求的历史，见 Currarino, *The Labor Question in America: Economic Democracy in the Gilded Age*，86 - 113，以及 Currarino, "The Politics of 'More': The Labor Question and the Idea of Economic Liberty in Industrial America"。

我们想拥有只工作 8 小时的辰光[1]。

8 小时工作制是 19 世纪后期工人的核心诉求。1884 年，商业组织与工会联合会发布了一项决议，宣布"自 1886 年 5 月 1 日起，8 小时将成为每日法定工作量"。结果这个呼吁对人们的激励比联合会设想的要大得多，就在这一年，街头涌起了一大波劳工运动的浪潮。工人们举着"8 小时工作，8 小时休息，8 小时爱干啥干啥去"的标语四处游行。1886 年，全国到处都发生了罢工。这时候美国经济正在迅猛发展，工人希望通过高工资、短工时以及在工作场合拥有更多话语权来共享新出现的繁荣局面。他们受到劳动骑士团在各地的组织者的鼓励，这些人把要求缩短工时的所有动力都投入这场行动中。尽管 1880 年代初就已发生过多次罢工，但 1886 年，罢工次数仍然增加了一倍多。甚至在这年 5 月前，就有 25 万工人加入缩短工时的呼声中来。到 5 月第二周，这个数字增加到 34 万，其中 19 万正在罢工。这一整年，将近 1 万家机构的 50 万名工人参加了 1 400 次罢工，比上一年增加了一倍多。据估计，有 20 万名工人因为这样的呼声而成功缩减了工时[2]。

在 19 世纪晚期争取控制工作时间的运动中，工人们面对的艰难险阻来自方方面面。总统会召集军队，从资本家的利益出发镇压罢工。老板们也会安排打手队伍解散工人，甚至向工人开火。但某一群体的所作所为，无论就他们所掌控的权力而言，还是就他们动用国家暴力以支持互相矛盾的自由理念的意愿来说，都令上述行为相形见

---

[1] Rosenzweig, *Eight Hours for What We Will: Workers and Leisure in an Industrial City*, 1870 –1920, 1.
[2] Brecher, *Strike!*, 40, 46 – 48.

细，那就是各级法院和安坐高位的法官们[①]。

从 1880 年到 1910 年，美国有 2 800 万人迁入城市，其中仅 1900 年到 1910 年间就有 1 200 万人。这个数字代表着整个人口结构发生了重大转变。1880 年，美国只有 28％的人生活在城市，到 1910 年，这个数字已经上升到 46％。一个日益城市化的国家在日常生活的很多方面都会发生改变，有些改变非常重大，其中就包括食品的生产和购买。很多人居住的经济型公寓都没有烤箱，就算有，想想他们住得有多拥挤，也知道做饭往往不大容易。这个局面带来的结果之一，就是烘焙业的发展[②]。

今天我们可能会觉得烘焙是一种手工活，说到烘焙，我们就会想起本地农贸市场上卖新鲜面包的摊位。但面包这个行业可不是小打小闹的手工，而是这个时期工业变革的一部分。饼干不是零食，而是不易腐败变质的主食，带着出远门也可以吃很久。为了主宰饼干市场，很多大型商业信托公司合并起来，其中国家饼干公司控制了 70％的市场。城市里的面包店往往很小，都只经营本地市场，但工人的工作条件很艰苦，而且险象环生。几乎所有烤箱都安装在公寓的地下室，因为那里可以承受烤箱和烘焙原材料的重量。地下室的下水道通常由砖块和黏土砌成，容易漏水，而且味道很大。这样的地方晒不到太阳，不怎么通风，因此为传染病的传播创造了条件。虽然今天最主要的致命元凶是心脏病和癌症等疾病，但那时候人们最常见的死因是传染性疾病。1900 年最常见的致命疾病是肺炎和肺结核，很多人都有

---

① Brecher，*Strike!* 55 - 58. 关于针对劳动者的暴力行径，见 Loomis，*A History of America in Ten Strikes*，71 - 90。

② U. S. Bureau of the Census，"Selected Historical Decennial Census Population and Housing Counts—Urban and Rural Populations."

充分理由认为，肺结核就是公寓地下室狭小、肮脏的工作条件所导致的①。

　　除了工作条件不卫生以外，工作本身也很艰苦。在狭窄的地下室里把一袋袋沉得要命的面粉搬来搬去还拿不到几个钱，并不是最糟糕的情形。人们抱怨最多的是工作时长。1881 年，纽约面包师举行了一次罢工，要求将每天的工作时间缩短到 12 小时。据估计，1895 年面包师每周要工作 74 小时，有些地方的工作时间还要长得多，甚至有人报告说一周要工作 114 小时。纽约有一名工人是这么描述的："面包师们的日光被剥夺了，一切能让生活变得甜蜜、让人向往的东西也都被剥夺了，只剩下日日夜夜几乎一刻不停的劳作。"在这样的工作条件下，工人不可能享有家庭生活，参与更广泛的社会活动就更不用说了②。

　　1895 年，为了改善这么恶劣的情形，纽约州通过了"面包店法案"。这项新的法律规定了面包坊的工作条件，也规定最长工作时间为每天 10 小时或每周 60 小时。在这个法案通过前也有很多劳工相关的法律在充当默认条款，但仅在不存在其他条款的前提下这些规定才有约束力，因此很容易因为雇主提出的条件而作废。1867 年，一个劳工团体发出哀叹："已经有 6 个州的议会通过了 8 小时工作制的法律，但实际上这些法条还不如从未写入法令全书，我们只能视之为对劳工阶级的欺骗。""面包店法案"的出炉，就是为了不在这些方面无能为力。如果违反了"面包店法案"，雇主会受到刑事处罚，而为了确保他们会遵纪守法，这项法律还要求州政府成立工厂检察员小组来

---

① Tippett，"Mortality and Cause of Death，1900 v. 2010"; Kens, Lochner v. New York, 6–12; Millhiser, *Injustices*, 91–94.

② Kens, Lochner v. New York, 12–14, 58–59.

强制执行①。

1901 年 4 月，纽约州中部尤蒂卡市的小面包店老板约瑟夫·洛克纳（Joseph Lochner）雇了一位面包师阿曼·施密特（Aman Schmitter），每周工作 60 多个小时。随后根据纽约的面包店法案，洛克纳被控轻罪，这样的指控他以前也面临过。在一年后的审判中，洛克纳既没有说自己有罪还是无罪，也没有进行任何辩护。法官判决罪名成立，要求他支付 50 美元罚金或蹲 50 天监狱。对这一判决，洛克纳提出上诉，并一直上诉到美国最高法院。1905 年，美国最高法院审理了这一案件②。

美国最高法院之前推翻过很多经济方面的法律。这时候的最高法院刚刚还停征了一项所得税，削弱了反垄断法，并支持了多项劳工禁止令，让镇压罢工变得更容易。但是，人们还是没法准确判断最高法院对此案会有什么动作。很多人认为，最高法院会觉得这种劳工法律完全属于各州治安权范围，要不也是在各州监管公民健康安全的权限之内③。

但在这起后来在美国法律史上臭名昭著的案件中，最高法院的裁决并非如此。在"洛克纳诉纽约州"（Lochner v. New York，198 U. S. 45）一案中，美国最高法院推翻了"面包店法案"中对最高工作时长的限制，理由是人们有契约自由。对此，最高法院 9 位大法官中有 5 人赞成、4 人反对，鲁弗斯·佩卡姆（Rufus Peckham）大法官执笔撰写了多数意见书。他说，"面包店法案""涉及雇员可以在雇主的面包店工作多少个小时，必定会干预两造之间的契约权"。随后

---

① Kens, 65 - 67；Commons et al., *History of Labour in the United States*, *vol. 2*, 109 - 110；Dubofsky and Dulles, *Labor in America*, 96 - 97.
② Kens, Lochner v. New York, 89 - 91.
③ Kens, Lochner v. New York, 117, 122 - 123.

佩卡姆接着写道："没有人会起来争辩说，面包师作为一个阶层，在智力和能力方面无法跟其他行业的人或其他体力劳动者平起平坐，也不会有人说离了政府的保护，他们就没法维护自己的权利，没法照顾自己。"①

佩卡姆用第十四条修正案来证明自己这么抨击面包店法案是合理的。南北战争后，在激进共和党人的领导下，国会通过了两条修正案，彻底改变了联邦政府与各州及公民之间的关系，以确保新近得到自由的人们能真正享有自由。修正案的目标是用联邦政府来防止各州"不经正当法律程序……剥夺任何人的生命、自由或财产"，并确保"合众国公民的选举权，不得因种族、肤色或以前是奴隶而被合众国或任何一州加以拒绝或限制"。这两项保证分别写在第十四条和第十五条修正案中。宪法中由前十条修正案组成的权利法案聚焦于禁止国会采取某些行动影响公民，而这两条重建修正案都以"国会有权以适当立法实施本条规定"作结，也算是给出了承诺。激进共和党人明白，跟最低工资法一样，光有法条文字是不行的，这些权利要有强制执行才能推行下去。这可以说是这个国家又一次建国，在宪法中注入了执行平等原则的权利。

然而美国最高法院并没有用这些重建修正案来维护南方黑人的公民权利，反而用来破坏涉及劳工的各种立法，尽管制定这些修正案完全不是为了这一用途，简直是最苦涩、最辛辣的讽刺。在裁决洛克纳案的两年前，也就是1903年的"吉尔斯诉哈里斯案"（Giles v. Harris，189 U. S. 475）中，最高法院认为，因为吉姆·克劳法而出现的对投票的新限制，尽管意在阻止黑人投票，但并未违反第十五修正案。最高法院歪曲重建修正案，把这些修正案当成与劳工为敌的武

---

① Kens，Lochner v. New York，129–132.

器，同时也否认这些修正案是在挑战白人至上主义①。

最高法院对洛克纳案的判决实在是荒谬至极，值得好好梳理一下都犯了哪些错误。其中有两个错误特别突出，也刚好有两份异议意见书分别强调了这两个问题。第一份异议来自约翰·马歇尔·哈伦（John Marshall Harlan）大法官，他认为"面包店法案"属于治安权，是合宪的，然而从最高法院的判决可以推定各州监管经济的法律违宪，最高法院这么做肯定是越界了。哈伦指出，治安权让各州有了监管公共卫生、安全和良好秩序的能力，对工作时长的规定完全在这一范围内。这项法律在通过时提出了一个非常合理的理由，就是工作时长跟工人的健康和安全有直接关系。哈伦写道："每天实打实地工作10个小时以上……会危害健康，缩短工人寿命……这个案件应该到此为止。"限定工作时长的法律究竟是不是个好主意姑且不论，去揣测各州政府和议会通过的法律究竟有什么含义并不是最高法院的工作②。

哈伦在异议意见书中指出，这个裁决"带来的结果十分恶劣，也将影响深远"，因为这个结果会"严重削弱各州固有的关心民众生命、健康和福祉的权力"。最高法院用屈指可数的几个人变化无常的个性和偏见取代了真正的立法论证过程，也就此让自己头上疑云重重：没办法确定什么能入得了最高法院的法眼。洛克纳一案的多数意见书认为："就普遍认识来说，从来没有人认为面包师这个行业有害健康。"（塞缪尔·冈珀斯反驳道："如果最高法院签署了多数意见书的人都去过本州的面包店，而且看到现在最常见的即使遵守了10小时工作制

---

① Pildes，"Democracy，Anti-Democracy，and the Cannon"；Foner，*The Second Founding*.

② 关于洛克纳案的判决为什么错了的讨论，见 Brown，"The Art of Reading Lochner，"以及 Balkin，"Wrong the Day It Was Decided：Lochner and Constitutional Historicism".

的工作条件，就肯定会相信规定工作时长是本州治安权的分内事。"）然而，尽管最高法院认为面包师不应该受到保护，但在 1917 年的"邦廷诉俄勒冈州"（Bunting v. Oregon, 243 U. S. 426）一案中，最高法院又支持了磨坊、工厂和制造厂工人的 10 小时工作制。现在，最高法院会认为哪些职业在劳动力市场上应该受到保护，完全成了猜谜游戏①。

至于说最高法院对特定群体会怎么看，也成了很大的问题。1908年，最高法院在"穆勒诉俄勒冈州"（Muller v. Oregon, 208 U. S. 412）一案中裁定，为了"保护这群人的力量和活力"，可以为女性制定限定最长工作时间的法律。而 15 年后，在 1923 年的"阿德金斯诉儿童医院"（Adkins v. Children's Hospital, 261 U. S. 525）一案中，最高法院推翻了一项为女性制定的最低工资法，理由是女性现在可以投票了，因此在劳动力市场上不再需要任何保护。大法官们的行为摇摆不定，根据案件送到他们面前的时间不同，判决会有很大差别。1911 年之前和 1923 年之后，他们都更有可能做出反对监管的激进决定。对于工业社会普遍存在的新问题来说，这可不是解决之道②。

最高法院这种模棱两可的态度被有些人当成了武器，他们不仅想

---

① Kens, Lochner v. New York, 147 - 149.

② Ginsburg, "Muller v. Oregon: One Hundred Years Later". 关于"洛克纳法院"的多个时期，以及最高法院的摇摆不定，见 Bernstein, "Lochner Era Revisionism, Revised: Lochner and the Origins of Fundamental Rights Constitutionalism". ［最高法院的不同时期习惯以首席大法官的名字命名，但史家将 1897 年至 1937 年 40 年间的最高法院称为"洛克纳时代"，却是得名于洛克纳案。在此期间，高院屡屡认定各州或联邦的经济法规（主要是对最高工时、最低工资和工作条件等的管制）因违宪而无效，从 1897 年的奥尔盖耶案（Allgeyer v. Louisiana, 165 U. S. 578）开始，经 1923 年的阿德金斯案（Adkins v. Children's Hospital, 261 U. S. 525），再到 1937 年的西岸旅馆案（West Coast Hotel Co. v. Parrish, 300 U. S. 379）推翻阿德金斯案先例，方宣告契约自由理论在联邦最高法院终于落幕。而其中的洛克纳案是这一理论的最完美诠释，因此成为这一时代的代称。——译者］

推翻针对经济的立法，还想从一开始就不让这样的立法通过。支持洛克纳案判决结果的人宣称最高法院在这段时间并没有推翻很多经济法案，但这些判决让那些想找到办法来反击社会问题的人的想象和行动都遭到了冷落和打击。司法审查让威胁永远笼罩在每一项法律头上，而且这威胁还不是一以贯之的。这个局面对于我们能做什么、想做什么造成了限制和扭曲，甚至削弱了一直到罗斯福新政之前乃至新政期间的很多解决方案①。

但对最高法院的所作所为还有更深刻的批评，来自小奥利弗·温德尔·霍姆斯（Oliver Wendell Holmes Jr.）大法官对洛克纳案的第二份异议意见书。霍姆斯这份意见书言简意赅，他写道："无论是家长式作风的经济理论也好，是关于公民与国家之间有机关系的经济理论也好，是自由放任的经济理论也好，（宪法）并不打算代表某种特定的经济理论。"而此案的裁决是以"这个国家很大一部分人都不会考虑的一种经济理论"为基础的。最后他还说了一句特别不招人待见的话，"第十四修正案并没有把赫伯特·斯宾塞②先生的社会统计学变成法律"，指的是体现了当时保守的自由放任思想的经济学文稿。

霍姆斯想说的是，真正不偏不倚的市场不可能存在。就拿财产这么简单的对象来说，我们的常识性理解以及法院采用的常识性理解是，你拥有自己的财产，就是你和你的财产之间有一垂直关系。但实际上，财产是人和人之间以社会规则、相互强制及互惠义务为基础建立的一种横向关系。我拥有我的房子，不是因为我和建成房子的砖石之间有什么特殊关系，而是因为我可以拒绝他人用我的房子做什么事

---

① Friedman, *A History of American Law*, 270 - 272；Purdy, "Neoliberal Constitutionalism: Lochnerism for a New Economy," 208 - 211.

② 赫伯特·斯宾塞（Herbert Spencer），英国哲学家、社会达尔文主义之父，他提出将"适者生存"应用在社会学，尤其是教育及阶级斗争中。——译者

情。我们可以说这是我们的财产，是因为其他人有义务不闯入，而我有权想怎么用就怎么用，任何人都不能阻止我。政府及其各机构在这个问题上不可能不偏不倚，因为正是他们定义了这种把他人排除在外的做法并照章执行。拿自由当挡箭牌也解决不了问题，因为一些人的经济自由扩大就必然意味着要限制另一些人的经济自由。财产权并不是一成不变的、单一的，而应该被视为捆绑起来的一大团权利，每一种财产权都涉及不同类型的权利、特权、控制力和义务，都可以用各种各样的方式来衡量。签订契约改变财产权的能力，只不过是个人在以另一种方式告诉政府，要加强这些社会义务和强制网络[1]。

政府总是会为了一些人的利益而干预决策，并以牺牲另一些人的利益为代价。霍姆斯举了一些例子：限制高利贷、彩票和股票投机，禁止周末的某些活动，以及立法规定强制接种疫苗等。所有这些都对人们签订契约的能力有所限制，而且也都在公众中间广泛讨论过。除了霍姆斯提到的这些法律外，政府还采取过无数次能让资本家受益的行动，包括公司化、限制股东的权利、制定破产法、强制执行契约等。各地各级法院对此都处之泰然，而对于利用反垄断法来对付工会、发布禁令阻止工人罢工等，法院也同样处之泰然。只有法律想为工人提供更好的保护时，法院才会吹犯规。这些法院倾向于将对经济学非常具体的理解凌驾于法律之上，这么做不仅越界，也相当于把他们更偏爱的经济学观点写进了宪法[2]。

---

[1] 关于这一时期法律现实主义方法的精彩历史概述，见 Fried, *The Progressive Assault on Laissez Faire: Robert Hale and the First Law and Economics Movement*，47 – 59。

[2] 关于政府打造对资本有利的经济体的各种方式，见 Moss, *When All Else Fails: Government as the Ultimate Risk Manager*，53 – 151。关于法院为什么会把劳动者单挑出来区别对待的问题，见 Fried, *The Progressive Assault on Laissez Faire: Robert Hale and the First Law and Economics Movement*，230n19。

霍姆斯在洛克纳案的异议意见书中提出，应该有一个民主的过程来建立这样一个系统。霍姆斯本人的经济观点很可能属于保守派，他也许会认为，工人试图通过立法来改善自己生活的努力不大可能取得很大成果。但是他也知道，这个问题绝非板上钉钉，而且他对司法机关将他们钟情的经济理论付诸实践所带来的确定性深恶痛绝。霍姆斯写道，宪法"是为了让持有根本不同观点的人"去试验、去寻找答案"而制定的"。霍姆斯受到一种叫做实用主义的新学派的影响，这种思想以是否有用来判断一个陈述是否有效，并主张探索真理应当以一种试验的、演进的理解为基础。工业经济对自由的定义，也理当如此[①]。

美国经济应当以小规模的土地所有权为基础，这一美国梦在1850年代的政治运动中极为重要，但随着工业化浪潮席卷整个国家，这个梦想也很快破灭了。美国人变成了受雇劳动者，这一转变极大改变了他们的生活，甚至让他们对自己的时间不再有丝毫控制权。他们也反抗过，想说要自由就意味着能够控制自己的时间，有时间陪伴家人，有时间积极参与社区活动。空闲时间被看成是市场上的一种制衡机制。工作时间更短可以带来更稳定的就业，这一点尤为重要，因为经济衰退和科技进步毁掉了很多工作岗位。工作时间更短也可能意味着工资更高，并刺激生产力进一步提高，降低经济衰退的影响，并让工人有能力主张拥有他们创造的所有财富。这是对"更多"的需求——让生活中的美好事物更多，多多益善。围绕着这个理念，工人们发起了多次运动，也遭遇了残酷的镇压和打击，而且不只是来自资本家和企业。由法院编造出来并强行推行的自由财产、自由市场的概念，严重限制了以民主方式能够得到的结果。

---

① Menand，*The Metaphysical Club*，409 – 433.

对于受雇劳动者来说，这个局面已经够糟糕了。然而，那些不能工作的人又是什么情况？那些找不到工作的人，或者因为太老、病得或残疾得太厉害而无法受雇用的人呢？那些在险象环生的工作中受了很严重的工伤的人呢？他们遇到的情形同样是对自由的侵犯，但要解决他们的问题，需要建立一种全新的保护形式：社会保障。

第三章　衣食有着

　　1915 年 10 月 22 日，一位名叫艾萨克·马克斯·鲁比诺（Isaac Max Rubinow）的保险精算师自信满满地向在纽约市阿斯特酒店开会的同行们宣布，他们得为社会保险席卷美国做好准备。社会保险是一项用来防范现代社会经济风险的公共项目，后来鲁比诺将这些风险定为"事故、疾病、年老、失业"，还称这些风险就是"在每个现代工业区数百万受雇工人的生命和财富中横冲直撞的四骑士"。鲁比诺认为，社会保险不只是经济保障，也是自由的基础。如果一个人的生活可能会被超出他本人控制范围的经济力量摧毁，这个人就不可能是自由的。社会保险提供保障，也就带来了自由。

　　然而会上那些保险业专家都认为，现代经济的风险，也就是鲁比诺和另外近 40 名与会精算师如此精细地阐述、分类和量化的那些风险，由政府解决起来只是个时间问题。鲁比诺则宣称："更自由、更公平的补偿标准，让不怀好意的选举制度消失，某种形式的强制保险，更好的公共调控制度，最后还有费率由公众制定，（这些倾向）清清楚楚、毋庸置疑。"这年早些时候，同样对这群人他也说过："社会保险既不可或缺，又不可避免。"

　　这时候的鲁比诺不只是美国社会保险领域的重要权威，也是首屈一指的从业者，推动着这个年轻的领域向新的方向发展。在 10 月的这次大会上，他作为美国产险精算与统计协会（也就是后来的北美产险精算协会，简称 CAS）主席发表了演讲。协会会员都是保险业精英，他们不但想研究保险业这个新领域，还想改变政策。那天他演讲完后，会上还发表了十余篇论文，论题从入室盗窃保险到概率曲线再到死亡抚恤金估值，范围非常广泛。无论主题有多专业，会议室里可以明显看到因为事情正在起变化而出现的兴奋之情。会议开幕时，鲁比诺宣布了相关法律正在全国各州讨论并相继通过的消息。他们完全有理由相信，全民医保和普惠的社会保险制度会在短期内得以通过①。

但后来这一进程就停滞不前了。鲁比诺退出了公共舞台，一直到 20 年后，美国才建立起针对老年失业和贫困的国家基本公共保险。即使一个世纪以后，这一进程仍然没有全部完成。但是，鲁比诺和他们那一代改革者感到兴奋也没错，因为他们正在重新定义自由和安全。对他们来说，统计模型证明在当时事故、贫困和死亡都极为常见，而问题并非只能归因于不走运或个人不够积极主动。这些泛滥成灾的痼疾是现代经济带来的一种新的不自由，而这些改革者的计划是，努力解决这一不自由的问题，即便这个社会并不想找到解决方案。他们不仅提出了经济上的理由，即认为如果对私有市场和随心所欲的社会听之任之，就始终无法解决问题，还进一步指出，如果想知道自由对国家来说有什么新的意义，社会保险这一新兴概念就极为必要、不可或缺。

我们一直都能看到，需要社会保险的理由不断在面前出现。市场不能提供真正能应对贫穷、疾病、年老和残疾的保障，这一点可以理

---

① *Proceedings of the Casualty Actuarial and Statistical Society of America*, vol. 2, 1 - 10, 172; Rubinow, "Problems and Possibilities," 289; Rubinow, *The Quest for Security*, 20 - 21.

解，但还是很难接受，因为我们一直都希望市场和当地社区能够解决这些问题。然而支持社会保险的理由在 100 多年前我们就或多或少有所了解，再看看今天，此刻这些理由是不是依然非常响亮，可以给我们带来很多启发。很多作家、思想家和活动人士都研究和描述过 20 世纪初新兴的工业经济如何在人们最脆弱的时候未能满足其需求，他们找到的答案在今天仍然远未过时。

1880 年到 1920 年，美国迅速城市化。从农场迁入城市成为受雇劳动者的人，看到的不仅是他们的生活和工作安排发生了重大转变，同样改变的还有他们的基本生活保障水平。在农村生活让他们有地方遮风挡雨，食物通常也够他们活下去，但来到城市以后，这些基本的生活条件就再也得不到保证了。由于生病、事故或裁员而失去目前以及未来的全部或大部分收入，这样的危险突然之间以一种全新的方式威胁着一个个家庭，让他们无处可逃[①]。

关于贫穷的观念也因此改变了。19 世纪末的美国人对贫穷的看法有很大分歧，甚至可以说自相矛盾。一方面，美国人认为贫穷没有理由出现，因为这个国家非常富足，也就是说钱财物产多得都分不完。他们为自己的祖国地大物博而自豪，觉得这个国家为每一个人都提供了机会，这在全世界都是独一份。但另一方面，他们也认为贫穷不可避免，甚至对社会来讲很有必要也大有裨益。无论对有钱人还是穷人，贫穷都能起到激励作用。贫穷鼓励有钱人为社会做慈善，逼着穷人穷则思变，推动穷人前进，让他们变得宽容忍让、克勤克俭。类

---

① Moss，*Socializing Security: Progressive-Era Economists and the Origins of American Social Policy*，2.

似于霍雷肖·阿尔杰①创作的脍炙人口的故事，就描述了人们如何在贫穷的逆境中艰苦奋斗，最终走向成功②。

尽管极为缓慢，但在 1890 年前后，那些在一线与贫困问题鏖战的人开始从另一个角度看待贫困的原因和结果。他们并不认为是个人的失败导致了贫穷，而开始认为贫穷是社会弊病带来的结果。这一看法将贫穷重新定义为因缺乏保障、供应不足产生的问题，而非因为依赖和道德败坏才导致的问题。贫穷不但不能激发伟大，反而会困住人们，限制他们的可能性。在拉塞尔塞奇基金会 1914 年出版的一部关于贫困儿童的专著中，我们就能看到这样的变化。书中指出："（贫穷）也许并不致命，但会阻碍人们发展。……（贫穷）以永远不可能获胜的、缓慢而长久比赛的面目出现……住经济型公寓的孩子也会参加比赛，但贫穷总是会让他们束手束脚。"对于社会平衡来说，贫穷既没有价值也没有必要，还不如说，正是贫穷反映了社会未能为最脆弱的群体提供工作和收入③。

在学者、学生和社会工作者中理解贫穷的这种不同方式，改变了两个相互关联的重要假定。首先是把贫穷的定义从道德状况变成了基于低收入的更准确有效的定义，这一定义也意味着穷人不能稳定获得食物、衣物和住房。社会工作者罗伯特·亨特（Robert Hunter）指

---

① 指小霍雷肖·阿尔杰（Horatio Alger，1832—1899），19 世纪美国作家，极为多产，尤以少年小说闻名。他的作品大多以"莫欺少年穷"为主题，描述贫穷的少年如何通过其正直、努力、少许运气以及坚持不懈最终取得成功。阿尔杰创作的巅峰时期，正值美国由农业社会向工业社会艰难过渡。历史学家认为，阿尔杰的作品绝不仅局限于有趣的故事本身。小说中描述的通过自身努力获得成功的主人公，给予了当时大量美国穷人力量、信心及动力去更加刻苦工作来换取成功。——译者

② Bremner, *The Discovery of Poverty in the United States*, 16 - 30.

③ 关于对贫穷的"新看法"，见 Bremner, *The Discovery of Poverty in the United States*, 123 - 128.

出，那些"也许只能勉强维持生计，但无法得到足以令他们身体保持高效运转的必需品"的家庭，就是生活在贫困中。结果就是"食不果腹、衣不蔽体、家徒四壁"。之前的理解在有资格和没资格享受社会财富的人之间划了一条界线，这条界线把穷人从整个社会中分离出去，而新的理解模糊了这条界线。亨特指出，即使那些"更幸运的劳动者，一旦机器停止运转，也只需要几个星期的工夫，就会揭不开锅"。贫困就是无法通过受雇劳动得到足以维持一定生活水准的收入的情形①。

带着这样的见解，研究人员发现，贫困比人们通常认为的更普遍、更持久，也很少跟个人性格特征有关。不同研究人员对于最低收入是多少有不同标准，在不同标准下估计的结果也有所不同，但根据一项以有三个孩子的家庭的收入为基准的合理定义，可以估算出美国大约有 3 000 万到 5 000 万穷人。另一项估计的结果是，生活在贫困中的工人约占 40%。当时的贫困研究人员发现，在被归为贫穷的人中，只有 12%—25% 的人属于所谓的因为个人行为而"不配"享有社会财富的情形。绝大部分人之所以贫穷，都是因为没有稳定的工资收入②。

这些发现也带来了第二个新想法，就是将贫困与危险的工作条件紧紧联系起来。如果脱离贫困的能力与个人的道德水平无关，而与他们能否得到一份稳定的带薪工作有关，那么这份工作的合同条款和工作条件就会成为理解贫困为何挥之不去的关键。如果人们受伤、生病或是过于年老，那么就算是最高尚、最勤劳的人也会陷入贫困的境地。我们尤其需要关注受伤的情形，因为死亡和受伤随处可见正是工

---

① Hunter, *Poverty*, vi, 4 - 5.
② Patterson, *America's Struggle against Poverty*, *1900 - 1980*, 6 - 14.

业化时代美国工作场所的显著特征。20世纪初，每年每1 000名工人中就会有1人死于事故，约有2％的劳动力会因为工作场所的事故而死亡或失去工作能力1个月以上。铁路和煤矿工人面临的死亡率尤其高得惊人。1890年，铁路工人、列车车务员、司闸员和煤矿工人面对的死亡率，是每年每10万名工人中有215人到1 100人死亡。我们来跟今天的数字做个对比：2015年美国最危险的工作是伐木，每10万名工人中有132人受到致命伤害。在这些新的岗位上工作的人越来越多，而他们面对的死亡率大致是如今最危险的工作的2到8倍。专家们也发现，当时煤矿工人的工作跟欧洲相比也要危险得多，煤矿的死亡率比欧洲不同国家高2到4倍[①]。

美国社会保险的理念正是从这里发源的，而艾萨克·马克斯·鲁比诺是在美国推行这个理念的关键领袖之一。1875年，鲁比诺出生于俄罗斯一个富有的犹太纺织商家庭。1893年，由于迫害日益加剧，他们家从莫斯科逃到了纽约。很多年里鲁比诺与俄罗斯仍然保持着联系，担任俄罗斯报社驻美国的通讯记者。鲁比诺尽管不是作为正统的犹太人长大的，但他非常了解和喜欢犹太人互助的传统，尤其是那些会在人们生病时提供帮助的团体。他对这些传统的了解，让设立某种公益基金的想法有了可能。

鲁比诺在纽约大学医学院上学，之后从1899年到1903年，他都在纽约的贫民区行医。在行医过程中，他看到贫穷和糟糕的身体状况让病人陷入了愈演愈烈、每况愈下的循环。对于贫穷的病人，他经常给他们钱，而不是向他们收费。后来他回到哥伦比亚大学读研究生，

---

① Witt，*The Accidental Republic: Crippled Workingmen*，*Destitute Widows*，*and the Remaking of American Law*，2 - 3，22 - 33，225n30；Janocha and Hopler，"The Facts of the Faller."

废寝忘食地攻读经济学和统计学，随后离开医学界，进入政府工作。在政府部门，他领衔了一项关于欧洲工人的保险相关法律的全面研究，最后提交的报告长达 3 000 多页。1911 年，为了参与社会保险运动的一线工作，他搬回纽约，做起了统计员，继续发表关于工人保险的学术文章，并开发了评估和预测工人风险的新工具。

鲁比诺加入了"进步时代"的多个著名团体，比如美国劳工立法协会，也成了《调查》杂志的特约编辑，这份著名期刊就是为社会工作的这个新领域出现的诸多论辩开办的。他在纽约慈善学院①主讲一门跟社会保险有关的课程，这可能是美国有关这一主题最早的课程。到 1912 年，他已成为新兴的社会保险运动思想前沿的风云人物，并继续寻找让这个运动进一步加速的办法②。

在鲁比诺身上我们能看到进步时代改革者的形象，他自信地运用自己对统计学和社会科学新方法的专业认识，为公共改革鼓与呼。他是移民，也是社会主义者。他声称自己主张"改革、重塑，从根本上改变我们的社会制度"。在谈到进步时代的同行时，鲁比诺指出"他们害怕改变"，"新瓶装旧酒——他们对未来社会的设想也就到此为止了"。这些经验融合在一起，给了鲁比诺一种独特的能力，让他能够将自身对国际社会类似经验的认识与更包罗万象的政治设想结合起来，在接下来的 30 年里他一直都在运用这一方法③。

---

① 前身为纽约慈善组织协会于 1898 年开始办的夏季课程，于 1904 年成为纽约慈善学院，1940 年并入哥伦比亚大学研究生院，现为哥伦比亚大学社会工作学院。——译者

② Kreader, "Isaac Max Rubinow: Pioneering Specialist in Social Insurance"; Rose, *No Right to Be Idle: The Invention of Disability*, *1840s -1930s*, 154 - 161; Rubinow, *Social Insurance: With Special Reference to American Conditions*, iii - iv; Lubove, *The Struggle for Social Security*, 34 - 35; Rodgers, *Atlantic Crossings: Social Politics in a Progressive Age*, 242 - 243.

③ Rodgers, *Atlantic Crossings*, 242; Kreader, "Isaac Max Rubinow: Pioneering Specialist in Social Insurance."

随着美国各地对社会保险的兴趣与日俱增，这场运动也开始需要一份蓝图，来指明未来的发展方向。1913年，鲁比诺出版了一部教科书《社会保险：以美国情形为特别参考》（《社会保险》），完成了这个任务，也成为这场运动的目标。书中提出的目标极为明确，因此到1930年代初，新的教材因应大萧条而纷纷出现时，都会提到是鲁比诺的这部著作给了他们灵感。鲁比诺独特的职业道路，从医生到政府研究人员再到自己当统计员，给了他写出这样一部著作的能力。该书根据讲稿编写而成，并添加了他从政府工作中得到的对欧洲社会保险相关法律巨细靡遗、百科全书式的知识。书中也包含了所有主要私营行业的保险和风险管理模式，其中很多都是他一手创立的①。

鲁比诺面对的第一个困难很直接，就是向并不熟悉这个概念的美国大众解释什么是社会保险。他写道，社会保险就是"组织起来的政府为了帮助受雇劳动者，为他提供他自己无法得到的东西而付出的努力"，是针对个人"工作能力受损，因此挣钱的能力也受损"的保险。这种损害可能是暂时的，也可能是永久性的，但无论如何都会造成严重贫困②。

鲁比诺引入这个话题的方式令人耳目一新，有助于廓清所讨论的这些术语。这部著作长达500多页，将美国和欧洲所有试验中的保险类别都包括进去了。但是，鲁比诺的呈现对一个重大的观念转变助力甚多。鲁比诺并没有以国家为单位逐一列举都有什么保险，而是按照需要管理的风险类别介绍了所有险种。他介绍的各类别我们可以按顺序罗列如下：工伤保险、疾病保险、老年保险、伤残保险、死亡保

① Rubinow, *Social Insurance: With Special Reference to American Conditions*。关于其影响，见 Epstein, *Insecurity*, *a Challenge to America*，vii。
② Rubinow, *Social Insurance: With Special Reference to American Conditions*，11，16.

险，最后是失业保险。这样一来，现代工业社会中常见的风险种类都一目了然，其中也包括诸如疾病、事故、生育及劳动力市场上出现大规模失业的情况。风险类别划分明确之后，就可以一一举例说明如何以最佳方式应对解决①。

鲁比诺通过研究受伤、变老等常见状况如何让人们再也没办法出去挣钱，得出了贫困为何自动维持下去的原因。他列举了能导致这种贫困的风险，包括突然生病或生了孩子，并为哪些风险必须解决设定了正面议程。政策制定者也研究了不再具有有偿工作的能力会如何导致贫困，并开始分析每一种风险都会带来哪些不安全因素，还设计了加以应对的工具。在当时来看，这么做堪称石破天惊。

鲁比诺能够学习欧洲经验，是因为就社会保险而言，欧洲各国比美国领先很多。德国早在 1880 年代就建立了养老金、健康保险和工人补偿制度，到 1911 年，英国也采纳了这些制度。随后还有十几个西方国家先后采纳了这些制度，包括比利时、丹麦、法国、意大利、新西兰和瑞典等，而直到 1930 年代，美国的社会保险计划才姗姗来迟②。

对于美国在大萧条之前为何落后欧洲各国这么多，历史学家各执己见，提出了很多原因。跟欧洲相比，美国没有强大的工人阶级政党，也没有强有力的社会主义运动，而美国的联邦政府相对也较为薄弱，只有一个政府部门负责社会支出。另一个问题是保守的法院对改

---

① Rubinow, *Social Insurance: With Special Reference to American Conditions*, vii - viii, 17; Kreader, "Isaac Max Rubinow: Pioneering Specialist in Social Insurance," 408 - 410.

② Skocpol, *Protecting Soldiers and Mothers: The Political Origins of Social Policy in the United States*, 9; Hacker, *The Divided Welfare State*, 87; Hicks, Misra, and Ng, "The Programmatic Emergence of the Social Security State," 337.

革的攻击，使得改革者无法确定，法院究竟会允许哪些保护工人的计划存在下去①。

然而公共社会保险最大的障碍，是美国人崇尚志愿主义的理念，或者说美国人认为，只有通过自愿、无偿的公民生活，才能维持自由。志愿主义者相信，社会和政治问题最好由个人在志愿团体中共同努力来解决，而不是靠政府插手。这一思想是这个时期美国政治思想的基石，而这些志愿团体起作用的政治空间，也处于追求利润的公司和寻求制定和执行法律的政府的夹缝中。这些慈善团体、志愿者协会、俱乐部、各地分部及其他小分队组成的庞大网络，构成了美国当时的社会生活。其中有些还演变成专业领域的兄弟会团体，不但有入会仪式等各种仪轨，也做出了努力提供社会保险的样子。

志愿主义可以看成是美国自由主义传统转化为日常管理方法的一种体现。志愿主义主张限制政府权力，因为人民和社区自身就能完成行使权力、找出解决方案的任务。而政府权力受限继而又等于强调个人不受限制的自由，因为人们可以建立所需要的团体，来定义和追求自身的利益。在主张志愿主义的人看来，志愿组织可以在人民中提供支持，同时扮演家长式的角色，起到纪律和管理作用，而背后又没有政府的影子。这么做既能产生集体性的解决方案，又不需要有限的政府行为远距离操控②。

这种志愿主义观是美国独有的集体行动形式，外国来访者也大都注意到其中的独特性。法国贵族、政治家阿列克西·德·托克维尔（Alexis de Tocqueville）在 1840 年的著作《论美国的民主》中指出：

---

① 美国为何发展为福利国家比很多国家都晚的讨论摘要见 Moss, *Socializing Security: Progressive-Era Economists and the Origins of American Social Policy*, 180n17, 以及 Skocpol, *Protecting Soldiers and Mothers*, 254 - 261。

② Lubove, *The Struggle for Social Security*, *1900 - 1935*, 1 - 24.

"在美国……我常常因为美国人用一个共同目标动员大量人民群众，并使得他们自愿地向这个共同目标奋力前进的能力而赞叹不已，他们简直无所不能。"托克维尔认为，志愿协会不仅可以对国家专制形成制衡，同时也能实现欧洲人指望政府去实现的目标。"凡是有新任务的地方，在法国你会指望政府出面、在英国你会期待贵族出头的地方，在美国你肯定会发现有一协会，在完成同样的事情。"[1]

志愿团体的覆盖范围可以说无远弗届。据估计，1910 年有三分之一的成年男性都是某个兄弟会的成员。尽管我们可以合乎逻辑地认定，当时的兄弟会主要由白人男性组成，但实际上女性、黑人和移民也创立了各自的互助组织。"马加比夫人协会"成立于 1892 年，是一个人寿保险协会的附属机构，后来成了由妇女运营的"兄弟会"（或者应该叫"姐妹会"）组织中最大的一个，到 1920 年，会员超过了20 万人。"真改革家联合修道会"于 1872 年在肯塔基州成立，当时是一个完全由白人组成的兄弟会附属的小型黑人分会。到 1910 年，这个组织已经有 5 万多名成员，分布在 20 多个州，且允许妇女加入，他们的成绩也受到美国黑人政治家布克·华盛顿（Booker T. Washington）和民权运动人士杜波依斯的交口称赞。移民和少数族裔社群也组织了无数志愿团体，并利用他们的资源帮助新来的移民适应全新的城市生活[2]。

今天的保守派喜欢将罗斯福新政前的这一时期浪漫化，不仅认为这些团体在解决公共问题时冲在最前线，也相信政府尤其是联邦政府基本上没有在经济上发挥任何重要作用。然而，对于 19 世纪末、20世纪初的经济发展，国家遁形的说法不过是自由主义者又一个一厢情

---

[1] Tocqueville, *Democracy in America*, 595.
[2] Beito, *From Mutual Aid to the Welfare State*, 14, 31 - 39.

愿的幻想罢了。在创立和推广市场经济的过程中，联邦政府发挥了主导作用。例如，纽约州通过了成立公司的法律，这样的法律在全世界都是第一部。为了保护和发展本地工业，政府在贸易政策中设置了关税。在确保全国通信和运输网络安全的工作中，联邦政府也起到了带头作用。这些项目通常在私营行业和政府部门的共同努力下完成，政府也经常将权力下放给私营行业，让私营实体来具体执行。但这么做并非意味着这些项目不再属于公共项目。托克维尔在写到美国时就曾这样表述："政府权力似乎总是不遗余力地想远离人们的视线。"①

　　整个 19 世纪，解决贫困问题和提供社会保险的努力，都以政府授权并与私营行业一起努力的混合模式为特征。从殖民时代到 19 世纪初，提供救济一直是城镇、乡村和教区的法律责任。本地社区有义务为在那里定居和生活的人提供帮助。但是，随着美国社会流动性越来越大，人们越来越居无定所，这么做也变得越来越困难了。这种非正式的本地救助体系被济贫院取代，而在位者故意把济贫院建得非常艰苦，好让人们不想去那种地方生活。这些可怕的机构，成了孤儿、精神病人和没有收入支撑也没有家人照顾的老人默认要去的地方②。

　　也是在这个时候，在新政实施很久以前，就有人开始尝试提供各种各样的社会保险计划，其中最引人注目的就是为南北战争老兵设立的养老金。在 1910 年的鼎盛时期，这个事实上算是残疾补助和养老金制度的计划为 25％以上的六十五岁以上美国男性带来了福利，也占到联邦政府支出的四分之一。另外从 1911 年到 1920 年，有 40 个州通过了为带孩子的单亲妈妈设立"妈妈抚恤金"的法律，给有需要

①　Balogh, *A Government Out of Sight*, 1 – 8; Moss, *When All Else Fails: Government as the Ultimate Risk Manager*, 56 – 57.
②　Katz, *In the Shadow of the Poorhouse*.

的新寡妈妈发钱，帮助她们养育子女①。

随着国家继续发展，对正式社会保险制度的需求也变得越来越明显，而志愿团体仍在努力承担这项艰巨的任务。然而，这些团体全放在一块也只能提供微薄的保险额度，通常只够支付团体成员的丧葬费。但是，即便这些团体没有能力履行自认为应该承担的功能，他们却拒绝变革，并成功对抗了变革的压力。历史学家罗伊·卢博夫（Roy Lubove）就曾指出，志愿主义创造了"社会经济中的无人之地，志愿机构不但未能响应大众需求，甚至还对政府满足大众需求的努力设置了重重障碍"②。

一个新成立的私营保险企业也加入了志愿组织的行列，该企业认为，推动志愿主义理念代替政府解决社会保险问题，从战略上而言极为重要。在美国全国兄弟会第二届年度代表大会上，一家保险公司的高管在发言时表示，志愿兄弟会组织和保险业从业者有一项共同目标，就是"抵制政府包办一切的理念入侵，因为这种理念不但会摧毁你们的事业，也会摧毁我的企业"。社会保险领域的政府行为是"家长式作风，是试图把政府包办一切的理念注入这个国家的政治躯体，消灭创业精神，摧毁个人的主动性，撕碎美国的理想，把美国变得跟我们根本不想效仿的另一些国家一样"③。

主张建立公共社会保险制度的人面临两个问题。他们必须拿出专业的经济上的原因，来证明为什么私有市场和慈善机构永远不可能解决经济安全的问题。另外他们也必须提出道德和政治上的理由，说明强制的政府保险为什么不会跟美国的志愿协会和自由的传统相冲突。

① Skocpol, *Protecting Soldiers and Mothers*; Konczal, "The Voluntarism Fantasy."
② Lubove, *The Struggle for Social Security*, 1900 – 1935, 2.
③ Lubove, *The Struggle for Social Security*, 1 – 24; Proceedings of the First Annual Meeting of the National Fraternal Congress of America.

鲁比诺阵营中满脑子都在想专业问题的社会学家和统计学家对于理念之争和公平性之争如坐针毡，也经常挫败感满满。但是，如果这些论争得不到解决，私有市场和慈善机构不能保证经济安全的问题就会继续存在下去。

在《社会保险》一书中，鲁比诺简明扼要地阐述了私营保险业的不可取之处："志愿系统的推广速度很慢，也从来没有扩大到足够广大的覆盖面，所提供的服务并不能令人满意，给受雇劳动者阶层带来的负担也过于沉重了。"私营的保险业务无法覆盖所有人，而且跟公共社会保险相比，也意味着私营保险的业务规模更小、能分担的风险更少，所以其成本甚至比公共保险需要的更高。这样一来，落在个人头上的保险开支仍然较高。那些最需要保险的人的支付能力也最差，因此很可能会被私营保险公司歧视，最终私营保险覆盖的人就会少之又少。最后，私营市场终究无法满足对经济安全的巨大需求①。

而私有的慈善机构也没办法填补其中的差距。慈善捐款会刚好在最需要的时候紧缩，比如说经济衰退期间。慈善机构很难覆盖所有地理区域，而只能集中在社会财富足以支撑这种机构的地方。慈善机构也不会贴合社会的实际需要，而只能专注于大金主认为值得的事情。就社会保险问题来说，可以预见，私有的志愿慈善机构会遭遇至少跟市场一样严重的失败②。

只有强制性的全民公共社会保险才能确保人们在最需要的时候不会失去依靠。将成本通过强制支付大面积分摊，尤其是通过累进税制

---

① Rubinow, *Social Insurance: With Special Reference to American Conditions*, 247.
② Salamon, "Of Market Failure, Voluntary Failure, and Third-Party Government: Toward a Theory of Government-Nonprofit Relations in the Modern Welfare State"; Konczal, "The Voluntarism Fantasy." 可以预见私人慈善机构何以无法为我们的生活提供必需品，有个非常重要的当代例子，尽管是虚构的，见 The Office, "Scott's Tots"。

将成本转嫁到有钱人身上，这样就能让所有人都享受到保险，而落在普通人身上的负担也会很轻。

对于社会保险和自由之间的关系问题，鲁比诺从三个方面进行了论证。首先，他指出很多反驳意见都很荒谬，充斥着低俗的道德主义。那些反对公共社会保险计划的人往往会说，给人们面临的风险上保险会让他们道德沦丧：投了保他们就会去冒更多风险，也会不再当心自身安全。当时就有位经济学家在《调查》杂志上写道："一种养老金制度怎么才算好，最后的检验标准绝对不是上了年纪的穷人能因此有多安逸……而是对（那些上了保险的人的）品格有什么影响。"在反驳这种论调时，鲁比诺极尽讽刺之能事，说如果"不用对未来感到焦虑就一定会让人意志消沉、道德沦丧"的话，那么那些完全不用担心未来的有钱人的品格肯定早就被摧毁殆尽了。如果满足人类需要必然会同等地削弱我们的精气神，那么人类的所有进步都是不道德的[①]。

其次，鲁比诺和另外一些人认为，人们可以自己保自己的想法不仅是心理学没学好，也曲解了美国精神。鲁比诺准确地指出，大部分年轻人都不会按照他们设想中自己晚年会怎么做去行事。鲁比诺的很多同行认为，如果老年陷入贫困的威胁是为了迫使年轻人在道德方面好好表现，那这种机制可以说是我们能想到的所有机制中最无效的一种。政治经济学家、美国劳工立法协会会长亨利·西格（Henry Seager）在 1908 年的一次演讲中说："能促使人们谨言慎行、勤俭节约的不是恐惧，而是希望。"统计数据很容易就能预测一年当中有多少人会变老、生病和受伤，但大部分人都认为，自己很容易就能克服这些问题。鲁比诺等人认为，这样的误判根植在美国人的性格中。实

---

① Rubinow, "Old-Age Pensions and Moral Values: A Reply to Miss Coman."

际上，典型的美国人"天性乐观"，相信个人能力和运气，也认为凭借这些就足以应对所有意外和不幸。然而现实并非如此①。

最后，这些改革者还需要面对 19 世纪末到 20 世纪初经济已经转型的局面并进行论证。他们必须令公众相信，要确保人们在工业时代拥有真正的自由，就必须要有新工具出现。例如，历史上因为经济安全问题造成的老年贫困，就跟工业资本主义时代完全不一样。鲁比诺写道，在以前的农业社会中，"家长的权威至高无上，他的权威也会比他的生产能力更持久。就算再也拉不动犁，人们还是会尊敬他，向他征询意见。家庭是很大的消费单位，家庭成员一荣俱荣、一损俱损"。但在今天的资本主义社会，老年人的能力一旦下降到"雇主设定的最低生产力水平以下"，就会完全失去工作能力，再也无法赚取任何收入。这种局面不可能通过个人采取更好的预防措施来避免，因为年老"是一个与意外完全不同的问题——变老并不是有什么不正常的事情发生，而是经历人生的正常阶段"。此外，现代卫生水平和各项卫生设施都延长了人的寿命，结果就让老年贫困问题变得更加严重②。

尽管支持社会保险的人在很大程度上意见一致，但有个根本分歧把他们分成了两个阵营。在 1920 年代很多社会保险专家，尤其是威斯康星州经济学家约翰·康姆斯（John Commons）看来，社会保险能修正我们所谓的负外部性。负外部性是指某个实体（通常是企业）没有为自身行为的所有成本和损失都承担起责任的情况。比如说有家企业污染了环境，结果却留给别人来清理。外部性并非总是负的，正

---

① Seager, "Outline of a Program of Social Legislation with Special Reference to Wage-Earners," 93, 98; Seager, *Social Insurance*, *a Program of Social Reform*, 1–23.
② Rubinow, *Social Insurance: With Special Reference to American Conditions*, 302–304.

外部性的例子包括教育和清洁的空气，能让所有人都受益，包括那些并未直接为此支付费用的人。解决负外部性的方法之一是对其征税，迫使有问题的企业为其行为产生的后果付出完整代价。

很多社会保险专家开始论证，社会保险的目标是改正错误，抵消一家家企业带给工人和社会的成本。例如英国经济学家亚瑟·皮古（A. C. Pigou）在当时就率先提出了这种观点，并举了工厂雇用孕妇和新手妈妈的例子来说明负外部性。母亲在临近分娩前和刚刚分娩后工作"往往会对她们孩子的健康造成严重伤害"。这些妈妈被迫在贫困和做工之间做出选择，除非有社会保险，否则任何选择都会给婴儿带来伤害。还可以看看员工因雇主疏忽而受伤的例子，受伤工人的损失远远超出工厂范围，家庭、社区和整个社会都会被波及。雇主把这一损失强加给其他方，却没有给过任何补偿①。

威斯康星大学"专家学派"（以威斯康星大学流传的一套想法命名）利用这个框架提出，社会保险应迫使公司内化他们强加给社会的成本。重点是预防：如果公司被强制要求面对这些成本，他们会一开始就努力防止这些损失发生。如果工人一旦受伤，公司就必须付费，他们就会投资预防出现这样的伤害。有关社会保险的法律会利用市场力量来预防工伤、失业和生病的情形，而实践中这样的做法意味着将目标对准公司，并认定只要通过对不良行为征税就能迫使市场表现良好，那么很多这类风险都会消失②。

鲁比诺并不认同这种看法。他承认企业必须将自身对工人和社会的伤害降到最低，但说到社会保险，他认为风险会成为一直伴随现代经济的固有特征。社会保险的目标，应该是让人们可以维持稳定的收

---

① Pigou, *The Economics of Welfare*, 162 – 163, 788 – 789.
② Moss, *Socializing Security: Progressive-Era Economists and the Origins of American Social Policy*, 59 – 76.

入，以免他们陷入赤贫。在预防上我们无论多努力，还是会有少量需求，因为风险总是存在的。企业会失败，受伤的事情总会有。最好是有一个清清楚楚、足以胜任的体系，而不是直接认为我们可以解决风险问题。鲁比诺写道，社会保险的目标是维持"最贫穷、最有生产力的阶层的生活水平……以免他们陷入赤贫"。这样一来，社会保险就成了能够"更公平地重新调整国民生产分配"的"真正的阶级法律"[1]。

看一下失业保险的例子，这两种方式之间的区别就非常明显了。在大萧条期间这个话题终于摆上桌面，相关辩论也让社会保险运动一分为二，道不同不相为谋，就此分道扬镳。1932 年，威斯康星州通过了以预防理念为基础的失业保险法案。该法案要求建立针对公司的储备基金，通过收税来筹集资金，并以公司为单位向工人支付失业保险。雇主只用对自己的雇员负责。康姆斯对此大加赞赏，说这个做法与"资本主义国家利用资本家的逐利动机来防止失业的公共政策"十分契合。

作为回应，某个研究俄亥俄州失业保险的委员会根据鲁比诺的想法在该州推行全州范围的保险，希望设立一个覆盖全民、集中的保险基金，为失业工人提供更丰厚的福利。鲁比诺提出的论点是，个体公司无法为整个经济体面临的风险设置保险，在面对经济衰退时，这些公司也无法维持自己的失业基金，而在现代经济体中，某一水平的失业率是无论如何都会有的——因此公众必须保证，有最低限度的开支再分配机制。鲁比诺认为，在一定水平的政府指引下市场就能自行解决问题，只不过是另一个一厢情愿的幻想罢了。真正的问题在于，我们作为社会，是否愿意弥补伴随市场体系而来的缺陷。失业保险不是

---

[1]　Lubove，*The Struggle for Social Security*，1900 – 1935，38 – 44.

要努力确保一家家公司不会强行让工人承担成本和损失，而是社会本身应该提供确保工人能抵御整个经济体风险的体系[①]。

与失业和其他形式的社会保险有关的这些原则，一直要等到大萧条期间才会有机会成为联邦法律，因为在刚开始满口承诺的热乎劲过去之后，社会保险运动在 1920 年代停滞不前，最后完全消失。原因有很多。美国卷入第一次世界大战与德国开战，让美国人开始对源自敌国领土的政策充满疑虑。一夜之间，社会保险政策在世界各国取得的成功变成了不利条件。人们用"德国制造"来攻击 1910 年代提出的医疗保险法案，雇主、商业保险公司和众多医生群起而攻之，运用他们日益强大的政治能力，中止了社会保险实验。美国劳工联合会等劳工组织在大萧条以前一直对政府提供的保险持怀疑态度，最后终于走向了反对的立场。他们认为，这些救济应该通过工会和雇主之间达成的协议来得到。但是，在这一波又一波强劲的反对浪潮背后，还有社会保险根本就没必要的思想：我们在社会生活中自己就能搞定这个问题，无需政府帮忙[②]。

为应对持续存在的经济风险，美国社会发展出各种各样的临时机制，从济贫院到军人退休金，再到志愿协会和私营保险公司，美国人试图找到采用完整的社会保险机制以外的方法，来应对现代经济中的这些风险。政府包办一切的强制性计划的威胁，与从自动自发、小规模的努力中生发出来的自由理念水火不容。然而，公民社会未能提供与现代资本主义带来的不安全感匹敌的真正回应，也不可能提供得出来。

鲁比诺和他的战友们努力寻求以新的方式来定义自由——在这样

① Lubove, *The Struggle for Social Security*, 169 - 178; Moss, *When All Else Fails: Government as the Ultimate Risk Manager*, 182 - 188.
② Rodgers, *Atlantic Crossings*, 257 - 262.

一个人们无论做什么都不能指望有稳定收入的时代。鲁比诺认为，公众作为整体来说可以确保自身免受这些现代风险的影响，公民也能因此过上更安全、更自由的生活，不会受到他们无法控制的市场力量的影响。他们致力颠覆这个国家早年一直盛行的拼拼凑凑、自愿自发的体系，但没能成功。一直要到大萧条时期，这些早已衰朽的机制才会一触即溃，也终于引发了一场新的关于经济保障及其与美国自由的根本关系的全国性讨论。

第四章 后顾无忧

1935 年初，美国总统富兰克林·罗斯福会见了劳工部长弗朗西斯·珀金斯（Frances Perkins），共同商讨新政的方向。他们已经成功地令这个国家稳定下来，彻底改革了金融行业，取消了金本位制，还通过了一大波经济改革措施。但是，他们想做的最关键的事情还有两件。他们仍然需要创建全国性的社会保险体系，并想办法确保工人在工作场合有话语权。大萧条是一场危机，提出了解决这些问题的需求，他们也正在取得一些进展。由珀金斯领导的专家组成的经济保障委员会正准备发布一份报告，其中描述了一种社会保险体系，把联邦政府对失业问题和老年人经济保障问题的解决方案都包括进去。早期新政改革中实施的一些条款将工人组织了起来，与此同时国会也在制定一项法案，准备正式提出工人加入工会的权利。但是，他们仍然需要面对数十年来一直拦在改革面前的两大挑战：这个国家并不愿意接受公共社会保险，而美国最高法院也对公共社会保险充满敌意。对于最高法院，罗斯福倒是有个计划。在跟珀金斯会面时，罗斯福告诉他："最高法院需要的是我去任命几个大法官。这样从他们那里出来的裁决就会是我们喜闻乐见的。"[①]

这些战斗需要能限制和约束市场的关于自由的新理念，而这一理念最终在新政的两项重大成就中体现出来：保证工人有权组织起来成立工会的"瓦格纳法案",以及社会保障。这两大成就帮助满足了工人们对工作场所内的自由的设想,也帮助他们实现了在从市场赢得的所有安全保障之外保持自由的社会愿望。这些标志性成就,是数十年来人民组织起来坚持不懈地顽强斗争的最终结果,意在让人们能够捍卫这种自由理念,并通过自身的努力将其扩大。但首先,这些结果必须在国会通过,成为法律。

早在成为罗斯福总统第一位女性内阁成员以前,弗朗西斯·珀金斯就在纽约走上了支持工人阶级的职业道路。在马萨诸塞州曼荷莲学院主修物理时,她选修了一门课,运用社会科学的新工具调查伍斯特市周边工厂的工作条件。她亲眼看到,工业事故和不规律的工作时间摧毁了一个个家庭,让他们陷入贫困。她读了雅各布·里斯(Jacob Riis)关于纽约市经济型公寓的研究报告《另一半人如何生活》,也看了全国消费者联盟的弗洛伦丝·凯利(Florence Kelley)的演讲。受到这些激励,她开始投身于解决城市和工业贫困问题。全国消费者联盟位于纽约,是一个致力消灭血汗工厂中的童工现象和恶劣工作环境的利益团体,大学毕业后,珀金斯也去了这个地方工作,并开始与凯利紧密合作。珀金斯有一部分工作就是调查纽约的地下室面包坊究竟有多脏,这也是"洛克纳诉纽约州案"的核心问题②。

1911年3月25日,珀金斯的生活彻底改变了。那天她正在曼哈顿靠近华盛顿广场公园的地方喝茶,结果目睹了一起严重的工业事故,后来这场事故甚至成了这个时代的标志。在公园另一头,三角内衣工厂失火。珀金斯冲向现场,看到女工们为了躲避火情从屋顶上跳下,但结果也是摔死。工厂工人以女工为主,事故共造成了146人死

① Perkins, *The Roosevelt I Knew*, 236 - 239.
② Martin, *Madam Secretary*, *Frances Perkins*, 41 - 53, 74 - 79; Downey, *The Woman behind the New Deal*, 11 - 16, 25 - 32.

亡。珀金斯奉命加入一个特别委员会，负责调查这次事故，并提出更好、更安全的工作条件。跟她一起在这个委员会工作的还有州长阿尔·史密斯（Al Smith）和罗伯特·瓦格纳（Robert Wagner），后者后来在罗斯福新政期间成为极为重要的一位参议员。她开始参与纽约属意改革的政治事务，负责的项目和职责稳步提升。三角工厂火灾的阴影改变了那些参与调查者的生活，也推动着这些人努力去终结造成这场惨案的工作条件。关于这场大火的记忆也伴随着他们的余生，30年后瓦格纳跟人打赌自己记得火灾的确切日期和时间，结果还真赢了；50年后，珀金斯回到现场，参加了在原址举行的50周年特别纪念活动①。

在纽约政界工作期间，珀金斯跟富兰克林·罗斯福成了一个战壕里的战友。早在1910年珀金斯就见过罗斯福，那时候他还是一名年轻气盛、心比天高的州参议员。刚开始，罗斯福对改革漠不关心，反倒是对于跟西奥多·罗斯福（Theodore Roosevelt）攀亲好自抬身价感兴趣得多。1920年，他作为副总统候选人跟来自俄亥俄州的詹姆斯·考克斯（James Cox）搭档参与总统大选，结果失败了。之后没多久，罗斯福患上了小儿麻痹症。当时人们都以为，腰部以下再也不能动弹的罗斯福，政治生涯也就到此为止了。但罗斯福还想东山再起，1928年，他竞选纽约州州长并获胜。珀金斯注意到，因为身体残疾，这个人发生了变化。后来珀金斯曾评论道："我倒是希望自己能觉得他就算没瘫痪也会去做这些事，但我知道他这人以前有些虚荣也不大真诚，所以我觉得他不会这么做，除非有人在他两眼之间来一记重击。"而这一次罗斯福要领导的，是更加激进的经济政策②。

---

① Martin, *Madam Secretary*, *Frances Perkins*, 84-90; Downey, *The Woman behind the New Deal*, 33-36.
② Downey, *The Woman behind the New Deal*, 88-95.

在大萧条最初几年，作为州长的罗斯福为了减少失业，能做的事情并不多。他既要应对共和党掌控的国会，又要面对人们对政府的期待：面对大规模失业，政府不应也不能采取任何措施。不过他还是想办法搞了个用累进税筹集资金的工作救济计划，并声称："那些从我们的工业和经济体系中受益的人，有责任在这么严重的紧急情况下挺身而出，帮助那些在同样的工业和经济条件下成为失败者、正遭受痛苦的人，为他们排忧解难。"他把珀金斯派去英国研究如何实施失业保险制度，而珀金斯学到的经验数年后就显出了重要性[1]。

罗斯福利用自己当州长的时间开始为只有通过经济保障才能实现自由的论点寻找证据并着手推行，这个规划最后在新政期间达到顶峰，产生了重要影响。1930年在纽约劳工联合会演讲时，罗斯福提出要有"一部实实在在的法律，保证工业界的妇女和儿童每天工作8小时，每周工作48小时"的要求。他希望"由法律来宣布，人的劳动不是商品，也不是可以拿来交易的对象"。他同样希望有"某种形式的养老保障，以防缺衣少食"，并指出"世界上大部分文明国家都已实施了由政府监督执行的计划，用来缓解失业率波动带来的痛苦"。1931年在向纽约州议会做年度讲话时，罗斯福指出："上了年纪的美国人不想进慈善机构，他们想要的是凭借自己的保险中体现的勤俭节约、远见卓识，得以理所当然地享受的无忧无虑的老年生活。"大萧条给了他把这些想法推向全国的机会，因为现有的整个经济保障体系正在分崩离析[2]。

1932年竞选美国总统时罗斯福提出，将财产权、商业利益和市场放在首位有损人类自由。在提名演讲时，罗斯福说："那些共和党

①　Rauchway, *Winter War*, 138 - 140; Brands, *Traitor to His Class*, 222, 236 - 238.
②　Roosevelt, *Public Papers of the Presidents of the United States*, vol. 6, 103, 222 - 225.

领导人告诉我们，经济规律——神圣不可侵犯，也不可改变的经济规律——会造成恐慌，而且没有人能遏制。然而在他们大谈特谈经济规律的时候，男男女女却在忍饥挨饿。我们必须认识到，经济规律并不是自然形成的，而是由人类制造出来的。"后来他又在旧金山的加州共和俱乐部演讲时指出，所有财产权都是由政府制定的："就连杰斐逊都认识到，行使财产权可能会极大干涉个人权利，如果没有政府帮助，财产权就不可能存在，因此政府必须干预，而政府的干预不是为了破坏个人主义，反而是为了保护个人主义。"财产应该为了服务于人而存在，而不是反其道而行之。罗斯福赢得了总统大选，也就有了实施新想法的机会，因为旧的体系在所有地方都在土崩瓦解①。

1928 年 12 月，即将离任的卡尔文·柯立芝（Calvin Coolidge）总统在国情咨文中写道，这个国家应该"满意地看待现在，乐观地展望未来"。一年后，股市崩盘，1930 年，总体经济下降了 12.6%，有 26 000 家企业倒闭，失业率攀升到 11% 以上。直线下滑仍在持续，到 1932 年，失业率直逼 20%②。

首先面对这场危机的总统是赫伯特·胡佛（Herbert Hoover）。胡佛的整个职业生涯都在证明志愿主义的力量，在他看来，志愿团体和公民社会采取的那些行动，是美国个人主义传统的最高典范。他的理论是让商业团体和公民团体的志愿力量为我所用，并利用政府来劝说人们以私人身份采取行动，而不是由政府直接承担起责任。胡佛采用的这种方法，以前在他的职业生涯中极为成功。第一次世界大战期间，胡佛掌管着美国食品管理局。他在任上促请美国人为军队着想少

---

① Roosevelt, *Public Papers of the Presidents of the United States*, 657, 746.
② Galbraith, *The Great Crash*, 1929, 1; Kennedy, *Freedom from Fear*, 58 - 59; Rauchway, *The Great Depression and the New Deal*, 55.

吃肉、主动定量配给，这也是他为保证这个国家的食品供应所采取的部分措施，而后来这种战争动员也持续了下来。此外他还有另一个身份，就是领导了对比利时人民的援助和救济，在这份工作中他同样呼吁慈善机构和志愿者伸出援手。1920 年代，在担任柯立芝总统的商务部长期间，胡佛一以贯之，继续沿用这种志愿方法，鼓励人们在从失业到救灾再到工业监管等一切问题上都以私人身份采取行动①。

在总统任上碰上大萧条的胡佛，认为应该对此有所回应，但同时也仍然相信必须由私人和民众来完成这些工作。1931 年胡佛曾说到，政府的回应必须能鼓励美国人民"自愿捐赠，以保持住慈悲为怀和互相帮助自力更生的精神"。非常明显他需要有所行动，但与此同时又坚持认为只能由私人来回应，于是就思想认识来说，他陷入了进退维谷的境地。他越是向慈善机构和志愿团体施压要求他们改善经济不景气的局面，这些机构和团体就越是抗命不从。这些机构只能提供小范围、临时性且针对特定对象的支持，完全无法应对大萧条带来的全国性、持久且广泛的灾难。用历史学家埃利斯·霍利（Ellis Hawley）的话来说，胡佛试图"用非集权主义来代替原子式的个人主义，也更愿意一厢情愿地相信志愿主义比任何政府行为都更接近真正的民主，对私人领域采取对政府有利的行动的能力也非常乐观"。然而对这个想法坚定不移的胡佛，最后还是辜负了国家和人民的期望②。

作为政治理念的志愿主义大面积失败，与已经成为日常生活的日常志愿组织的崩坏，差不多发生在同一时间。但是，这些溃败并非始

---

① Kennedy, *Freedom from Fear*, 47 - 48; Stein, *The Fiscal Revolution in America*, 12 - 13; Hawley, "Herbert Hoover, the Commerce Secretariat, and the Vision of an 'Associative State,' 1921 - 1928," 127, 135.
② 如欲了解赫伯特·胡佛、志愿主义以及大萧条早期的故事，可参阅 Hawley, "Herbert Hoover, Associationalism, and the Great Depression Relief Crisis of 1930 - 1933"。

于大萧条期间，而是在这之前很久，志愿协会就已经日薄西山，只是在苟延残喘。1920 年代，兄弟会的会员增长极为缓慢。领导人和管理层贪污腐败的传闻吓跑了新成员，他们不再信任管理层，不敢把钱交给他们。电影、广播等新的大众传媒技术成为新的娱乐方式。而由于对移民的限制更加严格，移民组织的新成员也减少了。志愿团体无法在丧葬费之外提供更多的社会保险，也反映了上述限制的影响。从1920 年到 1930 年，兄弟会给出的补助金只有 2.4％用于养老基金，而用于丧葬补助的占到了 80％—90％①。

这些机构就算还留下一点什么，到大萧条的时候也都已被扫除得一干二净。从福利会到建筑和贷款协会，从兄弟会保单到银行，都在经济崩溃的头几年遭遇了大面积失败。随着失业率越来越高也越来越成为长期问题，人们的存款和可以得到支持的即时网络很快弹尽粮绝。这些情形发生后，私人慈善机构和公民团体都会面临巨大的援助需求。然而也是这些团体，这时候已经无法募集到新的捐款。

这些失败不只是让特定机构丧失了信誉。历史学家丽莎贝丝·科恩（Lizabeth Cohen）发现，大萧条"不仅（代表着）失去工作、家园和保险"，也"不禁令人质疑 1920 年代一直存在的那些机构"。罗斯福新政提供了银行保险，禁止银行没收工人用来抵押的住房，并为找不到工作的人提供工作，这样一来政府就向工人证明，政府可以填补市场留下的空白。而工人们也继而明白，作为公民，他们有权享有这些福利②。

在刚开始为社会保险而战的那些年里，备受打击的鲁比诺曾批评进步战友将慈善机构置于政府行为之上。1913 年他曾写道，"进步的

---

① Beito, *From Mutual Aid to the Welfare State*, 204 - 205, 217 - 220.
② Cohen, *Making a New Deal*, 218 - 224, 249, 267 - 289.

社会工作者必须学着去理解，关于疾病保险的法律……会比数十个巨细靡遗的慈善组织经过严密调查，通过不遗余力地倡导勤俭节约、孜孜不倦地寻求自由派捐款"更有助于减少贫困。到了 1933 年，鲁比诺自信满满地宣布："作为公平社会基础的美国私人慈善事业的大泡沫——也可以说是美国社会政策的巨大替代品——终于破裂了。"[①]

现在人们已经无法寄希望于由私人保险业务来填补这一空白。私营养老金并没有提供真正的保障，也无法带来自由。1925 年，据估计有 280 万工人能享受到雇主或私营企业提供的养老金，覆盖面从 1905 年的几乎为零上升到略高于 5%。但这些私营养老金规模很小，而且都有免责条款，明确指出这些养老金是志愿赠予，而不是正式的合同条款或义务。当时有一项研究发现，那些认为自己有保险的人中，只有不到 10% 最后得到了一些真正的好处。

私营保险业务和志愿团体这些搞砸的试验，以及对公共社会保险充满敌意的众多机构，竟然为政府提出解决方案的可能性铺平了道路，说来也真是有些讽刺。私营保险业务一边向人们展示他们可以期待得到什么东西，一边又没能在任何规模上可靠地满足他们的期待，因此等于给了政府采取行动的机会。支持社会保险的人用私营保险公司的例子来论证，下一个显而易见的结论是由政府来运营这些项目。鲁比诺在 1930 年代写道，社会保险运动受到"私营保险公司能做什么、做了什么，以及这些公司不能做什么、没做到什么"的双重影响。然而，要从这些失败中爬起来继续前行，需要的远远不止这些——还需要更多行动[②]。

---

① Lubove, *The Struggle for Social Security*, *1900 - 1935*, 40; Rubinow, *The Quest for Security*, 339.

② Patterson, *America's Struggle against Poverty*, *1900 - 1980*, 73 - 74; Rubinow, *The Quest for Security*, 512; Hacker, *The Divided Welfare State*, 88 - 90.

1934 年 6 月 8 日，罗斯福总统在国会演讲时，对他们取得的进步表示了祝贺，但同时也指出接下来还需要做的一些事情。美国公民"希望能有一些防范不幸的措施，因为在我们这个人造的世界里，这些不幸是无法完全消除的"。罗斯福指出，在他们现在生活的这个时代，"大型社区和组织起来的工业体系变得过于复杂，使那些简单的安全措施变得不大现实了"。因此，现在需要的是"国家作为整体通过政府能得到的有效利益，从而让组成这个国家的每一个人都有希望得到更好的保障"。他设想的法案必须无所不包，因为"各种各样的社会保险都相互关联"。罗斯福认为，人们在变动不居的经济中失去的自由，会通过社会保险得以恢复。这种保障"并非表明我们的价值观发生了改变，毋宁说，是我们在经济发展和扩张过程中曾经失落的价值观又回来了"①。

1934 年 7 月，罗斯福要求劳工部长弗朗西斯·珀金斯领导下的经济保障委员会提出一项计划，制定出社会保障法案。罗斯福建议："你们会希望这个法案简单点——非常简单。"罗斯福也希望法案非常明晰。罗斯福还想确保计划资金来自工资条上的税款而不是哪种未指定用途的普通基金，这样工人在要求领取自己的公共养老金时，就能证明他们的要求是合理的。经济学家批评说这么做会让工人负担太重，罗斯福则回应称："我想就经济学来说你是对的，（但收税）一直都是政治事务。我们把这些从工资里扣下来的钱放在这里，这样交了这笔钱的人就有了领取养老金和失业救济金的法定的、合乎道德的政治权利。有了这些税款，随便哪个天杀的政客都不可能废除我的社会保障计划。"②

---

①　Social Security History，"Message to Congress Reviewing the Broad Objectives and Accomplishments of the Administration."

②　Kennedy，*Freedom from Fear*，267；Perkins，*The Roosevelt I Knew*，266 - 288.

珀金斯在公开宣传这个法案时借用了自由的概念。在一篇社论中，珀金斯写道，个人"不可能从收入中存下足够的钱来养老，或是度过因为失业、事故、生病或其他类似风险而造成的暂时或永久性失去收入的'雨季'"。如果没有公共社会保险，他们"就会在恐惧和不安全感的持续发酵中度过这种生活。当这种情形不仅适用于个人，也适用于大部分人群时，补救和预防就成了国家政策的题中应有之意"。她说，社会保险是一大发明，是"人类解放的又一大进步"，必须有效利用，好继续确保人们能过上自由的生活①。

社会保障计划能够通过，部分也是因为老年人自己提出了要求。相关利益团体是汤森俱乐部，是一位名叫理查德·汤森（Richard Townsend）的医生，也是一位老人，在1934年创立的，并在全国迅速蔓延开来。不到3年时间，全国成立了约7 000个汤森俱乐部，吸收了350万名会员，报纸发行量估计达到200万份。他们的诉求叫"汤森计划"，说起来很简单：所有60岁以上的退休人员都会每个月收到200美元。在议员面前，他们也直言不讳，大声提出他们的要求。罗斯福领导下的美国政府能够让社会保障法案在参议院通过时保留养老金资金，就要拜这场运动带来的政治威胁所赐②。

这场运动给旁观者留下了"老式美国宗教"的感觉。很多人抗议说，年轻人"毫无节制"；《纽约时报》则描述了支持者的意见，他们认为这个计划会刺激支出，从而"为年轻人创造工作机会，让他们不

① Perkins，"Basic Idea Behind Social Security Program：Miss Perkins Outlines the Theory of Collective Aid to the Individual."

② Brinkley，*Voices of Protest*，222 - 224；Gaydowski，"Eight Letters to the Editor：The Genesis of the Townsend National Recovery Plan"；Mason，"The Townsend Movement."对当代情况的估计见 Twentieth Century Fund，*The Townsend Crusade*，9 - 10。

再天天就知道抽烟喝酒压马路，饱食终日无所事事"①。这个计划也有点不问窗外事的味道，完全没有提到还有很多国家都已提出了如何实施养老金计划的办法。有一篇宣传文章就宣称，汤森计划通过后，我们这个"国家将引领其他国家前进"。政策论证也有点儿业余。有专业人士批评说，该计划没有什么真实的数据。作为回应，在众议院答辩被问到资金这一块会怎么运作时，汤森回答："对于这项计划会花多少钱，我一点都不感兴趣。"②

但这个计划还是成功了。这项法案在国会讨论以待表决时，确实存在一个问题，就是参议院财政委员会会不会把社会保障计划中的养老金剔除。一些参议员叫来经济保障委员会执行主管埃德温·威特（Edwin Witte），要他说明保留养老金的理由。威特说，如果他们不通过这项法案，"唯一可能的替代方案就是修改过的汤森计划了"。要得到必需的支持票，这么说就够了。威尔伯·科恩（Wilbur Cohen）是现今社会保障计划的设计者，后来还参与设计了联邦医疗保险计划，他在 1986 年指出："我觉得更激进的汤森计划帮助了像社会保障这样更稳健的计划通过，（因为）提出一个更激进的想法，可以证明对建立一个温和派与中间派的联盟非常有帮助。"③

这项运动之所以大获成功，原因之一是谈到了生活贫困的老人晚年面临的不自由有多明显、多深重。对济贫院挥之不去的恐惧，以及要依靠慈善机构才能活下去是多么没尊严，这些表述在这场运动的政

---

① Aikman，"Townsendism：Old-Time Religion."
② Leuchtenburg，*Franklin D. Roosevelt and the New Deal*，*1932 - 1940*，103 - 105；Old Age Revolving Pensions，Ltd.，*Old Age Revolving Pensions*，*a Proposed National Plan*.
③ Witte，*The Development of the Social Security Act*，103n65；Cohen，"Random Reflections on the Great Society's Politics and Health Care Programs after Twenty-Years，" 118.

治材料中反复出现。有篇宣传文案称："只需要去美国的救济院和济贫院亲眼看看，只需要跟生活在那里的老爷爷老奶奶聊聊，就能看到在现在的制度下我们把事情搞得多么乱七八糟。"而只要他们的计划开始实施，老人们就会"不再因为害怕济贫院、因为害怕接受慈善机构的帮助而动弹不得"。汤森说他发现自己的病人会因为感到绝望而身体迅速崩溃，因为他们"发现自己不仅无能为力，而且已经成为经济上同样捉襟见肘的亲人的负担"。贫困如何让人失去自由，人们对偶然遭遇的不幸有多无能为力，没有人比老年人更清楚①。

与此同时，社会保险领域中有一项变革正在发生，而工作场所中也发生了一场革命。通向瓦格纳法案的道路始于 1933 年的《全国工业复兴法》（NIRA），这是一项旨在通过制定行业竞争行为准则来促进行业间合作的法律。但是对那些希望这项法律能带来一些社会责任感的人来说很不幸的是，大型公司主导了制定准则的过程，决定了价格和产品。1935 年 5 月，美国最高法院给这项法案画上了句号。不过行业准则确实包括了关于最长工作时间和最低工资的规定，这项法律也确实消除了某些行业中的童工现象等血汗工厂的做法。劳动法的支持者指出，即使有这些法律法规存在，各行各业也能运转极为良好，这表明工业和全国性劳工政策可以并行不悖。

这项法律中有个条款乍一看似乎是事后才想起来的一个次要想法，但却起到导火索的作用，点燃了全国各地工人的热情。法案中的 7（a）项规定了成立工会的程序，劳工领导人便利用这一条开始把工人组织起来。美国煤矿工人联合会主席约翰·刘易斯（John L. Lewis）就在煤矿工人中发起了一场组织运动，他在传递给工人们的

① Old Age Revolving Pensions，Ltd.，*Old Age Revolving Pensions，a Proposed National Plan*；Aikman，"Townsendism：Old-Time Religion."

信息中声称："总统希望你们加入工会。"这些努力继而又动员起更大面积的行动。1934年爆发了一波重大的罢工浪潮，从加利福尼亚州和新泽西州的农场工人，到在旧金山发动总罢工的工人，再到全美大部分地区的纺织工人，全都参与了进来。这次罢工潮中一共发生了1 800多次罢工，有147万名工人参加，比这年全国劳动力总数的一半还要略多一点。罢工也遭到了老板们的激烈抵制，但在上百万工人看到总统和他领导下的政府都在致力在他们的工作场所中引入某种形式的民主之后，他们还是继续斗争了下去①。

现实要复杂得多。在《全国工业复兴法》被最高法院扼杀后，需要有个新程序让工人们能成立工会组织。而承担这个任务的就是1935年7月通过的《全国劳资关系法》，通常叫做瓦格纳法案。来自纽约州的参议员罗伯特·瓦格纳多年来一直在为这项法案奔走呼号，但要到1934年罗斯福在中期选举中大获全胜，这项法案才终于得到足够的力量。近25年前瓦格纳还在担任纽约州工厂调查委员会主席时，曾与弗朗西斯·珀金斯在三角内衣工厂火灾后一起着手调查工作，现在他们再次联手，想为全国各地的工人打造一个成立工会的机制。但是，珀金斯和罗斯福都不是工人运动的先锋，两人都不支持参议院正在讨论的瓦格纳法案。珀金斯和罗斯福最关心的是通过法律和公共计划为工人提供服务，而不是直接支持工人成立工会。法案在国会热议以待通过时，罗斯福着眼于即将到来的1936年总统大选，突然改变主意转而支持这项法案，将其作为第二次"总统任期前100天"②的一部分，

① Kennedy，*Freedom from Fear*，296；Leuchtenburg，*Franklin D. Roosevelt and the New Deal*，*1932–1940*，111–114；Zietlow，*Enforcing Equality*，74.
② 指总统就职后的前100天任期，是组建政府班子、任命重要职位官员并开始推行施政纲领、进行改革的关键时期。富兰克林·罗斯福于1933年第一次就任总统时首次提出"前100天"的概念，作为衡量总统绩效的指标之一，此后历届政府便都沿用了这个概念，甚至美国之外的一些政府也在使用，有点类似于汉语语境中"新官上任三把火"的意思。——译者

后者还包括推动高水平的累进税制，并全面改革公用事业控股公司的公司结构。

1935 年 7 月 5 日，罗斯福签署了瓦格纳法案。这项法案确认了工人组织工会的权利，也提供了工人组织工会的途径。法案会阻止老板们从事不公平的反对工会的行为，也确保了工人罢工的权利。法案改变了工作场所中的平衡，给了工人一个市场以外的机制来决定他们被管理的方式。瓦格纳法案之后，还有 1938 年的《公平劳动标准法》，后者将《全国工业复兴法》中对劳动者友好的部分正式确定下来，带动了一批全国最早的规定最低工资和最长工时的法律。开天辟地头一回，这个国家有了致力强制执行每小时最低 40 美分工资、每周最多工作 40 小时的法律。企业很难声称这样的法律会扼杀经济，因为在《全国工业复兴法》实施下百废待兴的头几年，这些内容至少有一部分曾经实行过①。

法学教授丽贝卡·齐特洛（Rebecca E. Zietlow）曾评论道，瓦格纳也利用了自由的那一套说辞来推动这个法案。如果不能进行集体谈判，"就会有契约奴隶制"。他指出，将所谓经济权利置于公民的自由和福祉之上，并不符合这个国家的传统："我们的国父并不认为契约自由是个抽象的目标。他们对契约自由十分看重，认为是确保机会均等的一种手段，而如果契约由更为强势的一方来决定，就不可能有契约自由。"瓦格纳还提出，这项法案的目标是"让工人成为自由的人"。其他支持劳工改革的人也都采用了这套说辞。新泽西州民主党参议员亚瑟·沃什（Arthur Walsh）指出："任何不许人罢工的禁令或法律，都是奴隶制法律，这条原则我们务必牢记在心。这是自由和

---

① Kennedy, *Freedom from Fear*, 297 - 298; Leuchtenburg, *Franklin D. Roosevelt and the New Deal*, 150 - 151, 262. 关于瓦格纳法案何以能够通过的讨论，见 Plotke, "The Wagner Act, Again: Politics and Labor, 1935 - 1937," 以及 Skocpol, Finegold 和 Goldfield, "Explaining New Deal Labor Policy"。

奴役之间的天壤之别。"纽约州民主党众议员维托·马尔坎托尼奥（Vito Marcantonio）问道："如果国会不能保护工人，他们还能有什么自由？被奴役的自由，在这个无处不在的制度下被钉死在十字架上的自由，在这个不断加速的制度下干活干到累死的自由，拿着可怜巴巴的一点工资工作的自由，每天工作无数个小时的自由。"俄亥俄州民主党众议员查尔斯·特鲁瓦克斯（Charles V. Truax）把重建的承诺与劳工权利联系起来，指出："就像林肯解放了南方的黑人一样，瓦格纳—康纳里法案也把这个国度的工业奴隶从经济负担的重压乃至更多暴政的奴役下解放出来。"[1]

这项法律在全国掀起了劳工运动的轩然大波。瓦格纳法案通过后，产业工会联合会（CIO）发起了大规模的工会化运动。密歇根州的弗林特市是一个由汽车业主导的小城，汽车业雇用了本地 80％左右的劳动力，在这里发生了大规模的静坐罢工。通用汽车公司是这里最大的公司，也是世界上最大的制造公司。通用汽车公司对待工人的态度简直就是个专制政府，严密监视着工人的一举一动，看有没有任何不服从的迹象。公司花了上百万美元雇用数百名间谍、线人和"耳朵"，即便工人私下聚集的地方也无孔不入，劳工们就算有任何要组织起来的迹象，也会被扼杀在摇篮中。一个政府委员会对这个系统展开了调查，他们得出的结论是，这家公司有"迄今美国公司设计过的最为庞大的超级间谍系统"。有一名工人就曾经描述说，通用汽车公司把这个小镇"自身的好处宣传得太好了，甚至都没人敢在这里说什么"，而这里的人"不可能属于哪个工会，也不可能把这些事情吐露给哪个鬼魂听，因为那个鬼魂很可能是个间谍"。工头可以一时兴起

---

① Zietlow, *Enforcing Equality*, 75 - 77.

随便解雇和惩罚工人，包括那些被发现支持工会的人①。

1936年12月30日，由全美汽车工人联合会组织起来的工人在通用汽车公司的费舍尔车身工厂一分厂里坐了下来，而且就这么一直坐了下去。这是工人声称自己有权占据私营企业财产并干预其生产的例子。他们要求通用汽车公司承认工会，联合会没有理会法院要求他们离开的禁制令，也顶住了警察的攻击——他们连催泪瓦斯都用上了。抗议群众的静坐罢工非常成功，到2月1日甚至扩大到另一家雪佛兰工厂，并控制了那里的局面。44天后的2月11日，通用汽车公司终于放下身段，承认全美汽车工人联合会为公司工人的代表。

这次胜利在全国引起了强烈反响。全美汽车工人联合会迅速扩张，到年底增加了20多万成员。在看到工人组织的力量后，美国钢铁公司也在3月2日承认了钢铁工人组织委员会，并承诺加薪，保证每周最多工作40小时。这场胜利也激发了全国各地的另一些行动，整个1937年，有数百万人参与静坐罢工、离开工作岗位或加入工会，截至8月，产业工会联合会的成员达到340万名。

弗林特的这场工会运动之所以能这么成功，一大原因是政府不再像以前那样几乎每次都要横插一脚，站在资方反对劳工。密歇根州州长弗兰克·墨菲（Frank Murphy）支持新政，拒绝派国民警卫队跟工人对抗。罗斯福和珀金斯则决定表面上保持中立，同时私下向通用汽车公司施压，要他们承认工会。这些关于如何由政府强制要求市场的决定，对工人的自由产生的影响非常大②。

这个开端给了工人们一个改变美国整个经济的千载难逢的机会。

---

① Loomis, *A History of America in Ten Strikes*, 121; Kennedy, *Freedom from Fear*, 308 - 310.
② Kennedy, *Freedom from Fear*, 310 - 315; Loomis, *A History of America in Ten Strikes*, 123 - 128.

还剩下一件事，就是确保认定工人有权斗争的法案能成功应对最高法院的挑战，幸存下来。1933 年到 1936 年，最高法院推翻法案的速度是历史上其他时期的 10 倍，用通常持有异议的哈伦·菲斯克·斯通（Harlan Fiske Stone）大法官的话来说："如今（创立）新原则的速度都已经快到我没办法理解和吸收了。"最高法院打击了联邦和各州的多项法案，罗斯福说，他们创造了"无论是联邦政府还是州政府，任何政府都无法运作的'无人之地'"。1936 年的总统大选中，罗斯福大获全胜，其压倒性优势几乎史无前例。再次当选总统的罗斯福宣布了一项针对法院的改革，声称任何法官如果超过 70 岁还拒绝退休，他就可以任命新法官来取而代之[1]。

在此过程中，罗斯福犯了好几个错误。1936 年，他根本没能跟最高法院真正对上阵。他并没有同自己所在的民主党通气，他在国会的很多盟友都是从新闻里得知这项关于法院的改革措施的。尽管罗斯福提出的改革方案不受欢迎，后来也没能通过，但他最后还是实现了自己的政治目的。在最高法院为瓦格纳法案投票时，首席大法官查尔斯·埃文斯·休斯（Charles Evans Hughes）写道，劳工组织是"一项基本权利"，"往往是工业界实现和平的必要条件"，对于进行州际商业活动也不可或缺。国家劳资关系委员会的一位律师大感意外，说这份意见书读起来就好像"法律从来都是这个样子，他们从来没因此有过任何争议"一样[2]。

---

[1]　Shesol, *Supreme Power*, 2 - 3; Kennedy, *Freedom from Fear*, 331 - 334.

[2]　Shesol, *Supreme Power*, 3, 221 - 229, 429 - 433; Kennedy, *Freedom from Fear*, 329 - 332; Brands, *Traitor to His Class*, 470 - 473. 说来有些讽刺，1936 年站在最高法院对立面的竟然是共和党人。他们的纲领中有这么一条："支持采用州级法律和州内协议，取缔血汗工厂和童工现象，在最长工作时间、最低工资和工作条件等方面保护妇女儿童权益。我们认为，根据现在的宪法，就能做到这些。"最后一部分提到了最高法院对广受欢迎的各州最低工资法律的攻击，而共和党人认为这些法律是联邦相应法律的替代选项。就连赫伯特·胡佛都表示同意，称："应该做些什么来把各州认为它们本就具备的权力还给它们。""Republican Party Platform"; *Associated Press*, "Hoover Advocates Women's Wage Law".

一夜之间，改革最重大的障碍突然无影无踪。因为最高法院的阻碍，改革裹足不前数十年。最高法院会允许什么根本无法预测也总是随心所欲，迫使改革者只能采取各种各样的折中方案，零打碎敲，曲线救国。最高法院创立了一些原则，让美国政府畏首畏尾，无计可施，还强迫国会接受他们关于自由的理论。现在，一切都结束了。尽管我们没法知道究竟是什么让最高法院改变了想法，但正好在罗斯福竞选连任大获全胜之后，最高法院终于肯屈尊俯就了①。

由于白人至上主义的存在，尤其是因为南方的民主党人在捍卫吉姆·克劳法时百般动用政治权力，罗斯福新政的进展受到了限制。只有在新政不会危及白人在南方各州至高无上的地位时，这些民主党人才会支持新政。也就是说，南方各州想控制当地的资金。例如涉及社会保障形式的扶贫项目时，经济保障委员会执行主管埃德温·威特指出："南方的成员不希望华盛顿的任何人有权因为南方某个州歧视黑人就不向该州提供援助。"南方的成员还担心，因为劳动法允许黑人劳动者和白人劳动者拿一样的工资，会削弱吉姆·克劳法。佛罗里达州众议员詹姆斯·马克·威尔科克斯（James Mark Wilcox）就曾说道："白人与有色人种的劳动者，工资水平一直有差异。只要允许佛罗里达人民来解决这事儿，这个微妙而难缠的问题就可以解决。"但他也指出："如果我们把固定工资的权力拱手送给联邦政府的某个部门或委员会，他们就会规定黑人和白人都拿一样的工资。"无论是社会保障方案还是瓦格纳法案，对 940 万从事家务劳动和农业的劳动者

---

① 最近有一种观点认为，最高法院很大程度上是在解决律师们对联邦政府角色的认识之间的冲突，而这个转变"与其说是变革，不如说是司法部门和行政部门之间的和解"。见 Ernst，*Tocqueville's Nightmare*。

来说都不适用，而这样的人大部分都在南方，黑人和女性又占绝大多数[1]。

然而正如政治学家埃里克·席克勒（Eric Schickler）指出的那样，即使遭到这些排斥，新政还是开启了一个长期的、将民主党和经济自由主义以及民权运动重组起来的过程。跟很多工会都存在的排斥其他种族的做法相反，产业工会联合会利用瓦格纳法案，把有色人种的工人也组织了起来。但是，联合会的努力并非仅限于把工人组织起来，在1938年评估政客投票记录的记录卡中，联合会考量的游说和政治行动也包括议员们如何就反对私刑的法案投票，此外还包括对涉及罢工、工资和工作时长等传统劳工问题的法案的态度等。发布了记录卡之后，联合会又马上把反对人头税[2]的议题加到民选官员优先事项清单中。这一做法甚至并非潜在的政治机会所能及，而是反映了产业工会联合会领导层的理念。对此，联合会领导人约翰·布罗菲（John Brophy）言之凿凿："每一次私刑背后，都是劳工剥削者的形象，是那些拒绝承认劳工基本权利的个人或公司的形象。"[3]

民权运动的支持者也注意到了这些。全国有色人种协进会（NAACP）的会刊《危机》上就写道："黑人劳动者应该毫不犹豫地

[1] Witte, *The Development of the Social Security Act*, 143 - 144, 153；Katznelson, *When Affirmative Action Was White*, 59 - 60；Katznelson, *Fear Itself*, 259 - 260. 关于是什么把他们这些人排除在外，有一场很重要的历史讨论。有观点认为政府行政能力不够强是社会保障养老保险会排除这些人的重要原因，见 DeWitt, "The Decision to Exclude Agricultural and Domestic Workers from the 1935 Social Security Act," 以及 Rodems and Shaefer, "Left Out: Policy Diffusion and the Exclusion of Black Workers from Unemployment Insurance".

[2] 人头税是向所有人课以定额税金。在美国部分地区，人头税曾被用来当作投票资格，主要目的是为了剥夺贫困人口和少数族裔（包括非裔美国人、美洲原住民、华人及非英国后裔白人）的投票权（但同时又设立了所谓"祖父条款"来保障贫困白人的投票权）。——译者

[3] Schickler, *Racial Realignment*, 58 - 60.

集体加入产业工会联合会……成为产业工会联合会的一员，（他们）不会有任何损失，反而能得到一切。"《芝加哥捍卫者》等黑人报纸也开始报道产业工会联合会，说联合会跟黑人自身的问题是一致的。反对民权的人也同样注意到这些。3K党一名骑士团头目"帝国巫师"称："3K党不会袖手旁观，任由产业工会联合会破坏我们的社会秩序、无视我们的法律、助长社会上的混乱局面而不用马上面临任何惩罚。"3K党发起了焚烧十字架、绑架和殴打产业工会联合会劳工组织者的运动，《危机》在报道这些暴力事件时写道："想知道一个人是什么人，看他树立了什么样的敌人就知道了。"而就树敌来说，"产业工会联合会毫无疑问是我们这片土地上最无与伦比的幸运"①。

　　与此同时，黑人选民传统上对共和党无比忠诚的局面也正在被打破。民主党人向北方的黑人选民发起了一场大规模的外联运动，新政的各个项目在黑人社群中取得的成功尽管有限但也是实打实的，这场外联运动就以这些成功为基础。这些努力中有一件非常值得关注的事情，就是1936年9月举行的一场"解放日"集会。位于纽约曼哈顿的体育场麦迪逊广场花园被1.4万非裔美国人挤得满满当当，活动的整个过程还广播到了东北地区另外26个会场。爵士歌手凯伯·卡洛韦（Cab Calloway）等多人参加了音乐表演，参议员罗伯特·瓦格纳在演讲中承诺一定会让反对私刑的法律获得通过，更是赢得了全场起立热烈鼓掌。非洲人美以美会的一位主教小理查德·赖特（R. R. Wright Jr.）说，他们来到这个地方，是为了"通过支持伟大的总统富兰克林·罗斯福的社会和经济计划，来传承和弘扬亚伯拉罕·林肯真正的精神"。会上还宣读了来自总统的一条信息："从最本真的意义上讲，自由不能被赋予。自由只能被实现；而为了维持自由，我们必

---

① Schickler, *Racial Realignment*, 63 - 65；Wade, *The Fiery Cross*, 262 - 263.

须时刻保持警惕。"罗斯福政府的一位官员唐纳德·里奇伯格（Donald Richberg）抨击了他们的保守派敌人，说他们"让少数人继续保有压榨、吸食他人血汗的自由"，并补充说，如果工人"为生活所迫，只能住在一种地方，只能为一种雇主工作，除了支付必须支付的租金、接受提供给他们的工资之外别无选择——否则就会饿死——那么拥有财富者的自由就包含了让工人做牛做马的权力。而这种自由，民主政府无法容忍，也不可能去维持"①。

数十年来非裔美国人一直支持共和党，但1936年见证了他们一边倒地为罗斯福总统投票。《国家》杂志当时有一篇社论颇有先见之明，预见了这一转变，还列出了五个促成因素。第一个因素是产业工会联合会的努力打破了工人中的肤色界限，据估计，当时联合会有10万名黑人成员。其次是工程进度管理局提供的工作机会，该局的法律法规成功阻止了种族歧视。第三个因素是南卡罗来纳州种族主义参议员埃利森·史密斯（Ellison Smith，"棉花埃德"），那一年的民主党全国代表大会上，在马歇尔·谢泼德（Marshall Shepard）牧师为集会祈祷、国会议员亚瑟·米切尔（Arthur Mitchell）为罗斯福提名附议之后，史密斯逃离会场的场面实在过于壮观。前两位黑人在代表大会上都被授予了重要职位，令南方种族主义的民主党人惶恐不安，也凸显了党内角色发生了变化。第四个因素是第一夫人埃莉诺·罗斯福（Eleanor Roosevelt）在黑人社群中所做的工作，尤其是她在白宫草坪上主持的为来自全国女性工业培训学校的黑人妇女举办的活动。第五个也是最后一个因素，是人们认识到尽管富兰克林·罗斯福

---

① "26 Negro Rallies Back Roosevelt," *New York Times*; Schickler, *Racial Realignment*, 50 - 51; High, *Roosevelt—and Then?*, 198 - 201; Spencer, "The Good Neighbor League Colored Committee and the 1936 Democratic Presidential Campaign."

在民权和反对私刑的法案这两方面没有做过任何事情，但共和党人同样没有任何动作，而且还认为黑人为他们投票是天经地义的[①]。

尽管这时候的非裔美国选民还没有成为只认党派的民主党人，但这次选举的结果表明，他们的选票是可以争取的。也就是说，北方民主党中有胆有识的地方政府和州政府官员可以开始迎合他们，而通过经济权利和民权实现自由的工作议题也开始自下而上地出现。席克勒指出："到第二次世界大战时，自由派的联盟视民权为在争取经济和社会进步之战中最关键的战线，其成员也明白，击败南方那些捍卫吉姆·克劳法的人，对自由主义的未来而言至关重要。"与此同时，共和党无法继续想当然地认为黑人选民会支持自己，也就必须开始讨论究竟是想办法赢回这批选民，还是准备把种族主义者和保守派选民拉进他们的阵营。工商界和经济领域中的保守派是共和党的中坚力量，都在同禁止在工作场所出现歧视的法律作斗争。这些法律开始跟民权运动联系在一起，推动着保守派和共和党人与非裔美国选民日渐疏离[②]。

社会保障法和《全国劳资关系法》并非只是解决经济问题的政策。这些法案宣告了一种新的自由理念，需要通过抑制市场的力量来定义。

由于《全国劳资关系法》以及由这项法案引发的运动，工人在工作场合所能享受到的自由不再局限于他们可以通过讨价还价为自己争取到的一点点好处，或是他们威胁一走了之时的安全保障。工作场所引入了一定程度的民主，让工人有权在自己人中间建立组织，有权罢工，还有了不被老板报复的安全保护措施。以前很多人认为，只有市

---

① Ward, "Wooing the Negro Vote."
② Schickler, *Racial Realignment*, 129 – 134, 285 – 286.

场和本地社区才有责任来管这些问题，公众自己就能找到解决方案，但现在社会保障消除了这样的理念，并借此抨击了失业和年老带来的贫困所导致的不自由。

《全国劳资关系法》和社会保障法也给人们提供了一条扩大这两项成就的途径。到 1930 年代末，约有 12% 的工人加入了工会。第二次世界大战期间这个数字翻了一番，到 1955 年则达到顶峰，在全国所有工人中占了大概 30%。这些工会让工人工资得以提高，也让工人在工作场合有了发言权。这两项法案带给有色人种的好处尤其惊人，因为他们更有可能加入工会，而从 1940 年代到 1970 年代，通过加入工会能够增加的工资，对于有色人种也更多①。

社会保障法也用类似的方法扩大了覆盖范围。1939 年，这项法案把鳏寡孤独的福利也包括了进去，将法案的覆盖范围从工人扩大到工人的家属，而这项法案本身，也可以作为一种真正的老年保险提供给人们。1950 年，家务和农业工作者也加入进来，早期法案将他们排斥在外着实令该法案蒙羞，现在得到了修正。自通过以来，这项法案发生过约 30 次较重大的法律变更。后来的变化根据通货膨胀做了调整，正式把针对残疾人的规划加了进去。今天有 1 000 万到 1 500 万老人，约占全国所有老人的 30%—40%，通过社会保障法摆脱了贫困。超过一半的老年人，退休后的收入有一半以上要仰仗这项计划。由于有色人种的贫困比例更高，而女性寿命也往往比男性长，因此今天的社会保障计划尤其令这些经不起冲击的人群受益。历史证明，这种全方位的工具，可以成功应对这个变动不居的经济时代②。

---

① Farber et al. , "Unions and Inequality over the Twentieth Century: New Evidence from Survey Data. "
② Center on Budget and Policy Priorities, "Policy Basics: Top Ten Facts about Social Security"; Schmitt, "Social Security's Enduring Legacy. "

社会保险不但没有把慈善机构和公民社会排挤出去，反而允许这些实体继续发展，并超出了以前的限制。在罗斯福新政前，美国家庭福利会等组织对联邦政府采取的行动一直都是反对态度。然而到了1934 年，该福利会的一位领导人林顿·斯威夫特（Linton Swift）写道："解决失业问题和其他类似需求是地方政府、州政府和联邦政府的首要职责，如今已是一种普遍认识了。"他说，"有些需求大部分公众尚未认识到有多么至关重要或应该得到社会支持"，而私人志愿力量就可以"满足这些需求"。1935 年，原本反对政府行动的全国天主教福利会也转变态度，开始承认政府可以发挥一定作用。一位领导人写道："社会正义（要求）所有工人都能得到能够保证持续就业的工资和工作时长、还算像样的生活，以及足够的保障。"慈善机构也从能兼顾市场经济多种风险的社会保险中受益匪浅，因为这些组织的资金现在可以为尽管更狭窄但也更有意义的领域提供支持。与此同时，公民社会重新兴起。1940 年以后，各种组织的地方分会、宗教团体和其他组织的成员数急剧增加，并在随后数十年里一直维持高位①。

鲁比诺于 1936 年 9 月 1 日去世，寿数刚好够他活着看到自己毕

① Foner, *The Story of American Freedom*, 197; Morris, *The Limits of Voluntarism*, xv, 1-3; Putnam, *Bowling Alone*, 54-57, 69-72. 有保守派批评称，公共社会保险会"挤占"并取代公民社会。对这个观点的分析尝试见 Gruber and Hungerman, "Faith-Based Charity and Crowd-Out during the Great Depression"。这些论证并没有谈及，私人慈善机构是否应该扮演保险提供者的角色，也没有论及志愿性质的慈善机构在很多方面都无法成为保障机制这一事实。（见 Salamon, "Of Market Failure, Voluntary Failure, and Third-Party Government: Toward a Theory of Government-Nonprofit Relations in the Modern Welfare State"。）更重要的是，这种观点是以一种关于经济的直觉为基础的，即认为在公民社会中，私人机构和政府投资必然会互相取代，但经济本身并不是这样运行的。见 Keynes, *The General Theory of Employment, Interest, and Money*。没有任何理由能够假设这个逻辑会延伸到志愿服务的领域。更有可能发生的反而是我们在罗斯福新政之后数十年见过的情形，即政府支出也可以参与公民生活，一旦建立起保障，还可以带来更多政府支出。最早提出要限制工作时长，这也是其中一条论据。

生的事业在社会保障法的通过中达到巅峰。然而，由于他跟很多与政府关系密切的人在政策方面发生过争执，以及他跟社会主义脱不了干系，因此在法案通过之前和之后都没有人正式向他咨询，尽管他非常希望能有人来咨询他。在去世的前一年，他一直在跟肺癌作斗争。这样的斗争当然会让他付出很大代价，但只要力所能及，他都一直在为社会保险争取机会。对于这项法案的不足，鲁比诺也持批判态度，但他准确预见到，这项法案会与时俱进，会在时间长河中不断发展演变。在鲁比诺生命的最后几个星期，尽管身体机能已经开始衰退，他还是一直在病床上潜心钻研，分析该法案是否合宪的各方论点。鲁比诺去世前不久，罗斯福送给他一本鲁比诺自己的新书《寻求保障》。总统在书上签了名，并题词："反向赠书这么不寻常的事情之所以会发生，是因为我很有兴趣读你的著作。"尽管他不无遗憾地被隔绝在实现他毕生所求的圈子之外，对他毕生心血的承认也只能说聊胜于无、令人沮丧，但他的工作还是取得了巨大的成功，其程度完全超出鲁比诺自己所能看到的[1]。

---

① Kreader，"America's Prophet for Social Security: A Biography of Isaac Max Rubinow," 678 - 686, 690 - 698.

第五章　幼有所托

"所有能工作和能找到工作的美国人，都有权拥有一份能发挥价值且报酬丰厚的工作……让美国继续保持充分就业至关重要。"1945年1月由蒙大拿州民主党参议员詹姆斯·默里（James Murray）提出的《充分就业法案》如是说。这项法案是罗斯福新政期间最后的重大战役之一，也推动了关于经济管理的论辩走进庙堂，来到国会议员面前。法案中既有战时规划，也集成了新政关于经济自由的观点，可以说是个大杂烩。像是"有权拥有一份能发挥价值且报酬丰厚的工作"这样的话语直接来自《经济权利法案》，也叫做"第二权利法案"，是富兰克林·罗斯福总统在1944年的国情咨文演讲中提出来的。还有一些自由派人士也加入了相关讨论，包括参议员罗伯特·瓦格纳，他认为，工作的权利是"不可剥夺的生存权的同义词"。也有观点认为，经济权利跟言论自由等其他类型的自由权利同等重要。罗斯福也说，"没有经济保障和独立性"，个人的自由就不可能存在。

这项法案同时也是一份关于大萧条过后应该由谁来负责维护整体经济稳定的声明。法案要求各部门预测需要多少工作岗位，以及私营行业在不久的将来能创造多少工作岗位。如果这两个数字之间有缺口，就需要总统有能力创造公共就业机会。争论的焦点是，最终由谁来决定经济体中最终的工作岗位数量，是通常能得到政府优惠和补贴的私营行业，还是公共部门。罗斯福总统在这项法案尚在辩论时就去世了，继任的杜鲁门总统则继续为通过法案不遗余力。最后通过的《1946年就业法》是一个弱化的版本，之前提到的"充分就业"并没有出现在最终文本中，而是被"最高就业率"取代了①。

在这些关于是否有权拥有一份能发挥价值且报酬丰厚的工作的考虑中，有一群劳动人口被忽略了，就是在家里干家务活的妇女们。即使在该法案最早的版本中，在声称所有美国人都有权得到好工作后还这样澄清了一番："美国的这项政策是为了确保任何时候都存在足够的就业机会，使所有完成了学校教育且非全职做家务的美国人，都能自由行使这一权利。"在长达一年的讨论中，有那么几次提到了妇女走出家门参加工作的问题，其中有一次参议员默里指出："我们并没有认为这项法案意在让家庭主妇走出家门，让她们参加工作或者被雇用。"另一位支持充分就业政策的参议员也同意默里的意见，解释说这项法案不会让人们产生政府会试图雇用"理应待在家里操持家务"者的预期，而且"我们不会通过政府规划来拆散家庭"②。

新政在名义上属于私有领域的工作场所撕开了一道口子，并扩大了一系列法律、计划和制度的覆盖面，人们对于如何以更民主的方式来管理工作的期望也更高了，尽管这些扩张有些底气不足。从社会保障法通过到颁布关于工作时长的法律，工人们得到了对自由的新定义，不再只有他们从市场上得到的全部自由。然而正如历史学家埃米莉·斯托茨弗斯（Emilie Stoltzfus）所说，另一个也是名义上属于私有领域的场所，也就是家庭，并没有得到类似重新考虑的机会，也没有得到公众的更多支持。即使在新政自由主义达到顶峰的时候，以及

---

① Brinkley, *The End of Reform*, 259 - 264; Stoltzfus, *Citizen*, *Mother*, *Worker*, 24 - 28.

② Stoltzfus, *Citizen*, *Mother*, *Worker*, 24 - 25.

在关于战后充分就业意味着什么的讨论中，立法部门关注的重点也仍然是如何让有妻子操持家务的男性工人有权在外工作[1]。

国会里的男人们还在为女性是否应该有权工作而吵得不可开交的时候，杜鲁门总统面前出现了女性要求在战后经济中占有一席之地的激进浪潮。很多全国性的教育、卫生和福利组织纷纷向白宫施压，要求战时日托中心继续开放。这些日托中心是战时的临时措施，是为了保证需要带孩子的妇女能够在战时经济中工作而出台的。这些项目得到了所惠及的女性的大力支持，她们认为，要能够无拘无束地加入劳动力市场，这些措施必不可少。然而随着战争结束，政府很快切断了资金来源，关闭了这些项目。各个组织施加的压力让杜鲁门确信，这些日托中心必须保持开放，但只是作为战时经济向和平时期过渡的一项为期 6 个月的临时措施。这一结果还是给了妇女们机会，让她们可以努力争取政府对想要工作的母亲的支持不被取消[2]。

资本主义依靠在家庭和社区中开展的工作才能维持。这种没有任何报酬的生养孩子、培育年轻人、养活成年人的工作，对社会的繁荣昌盛来说不可或缺。创建并维持一个个社区的工作不在明处，但正是这些背后的工作确保了社会本身可以在时间长河中蓬勃发展、繁衍生息。一般认为，这种通常按性别划分的劳动分工是家庭内部的私人事务，但家庭之外的整个市场和资本主义世界，都必须仰仗这些工作才能存续下去。这些工作并不要求市场付费，但如果没有这些工作，市场经济和雇佣劳动根本就无法存在[3]。

在有些人看来，社会如何繁衍生息这一问题，或者说如何确保维

① Stoltzfus, *Citizen*, *Mother*, *Worker*, 5-6.
② Furman, "Child Care Plan Taken to Truman"; Fousekis, *Demanding Child Care*, 50.
③ 关于儿童照护工作与社会再生产，见 Fraser, "Contradictions of Capital and Care," 以及 Jaffe, "The Factory in the Family"。

持社区所需的无偿工作可以持续下去，只要重新强调一下传统的父权制家庭结构就可以解决。在这些思想保守的人看来，让市场的触手伸进家庭，就跟要颠覆男性在家庭中的权威一样坏到了极点。那些努力争取摆脱市场控制、得到自由的人，往往会落入拼命捍卫这种父权制的陷阱，将社会能提供的可以代替市场依赖的任何保护措施都看得无比浪漫①。

然而要保护和支持照护孩子的工作，同时又不依赖于限制妇女自由的社会规范，我们还有其他选择。政治理论家南希·弗雷泽（Nancy Fraser）就提醒我们，目标不只是保护自己免受市场依赖的影响，还要把我们从不公平的控制中解放出来。为帮助家庭而设计的政府规划可以起到这个作用，让妇女有权在家庭和生活中做出她们想要的选择。第二次世界大战结束后，在为争取这些规划而发起的斗争中，女性走到了队伍前列②。

美国并没有将赢得第二次世界大战的希望寄于市场。政府设定了价格，施行了大量战时措施，还规定了投资方向。国家领导层密切关注的事情之一，是可用劳动力的规模。有那么多工作要做，而政府又征召了数百万工人，作为军队派去海外。处于战争状态的美国，需要妇女走出家门，投身工作③。

这样的需求在全社会引起巨大改变，因为在大萧条期间，已婚女性通常不会外出工作。1930 年代，所有妇女中约有 90％已婚，但到

① Cooper, *Family Values*, 9 – 15.
② Fraser, "Between Marketization and Social Protection: Resolving the Feminist Ambivalence," 232 – 235.
③ 关于战时动员与市场，见 Mason, "The Economy During Wartime"; Bossie and Mason, "The Public Role in Economic Transformation: Lessons from World War II".

1940 年，已婚妇女只有约 15％投身劳动力大军。1936 年的一项盖洛普民意调查发现，超过 80％的人认为，如果丈夫有工作，妻子就不应该外出工作，女性本身也有四分之三对此表示同意。老板们在处理裁员、缩编的问题时，首先拿已婚女性开刀亦是司空见惯。不仅私营行业如此，就连公共部门的工作岗位也同样如此，比如教师[1]。

随着战争爆发，这一点发生了变化。从 1940 年到 1945 年，劳动力市场上的女性人数增加了一半以上，女性就业人数占所有女性的比例也从 27.6％上升到了 37％。这个数字代表了 650 万以上的新增就业人数，参加工作的女性从 1 200 万人增加到 1 860 万人。这些新近进入劳动力市场的女工中，约有 75％是已婚妇女。在这些成为新闻焦点的数字背后，首次从事有偿工作的女性人数还要更多。由于女性可能会在一年中多次失业再就业，据估计，1944 年的某个时候，所有女性中约有 50％处于受雇状态。女性可以从事的工种也发生了变化，以前在很多行业和领域存在的性别隔离政策和做法让女性只能从事工资很低的服务性工作和家务劳动，而在战争作用下，性别隔离不复存在。女性在制造业工作的比例从 22％上升到 33％，而在政府工作中的比例更是翻了一番，从 19％上升到 38％[2]。

女性接受这些工作岗位的原因有很多，有些人是出于爱国主义，有些则是因为丈夫入伍失去收入，需要挣钱补贴家用。无论如何，这些女性中有很多都在工作场合得到了全新的满足感。有一起做项目的同事，能够学习并运用知识和技能，让她们对这个世界有了不同的体验，一种独立于家庭之外的体验。一位参加工作的妈妈这样说道："比起做家务，在他人的陪伴下一起工作更能带来激励，也更能产生

① Hartmann, *The Home Front and Beyond*, 15 - 18.
② Hartmann, 21, 77 - 78; Anderson, *Wartime Women*, 6.

回报。"而说到另一种选择，她指出："整天待在家里，会让我的人生观变得越来越狭隘。"①

一直到 20 世纪初，照看别人家的孩子还会被视为私人、自愿的事情。慈善机构、睦邻中心和社区组织为贫困妇女提供的服务少之又少。大萧条期间，这种状态几乎没有改变。工程进度管理局确实紧急创建了临时的托儿所，但主要是为了给失业教师和其他在青年服务机构工作的人提供工作机会，而不是通盘考虑的儿童照护计划。在不同年份，这些临时托儿所为 4.4 万到 7.2 万贫困儿童提供了服务，但随着大萧条结束，这个计划的主要理由不再成立，资金也断了②。

有人强烈反对让母亲在战争动员期间出门工作。战争人力委员会主席保罗·麦克纳特（Paul McNutt）声称，除非绝对必要，否则在战争投入中"绝对不应该鼓励乃至强迫需要照顾小孩的妇女找工作"。然而，对工人的需求迫使这个问题摆上了台面。对日托项目的需求跟战争投入直接关联起来。一位议员是这样描述的："如果母亲心里记挂着自己的孩子，她就不可能安安心心地在军工厂工作；如果孩子整天就知道在大街上乱跑，那就不可能不对下一代产生恶劣影响。"③

1940 年，国会通过了"拉纳姆法案"（《社区设施法案》），成为用政府拨款和贷款支持战争投入的一种机制。这项法案的权力非常大，甚至授权军队为公立日托中心提供资金。不过要让日托中心得到政府拨款，地方社区需要跳过好多坑，跟官僚作风大战一场。要获得批准，地方社区必须证明，战争动员是需要更多女性参加工作因此也需要更多日托资源的原因。这些申请会递交到联邦工程局（FWA），

① Hartmann, *The Home Front and Beyond*, 79 - 80.

② Cohen, "A Brief History of Federal Financing for Child Care in the United States," 26 - 29.

③ Anderson, *Wartime Women*, 5; Cohen, "A Brief History of Federal Financing for Child Care in the United States," 29.

该局会提供这笔资金，但同时也会要求当地社区支付 50％的费用。孩子的父母要使用这些日托中心，也必须缴纳固定费用。尽管要求走这么多程序，这个项目仍算是政府出面通过联邦资助的公立日托机构来解决家庭中儿童照护问题的全国性投入。跟福利设施和慈善机构不同，这些政府项目对父母不设资格要求，任何父母只要想使用这些日托资源就都可以使用①。

战时公立日托体系进展缓慢，而且因为需要克服重重障碍，也没有得到充分利用。议员们打算让这个计划在战后继续实施的可能性小之又小，于是把计划设计得很复杂。不只是国会这么想。影响力巨大的全国天主教福利会要求所有政府拨款都要在战争结束时马上停止，很多社会工作者组织，比如美国儿童福利联盟，都认为日托应该仅限于以监督之下的慈善行为的面目出现，贫穷的母亲需要接受筛选和劝告，记录她们行为表现的文件也要存档。这些组织的成员会利用他们在地方社区的影响力，拖延甚至终止对公立日托的申请。

要在这么短的时间内找到能容纳这些日托的地方也非常困难，尤其是很多政府建筑都已经被用于战争投入。各社区能找到的设施往往都是二流的。很多日托中心还受到了种族歧视或其他因素的影响，有色人种的女性要想获得这些日托服务难上加难。很多父母对此也疑虑重重，特别是想到就算年龄较大的孩子，也需要支付费用让他们接受监督之下的照护。有些雇主也表示反对。埃兹尔·福特的夫人（埃莉诺·福特，Eleanor Ford）想向在轰炸机工厂工作的数千名妇女播放关于附近的公立日托中心的教育电影，结果被这些妇女的雇主，也就

---

① Anderson，*Wartime Women*，122 - 124；Cohen，"A Brief History of Federal Financing for Child Care in the United States，" 29.

是她的公公亨利·福特（Henry Ford）否决了[1]。

然而，尽管困难重重，日托中心还是继续增长。在这个计划达到鼎盛的时候，有 3 102 个中心为将近 13 万名儿童提供照护服务。第二次世界大战期间，据估计一共有 60 万儿童在这些中心得到了照护，政府为此花费了 5 200 万美元。战后进行的一项调查发现，尽管很多父母刚开始对这个项目持怀疑态度，但 81％的人对该计划"总体上有好感"，而且 100％的人发现他们的"孩子很喜欢幼儿园"。2017 年的一项研究发现，在该项目下获得资金更多的地区，后来的女性就业水平更高，被日托中心照护过的孩子，在教育水平和就业方面的长期结果也更好[2]。

尽管很多日托中心都是临时拼凑而成，但有些中心投入了大量资源，努力成为工人子女能得到的最好的日托中心。实业家亨利·凯撒（Henry Kaiser）经营着凯撒造船厂，是战时最重要的生产中心之一，而他对自己对战争投入和工厂工人的责任看得很认真。凯撒希望自己的工厂能成为"未来工厂"的典范，也就是成为"应当配备托儿中心"和工人其他必需品的那种工厂。凯撒请来专门的建筑师，让他们针对照顾和教育幼儿的需求来设计建筑。15 间教室像轮子的边缘一样围成一圈，中间是一个操场，上面有特殊设计的顶盖，孩子们就算是雨天也能在外面玩耍。这些设计非常出色，甚至成了一期《建筑文摘》的主题。建筑师从孩子的角度出发设计了整个建筑，包括为小孩

---

[1]　Michel, *Children's Interests/Mothers' Rights: The Shaping of America's Child Care Policy*, 136 - 137, 142, 144; Dratch, "The Politics of Child Care in the 1940s," 179 - 180; Anderson, *Wartime Women*, 130 - 136; Carr and Stermer, *Willow Run*, 252 - 256.

[2]　Anderson, *Wartime Women*, 6, 146; Stoltzfus, *Citizen, Mother, Worker*, 40; Covert, "Here's What Happened the One Time When the U. S. Had Universal Childcare"; Herbst, "Universal Child Care, Maternal Employment, and Children's Long-Run Outcomes: Evidence from the US Lanham Act of 1940."

的视角设计的窗户，小孩专用的家具和浴室固定设施，以及专门为他们的需求设计的玩具和盘子。

接下来，凯撒大举招聘全国最杰出的儿童教育专家，让他们来日托中心工作，并为中心提出建议。一开始他曾考虑从普通工人中招聘日托工作人员，但后来被说服，转而聘请专业人员。在得知拉纳姆法案涉及机构付给教师的薪水有多么微薄后，他说："怎么能就付给大学毕业生那么点钱！用不了一星期他们就会走人，院子里所有行政部门都会行动起来把他们从你手里挖走。"[1]

凯撒儿童服务中心（凯撒中心）对工人来说是重大变革。这些设施 24 小时开放，接收 18 个月到 6 岁的孩子。凯撒中心首席营养师米莉娅姆·勒文贝格（Miriam Lowenberg）说："在造船厂工作的妈妈如果有任何跟孩子有关的问题，都可以在这里寻求帮助。"中心提供医疗服务，有缝纫工具可以用来缝补撕破的衣物，还为紧急情况提供了免费诊所。中心甚至为来接孩子的父母准备了可以外带的饭菜，早上送来这里的孩子会吃上热腾腾的早餐，而凌晨 2 点才下夜班的父母会发现他们裹在毯子里的孩子已经睡熟，随时可以抱回家。1944 年 9 月的鼎盛时期，中心服务的孩子达到了上千名[2]。

战时动员的需求迫使联邦政府迅速行动起来应对日托问题，不仅要提供资金，还要设计出一个很多人都能享受到的解决方案。在由谁来负责公立日托中心的问题上，各个官僚机构之间争来抢去不可开交，尤其是教育部和联邦工程局。社会工作部门和儿童照护专业人员想控制这个项目，部分原因是他们希望这个项目只针对最需要帮助的

① Kesselman, *Fleeting Opportunitie*s, 71 - 78; Crawford, "Daily Life on the Home Front: Women, Blacks, and the Struggle for Public Housing," 124 - 125.

② Kesselman, *Fleeting Opportunities*, 80 - 81; Crawford, "Daily Life on the Home Front," 124 - 127.

女性开放。他们希望把这个项目定位为解决贫困问题，为使用项目的人建立档案并监控他们，管理上还会一般性假定这些人压根儿就不应该用到这些项目。但是，军方完全没有兴趣污名化潜在的工人，也不想雇用一批档案管理员，更没打算把使用这个项目的人划分为应该得到帮助和不值得帮助两个阵营。军方想要的就是轰炸机和海军舰艇，任何愿意参与军备生产的人如果说需要照护孩子的基础设施，他们都非常乐意提供。对于充当半路出家的社会工作者，或是来决定谁值得帮助谁不值得帮助，军方既没有时间，也没有兴趣。需要帮助的母亲以前必须依赖一个由慈善机构和监视东拼西凑而成的网络，还经常让人羞愤不堪，相比之下，这个惠及全民且很容易加入的计划可以说是反其道而行之，不但新鲜，也很激进。

但促成了这些项目大获成功的政治机遇，在战争结束时也被证明同样成为让这些项目关门大吉的力量。围绕这些项目建立起来的行政支持少得可怜，政府内部也没有什么基础建设能用来支撑这些计划。日本投降后，支持日托中心的选民群体只剩下一个，就是享受到这些中心服务的女性，而对于日托中心给她们带来的、没有经过任何斗争得来的新的自由，她们不会轻易放弃①。

战争结束后，成千上万名妇女参与了写信、示威、抗议、游说、游行并协调媒体宣传活动，就为了让公立日托计划能继续开办下去。信件如雪片般飞往首都华盛顿。仅联邦工程局就在战后的很短时间内收到了约 6 000 名个人和团体的请愿书和信件，每天还会接到大概 500 次电话，要求日托中心继续开放。享用日托服务的妇女们开始组织起来，在学校和教堂集会，创建活动小组，讨论政治战略。她们发

---

① Stoltzfus, *Citizen*, *Mother*, *Worker*, 51.

起了抗议活动，以吸引公众注意。支持保留公立日托服务的人在全国各大城市都创建了活动团体，包括华盛顿特区、芝加哥、费城、底特律和里士满等地[1]。

在此有两个积极活动的团体值得我们详加审视，其一以俄亥俄州克利夫兰为中心，另一个则遍及整个加利福尼亚州。战争刚刚结束，克利夫兰就马上成立了"日托委员会"。这些妇女很快召集了500余人在一所高中的大礼堂里，商讨让联邦继续出资的办法。她们起草了一份原则性声明，数十家公民团体都表示认可。1946年2月，150名妇女在克利夫兰市政厅静坐，一直到夜里都没离开，意在迫使市长继续为该项目提供资金。政府官员承诺关注此事，但她们仍然拒绝离开大楼，最后成功地让这个项目延长了几个月。到5月份政府资金耗尽时，她们再次占领了这栋建筑，这一次还带了她们的孩子一起抗议。她们再次成功延长了期限，但最后有位法官在一场针对公立日托系统的案件中做出裁决，将日托中心视为"支出公共资金用于私人目的"，并于7月初下令克利夫兰市尽快停止这些中心的所有拨款[2]。

1945年8月，数百名家长参加了在洛杉矶一所高中举行的一场集会，讨论让日托中心继续开办下去的策略。这次集会本来是为当地父母举行的，但人们对日托计划极为关注，结果家长从整个城市各个地方，甚至洛杉矶以外的地方蜂拥而至。随后的几个月他们继续组织起来一起学习如何施加政治压力，他们会突然出现在加州首府萨克拉门托的州议会大厦，提出保留资金用于日托中心的诉求。这是一种全新的体验，这些倡议者必须在匆忙中学习如何更好地准备材料，说服政客保持该项目继续运行。有一则轶事流传得很广，说是有两名支持

---

[1]　Stoltzfus, *Citizen*, *Mother*, *Worker*, 38 - 44，47 - 48，59.
[2]　Stoltzfus, *Citizen*, *Mother*, *Worker*, 55 - 56，68 - 69，73 - 74，82.

日托计划的代表在抵达州议会大厦时自行登记为"煽动者"而非"倡议者"，因为他们不知道前者是什么意思。在州议会教育委员会的一次会议上，用一名记者的话说，有位反对日托项目继续下去的男性专家，遭到与会活动人士中的"女性群起而攻之，嘘声、嘶嘶声和其他表示不满的声音不绝于耳"。接下来几年，加州建立了更大的联盟，家长、教师、教会团体和妇女俱乐部都加入进来，支持永久性的日托解决方案[1]。

尽管地点不同，这两个地方都面临着同样的困难。有些问题很直接，比如怎么维持资金来源。但最根本的困难是，如何证明这样的项目必须存在。一个说法是，在所有男性都从国外回来、生活恢复正常之前必须要有日托服务，这个说法能为她们赢得一些时间，杜鲁门总统就因此愿意将这些项目延长到 1946 年。但是，这么说并不能证明永久性的日托服务有其必要[2]。

如何证明日托服务应该存续下去的问题，与主张妇女在战后经济中应该扮演何等角色的问题息息相关。有些妇女提出了全面的平等观念。为克利夫兰市某个日托中心组织起来的一个团体清楚阐明了他们的理由："我们认为，一个宣称不存在种族、性别和宗教歧视的民主国家，一个男女同校如此盛行的国家，有责任提供女性所需的服务，让她们能够以她们的天赋、教育和才能使她们得以表达自己的方式表达自己，尤其是这些服务能对她们孩子的发展做出积极贡献的时候。"[3]

哥伦布市日托委员会没有选用这套说法，而是重点关注女性工作的经济需求，尤其是贫困家庭和单亲家庭的情况。支持日托的活动人

---

① Fousekis, *Demanding Child Care*, 44 – 45，80 – 81.

② Stoltzfus, *Citizen*，*Mother*，*Worker*，38 – 41.

③ Stoltzfus, *Citizen*，*Mother*，*Worker*，61.

士还强调了青少年违法犯罪的风险，以及父母需要工作的儿童面临的风险。说辞上的这种变化意味着，日托项目现在成了针对有需要的人的解决方案，成了针对贫困妇女的福利项目。历史学家埃米莉·斯托茨弗斯写道，这样论证是"把母亲的有偿工作理解为需要解决的问题，而不是需要支持的正常做法。从这个角度来思考的话，政府资助的日托服务就应该由专门的社会工作者当成有缺陷家庭的'治疗良方'来小心翼翼地发放"。这一思路及其后续在随后的数十年中成了常态①。

加州是战后唯一保留了公立日托系统的州。在明确了联邦政府不会继续投入之后，活动人士迫使州政府每年延长日托计划，直到1957年成为永久性项目。在这场运动中，跟其他州相比，加州有很多优势。该州在战争期间迅速发展，人口在 1940 年到 1945 年间从700 万增加到 950 万。加州居民有很多都是渴望工作的女性，使用加州战时公立日托中心的女性，有一半并非军属。这些新工人没有别的去处，对于她们创造的新需求，要求政府提出解决方案的呼声也越来越高。

加州在战争期间的军工产业分布很广，使得该州在战时公立日托服务方面经验最为丰富。加州有 500 多个战时托儿中心，占全国日托中心的将近 20%，所服务的孩子最多的时候达到了 2.5 万名，其他州都还不到这个数字的三分之一。由进步活动人士和儿童权益倡导者组成的深厚网络视这一计划为迈向更广泛的全民计划的垫脚石，并期望这个全民计划能惠及所有加州居民。在军人回家后，日托的需求也并没有下降，令加州议员们大感惊讶：1946 年，日托中心的注册人数

---

① Stoltzfus, *Citizen*, *Mother*, *Worker*, 61 - 63.

甚至增加了将近 20%①。

有一项折中破坏了加州的计划。日托中心进行了经济状况调查，根据人们的需求对他们的资格做出了相应限制。支持日托项目的人反对这种做法，旧金山联盟的负责人玛丽昂·特纳（Marion Turner）就断言："把家里的事情交给外人去判断是不合法的……家里的事情怎么看，不可能有公允的观点。"家长认为这是政府在干预家庭生活，并指出因为托儿服务非常欠缺，很多工人家庭和中产家庭也会享受到公立托儿中心带来的好处。在他们看来，需要进行经济状况调查的托儿项目让全民计划失去了原本可以得到的广泛支持，而需要证明自己有资格接受托儿服务，对于加入这个项目的人来说不但复杂低效，且有辱人格。

支持者们不幸言中，经济状况调查确实把很多本来可以利用这个项目的家庭都排除在外了。月收入超过 275 美元的双亲家庭和月收入超过 225 美元的单亲家庭都不允许注册这个项目，然而 1952 年到 1953 年，在 4 000 份因为收入超过上述门槛而被拒绝的申请中，超过半数家庭报告的收入超限都在 50 美元以内。这一转变，改变了项目的性质，能够享用到这个项目的人也变了。1946 年，注册使用日托服务的家庭中双亲在外工作的比例超过 60%，而 1950 年，单亲家庭的孩子成了大多数②。

但战争结束后加州的日托项目还是幸存了下来，使其成为全国唯一的例外。战时大后方的情形给了政府支持养家育儿的工作的机会，也为需要工作的母亲提供了计划和资源，让她们成为正常运行的经济中的一分子。女性和家庭也由此获得了很多自由，因此当政客们采取

---

① Fousekis, *Demanding Child Care*, 37 – 42, 88 – 89.
② Fousekis, *Demanding Child Care*, 51 – 52, 88 – 89, 107 – 108.

120   FREEDOM FROM THE MARKET

行动打算停止出资、不再支持日托项目时，妇女们组织起来开始斗争。然而，这些关于未来的更激进的设想，被 1950 年代新出现的更自信满满的市场愿景，也就是关于市场会如何帮助人们养家糊口的新设想带跑偏了。

1937 年纳税申报的时候，莉莉·史密斯（Lillie Smith）和丈夫准备把请保姆的费用从中扣除。之前丈夫工作的时候，莉莉一直是自己照顾年幼的孩子。在她也决定进入劳动力市场后，他们开始需要一个解决方案，于是雇了人来帮忙。他们认为，可以把照看孩子的费用作为业务成本扣除，因为莉莉必须出去工作。他们需要请帮手的唯一原因就是这样莉莉才能工作，所以他们认为，他们申请的扣减项会通过审查。

结果扣减申请被拒绝了，争议也很快提交到税务上诉委员会。委员会有两种方式考虑这笔扣减。只有"为经营任何交易或业务而支付或发生的常见且必要的费用"才允许扣减。如果要开展经济活动就必须请保姆，这笔开支是企业之类的实体一定会面对的，那么这笔扣减就合情合理。但是，如果是"个人、生活和家庭开支"，就不允许扣减。如果照看孩子是个人的选择和责任，跟工作的世界完全不沾边，那么就不能作为扣减项。委员会必须判定，在公共事务和私人事务的分野中，育儿究竟应该算在哪一边。

委员会选择了私人这边，在"史密斯诉专员"一案中做出了不利于史密斯夫妇的裁决。1939 年的这份裁决声明："我们并不准备说，照顾孩子，就像家庭生活的其他类似方面一样，不属于个人需要关心的范畴。"照顾孩子的工作和社会的繁衍，被认为属于私人领域，是家庭内部的责任。"妻子作为看管家庭并保护孩子的人，通常不会得到金钱报偿。提供这项服务，不会产生应当纳税的收入。"委员会认定，妻子、母亲不是劳动者，她们的工作也并非有经济意义的工作①。

但到了战后，这种观点就再也不能看成是理所当然的。1950 年代，消费驱动型经济不断扩张，女性就业率缓慢上升，迫使这个问题进入公众论域。专栏作家西尔维娅·波特（Sylvia Porter）说，需要工作的母亲不能将育儿费用作为"她产生收入所需投入"的一部分扣减掉，是"极其不公平"且"明显不公正的"。1953 年《红书》杂志的一篇社论则指出："修改税法让需要工作的妻子们不会因为工作而受到惩罚，绝对是艾森豪威尔总统和国会的责任。"②

国会开始提出推翻史密斯案并允许扣减育儿费用的法案。1947 年，纽约州民主党国会议员肯尼思·基廷（Kenneth Keating）率先提出了一项允许支付过日托费用的女性从纳税申报中扣减这笔费用的法案。基廷指出，女性"理应能够扣减这些（日托）费用，就像商人可以扣除他们开展业务总是会有的日常费用一样"。接下来几年，有数十个这样的法案被提出。也有一些人对此表示反对，用其中一位立法者的话来说，他们认为："鼓励母亲去工作就是在攻击母亲这个身份的神圣之处，也是在反对大众普遍接受的母亲就应该待在家里的观点。"支持者则回应称，女性工作是出于必要，也是为了家庭；同时指出，企业能扣减的经常都是大手大脚的支出。这种关于纳税公平性的想法开始在公众讨论中占据上风③。

1954 年颁布的《国税法》包含了扣减育儿费用的条款，这是数十年来税法中首次出现的重大改革。国会允许 600 美元的育儿扣减额

---

① McCaffery, *Taxing Women*, 111 - 113; Blumberg, "Sexism in the Code: A Comparative Study of Income Taxation of Working Wives and Mothers," 63 - 65; Klein, "Tax Deductions for Family Care Expenses," 917 - 919.

② Stoltzfus, *Citizen*, *Mother*, *Worker*, 203, 205.

③ Stoltzfus, *Citizen*, *Mother*, *Worker*, 201 - 206.

度，但是随着收入增加，扣减额度会逐步减少直至取消。如果某个家庭的总收入超过 4 500 美元，每超过 1 美元扣减额度就少 1 美元，因此收入超过 5 100 美元的家庭就完全没有扣减额度了。要申请扣减，人们需要逐项列出扣减项目，但在 1954 年，72％的家庭（很可能就是那些低收入家庭）并没有这么做。性别机制也很成问题。寡妇和丈夫是残疾人的妇女不受扣减额酌减的限制，她们的收入无论多高，都可以申请扣减。但是，未婚的或妻子不能工作的男性，则完全得不到任何扣减。

扣减项的设计并没有直接回答育儿究竟算业务支出还是个人支出的问题，而是在两者间做出了区分。对于那些因经济需要而不得不工作的女性，育儿费用会被视为业务支出。但对于妻子可以待在家里的家庭，这么做就是个人选择了。设计这项扣减是为了帮助需要工作的已婚妈妈，也仅此而已。用一位评论家的话说，设计扣减项可不是为了让哪个妈妈"为了出去挣钱买毛皮大衣而把孩子留在家里"。其结果就是一种自相矛盾的观点，扣减项试图解决照顾孩子的工作需要得到报偿这一现实问题，但又不想承认这一点，而希望只是通过修修补补就能解决矛盾[①]。

战后美国没有建立全国性的日托项目，而是选择了一套税收激励措施，借此强化这样的思想：每个家庭应当各自负责自身的养育工作，而政府负责提供一些鼓励性质的资金。私营的托儿服务行业开始形成，然而跟所有的私营社会保险形式一样，不同的人获取这项服务的难易程度极不均衡，对于刚刚成家立业的人来说，要想自己面对这

① Samansky, "Child Care Expenses and the Income Tax," 260 – 261；Blumberg, "Sexism in the Code：A Comparative Study of Income Taxation of Working Wives and Mothers," 72；Wolfman, "Child Care, Work, and the Federal Income Tax," 156.

个问题，费用太高——不但过去如此，现在仍然如此。育儿费用的扣减在接下来数十年里继续发展和扩大，违宪的性别限制取消了，成为中产阶级能享受到的涉及面更广的福利，并在 1976 年进一步转变为税收抵免。但无论采取什么形式，用税法来处理育儿费用问题，都等于是决定用一种可能的社会保险制度取代了另一种[1]。

这个决定让更广大的公众不再能看到日托的问题。这样扣减仍然代表福利上的支出，也形成了一种社会保险；相关的税收损失对政府来说是真金白银的成本，因此我们可以说，这种社会保险是通过税法把钱花出去的。如果把所有的税收减免和优待政策都考虑进来，比如抵押贷款利息和雇主提供的医疗保险等，那么美国政府在社会福利上花的钱比我们通常认为的要多得多。如今这些支出总计每年高达近1.5 万亿美元，是一笔相当可观的社会支出。但所有这一切，只是在为一种特定的、有限的社会保险模式服务[2]。

建立福利国家有很多种方式。社会学家格斯塔·叶斯平-安德森（Gøsta Esping-Andersen）描述了其中两种，主要区别是认可哪种价值观，以及如何将人跟市场联系在一起。其一是社会民主模式，这种模式下的福利项目去商品化，摆脱市场依赖，经济保障和商品同每个人作为公民应享有的权利是绑定的。向所有人免费提供的全民医保就是这种福利国家中的福利项目的一个例子。是否能够得到这项福利，跟你的收入没有任何关系。这样的项目消除了政府和市场之间的区

---

[1] Stoltzfus, *Citizen*, *Mother*, *Worker*, 212 – 213; Wolfman, "Child Care, Work, and the Federal Income Tax," 181 – 189.

[2] 关于税收支出的最新数据，可参阅 Center on Budget and Policy Priorities, "Policy Basics: Federal Tax Expenditures"。政治科学文献中有好几种比喻说法——淹没的、分裂的、隐藏的、授权的——用来描述这一社会保险制度让人说不清道不明的本质。这些说法每一种都有各自的重点，见 Mettler, *The Submerged State*；Hacker, *The Divided Welfare State*；Howard, *The Hidden Welfare State*；以及 Morgan and Campbell, *The Delegated Welfare State*。

别，转而专注于强大的政府项目在民众中创造的平等。

另一种制度则以市场为基础，其中的福利与工作和市场收入息息相关。这些制度可以为人们提供服务，只要他们能保证在市场上有工资收入。为住房、教育和医保提供额外收入的税收优惠政策就是这种模式下的例子。这些体系有时候还会为较为贫穷的民众提供更直接的项目，但一般都认为这些项目是临时的，而且规模很小，很难用上。这种制度的目标是迫使人们进入市场，而不是保护人们免受市场影响。可以想见，这必然会令不平等加剧，也把很多人都抛在了身后[1]。

第二种制度通过税法提供社会保险，不仅加强了市场依赖，也令不平等加剧。各种福利项目通常都跟就业挂钩，收入越高的人，能得到的福利也越多。你挣的钱越多，能通过扣减支出得到的好处就越大，因此这些项目的结果就是，挣得越多的人从项目中得到的也越多。那些更有钱的人也更有可能非常老练，可以利用复杂难懂的税收的条条框框来给自己谋利益。税收减免政策通常不能让收入较低或不稳定的人受益。如果没有收入，那么很多税收抵免对你来说就没有任何意义。被集中覆盖的风险比较少，而留给个人去面对的风险比较多。以 2014 年用到育儿费用抵免的人为例，这些家庭收入的中位数为 88 036 美元，比至少有一个孩子的所有家庭的收入中位数 52 000 万美元要高得多。收入很少甚至没有收入的家庭通常无法从中得到对他们的育儿工作的支持，在育儿费用抵免中，流向收入分配最底层五分之一家庭的，只有 1％左右[2]。

这种以市场为基础的社会保险形式也动摇了公众的政治行动。这

---

[1] Esping-Andersen，*The Three Worlds of Welfare Capitalism*.

[2] Hacker，*The Divided Welfare State*，36 - 40；Crandall-Hollick and Falk，"The Child and Dependent Care Credit：Impact of Selected Policy Options," 6.

种社会保险带来了一种充满敌意、自相矛盾的政治观点，公众要依靠政府才能得到这些福利，然而又几乎不会视之为公共问题。他们不会看到，在这些名义上的私有市场背后，还有由政府行动构成的支撑起这些市场的巨大脚手架。甚至有人并不觉得这些税收抵免属于政府项目。一项研究发现，在使用抵押贷款利息税收减免、递延纳税储蓄账户和育儿税收抵免的人群中，大部分人都认为自己并没有涉及政府项目。而那些确实仅仅为了帮助穷人而设立的公共项目只会让使用者感到屈辱，使这些项目难以扩大应用范围，也无法让民众产生任何社会公民权的概念[1]。

正是这种屈辱感让公立日托系统在二战结束后折戟沉沙。从1954 年开始，在谈到联邦政府为公立日托系统提供的资金时，都一定会以扶贫政策和税收抵免为背景。用历史学家索尼娅·米歇尔（Sonya Michel）的话来说，结果就是让这样一种看法阴魂不散："妈妈出现在劳动人口中并不是发达的市场经济的正常特征，而是（需要解决的）社会问题。"[2] 然而也有人阐明了另外一种不同设想，并与占绝对优势的反对意见展开斗争。为保留日托服务而顽强斗争的女性们知道，社会有义务为其成员提供服务，而且是要以一种能扩大而非限制公民自由的方式提供。她们认为，照顾孩子的工作是社会应该努力确保会给予支持的，因为市场无法做到。二战迫使人们认识到这样一个事实：资本主义要依靠这种照护工作和社会再生产才能延续下去，然而资本主义永远不会完整地补偿这些劳动。十年后，育儿问题同样被迅速压制，被全无章法的税收抵免方案掩盖了。今天，我们仍然生活在这一矛盾中。

---

① Mettler, *The Submerged State*，26 - 28，38.

② Michel, *Children's Interests/Mothers' Rights: The Shaping of America's Child Care Policy*，3.

第六章　疾有所医

约翰·霍洛曼本以为自己会大失所望，却没想到会白等一场。小约翰·"麦克"·霍洛曼（John L. S. "Mike" Holloman Jr.）医生是美国国家医学会当选主席，这是个由黑人医生组成的专业团体，于1895年因应美国医学会内部的种族隔离政策而成立。他也是医学人权委员会（MCHR）主席，这个团体成立于1964年，由医生和医疗工作者组成，算是民权运动非正式的医疗分支，致力终结黑人在美国面临的种族隔离和不合格治疗。霍洛曼和这两个组织的其他成员一直在做各种各样的事情，从记录实施种族隔离的医院设施情况，到为冲在第一线被警察痛殴的民权活动人士提供医疗服务。

1965年12月16日，身在首都华盛顿的霍洛曼本来准备参加民权运动领导人和联邦政府之间的一场会议，全国有色人种协进会法律辩护与教育基金的人也会出席，这将是一场剑拔弩张的会议。会议拟由美国卫生、教育及福利部（HEW）最近任命的部长约翰·加德纳（John Gardner）主持。民权运动向国会施压，要求国会通过《民权法案》已经有一年了。这个法案意在废除提供公众住所和接受联邦资金的设施中的种族隔离，但在此期间，南方的医院在废除种族隔离方面几乎没有任何进展。民权团体来到这里，是想知道卫生、教育及福利部是否会在强制执行方面做点什么。

加德纳部长没来参加会议。霍洛曼怒气冲冲地给加德纳发了一封电报，媒体也很快收到了电报内容，说加德纳"自在地跟医疗行业的保守派人士会了面。我们想知道你未能与我们会面出于什么种族考虑，还是说你所在的部门不愿正视医疗保健领域的歧视性做法已初露端倪"。民权运动领导人次日召开了新闻发布会，指出卫生、教育及福利部有一个绝无仅有的机会来终结医疗领域中的种族隔离，但如果他们不采取行动，就会坐失良机。卫生、教育及福利部的回应打着官腔，说会采取"一切合理步骤"来保证医院"完全遵守民权法案的相关规定"，但想想迄今为止该部门还从未取得过什么成功，这一说法可不会让人们就此有了信心①。

活动人士肯定有一种精疲力尽的感觉。十多年来，这些团体一直在跟贯彻了种族隔离思想的吉姆·克劳法之下残暴野蛮的医疗保健体系做斗争。在最高法院裁决"布朗诉教育委员会案"〔Brown v. Board of Education，347 U. S. 483（1954）〕之后，他们得到的只有失望，能看到的也只有无尽的拖延②。如果不大力推动废除医院中的种族隔离制度，提供医疗服务的人就会为所欲为，医院很有可能对自身的义务视而不见，一边消消停停一边背信弃义，要不就是继续大规模抵制任何可能会威胁到吉姆·克劳法的行动。活动人士最后能得到的，可能只是一个仍然实行种族隔离的医疗系统，不会有任何人强迫

---

① Herbers，"Medicare Drive on Rights Urged；Negroes Would Deny Funds to Segregated Hospitals."

② 1954 年 5 月 17 日，美国最高法院在"布朗诉托皮卡教育委员会案"的判决中宣布，州立学校中的种族隔离制度违反了宪法第十四条修正案的"平等法律保护"原则，要求南部各州予以废除。这一判决推翻了"隔离但平等"的原则。如果说 1857 年的"斯科特诉桑福德案"使黑人和北方很多共和党人对最高法院失望至极，那么也可以说 1954 年的布朗案使最高法院得到了黑人和大部分美国人的尊重。但在之后贯彻实施这项判决时，最高法院却显得迟缓、软弱，面对的阻力也极大，在 1957 年 9 月阿肯色州的小石城中学事件中，甚至需要艾森豪威尔总统下令联邦军队出马护送，才让黑人学生得以进入学校。——译者

这些地方做出改变。

我们永远也不可能知道那一天发生了什么。加德纳坚称，由于日程排得太乱才让他错过了那次会议。也许事后加德纳在不必在公众面前出糗的情况下接过了他们的事业。无论如何，几周后加德纳开始让他的手下做好大战一场的准备。他要向南方深受吉姆·克劳法影响的医疗保健体系宣战，社区活动人士和民权组织所做的工作也会成为他在这场战争中的武器。这场战争会有所不同，因为他知道自己可以部署一个秘密武器来摧毁南方白人唯我独尊的地位，那就是最近刚刚通过的老年人单一支付者医保系统①，即联邦医疗保险②。

要想好好活下去还活得自由自在，我们所有人都需要达到某一基准，健康则是其中至关重要的一环。健康是我们自由的一部分。我们都会生病，都会受伤，尤其是老了以后，我们全都需要能够得到医疗保健服务。但是，健康并非只是不生病，而是要有选择和过上我们想要的健康生活的能力，且是有尊严的健康生活。能有多健康部分取决于我们与生俱来的皮囊，但也深受我们生活其间的环境、我们能够得到的信息以及医疗资源的影响。因此，我们能在什么条件下获取医疗资源，对任何关于自由的政治议题来说都是中心问题③。

如果单靠市场来提供医疗保健服务，可以料想绝对会失败。所有现代国家都有确保医疗保健服务的政府项目或机制，这是有原因的。在医疗保险市场中，卖保险的人不想为已经生病的人提供保险，而健康的人在自己真生了病之前，也不会想买保险。这样一来，有既往疾

① 单一支付者医保系统（Single-payer healthcare）是一种全民医保系统，负担所有居民的基本医疗保健费用，只由一个公共机构（即"单一支付者"）支付费用。——译者
② Smith, *The Power to Heal*, 96 - 97; Dittmer, *The Good Doctors*, 135 - 136.
③ 关于医疗资源获取能力的更多讨论，见 Venkatapuram, *Health Justice*。

病的人就会被排除在保险之外，而认为自己无病无灾的年轻人则干脆不去投保。普通人很难了解自己究竟会面临怎样的医疗风险，而大病重病的费用极为昂贵且总是突如其来，不可能单靠自己存钱来防备生病或受伤。

美国之外的大部分国家，要么实施了单一支付者体系，也就是由政府出面为全民提供医疗保险的体系，要么针对保险公司和医疗界之间的利润和支付关系做出非常严格的规定。实际上，如果让所有人都进入同一个体系，政府就有能力通过规模效应来控制成本，由政府来提供医疗保险的思路就来自这一事实。另外一些医疗保健服务比美国更好或水平类似的国家，相关的支付费用都要比美国少得多[1]。

市场很擅长按照人们的支付意愿来分配资源，但有些资源要按需分配。医疗保健服务的目的是为生病的人提供治疗和护理，而生病是得到服务的必要条件。任何理性的人，都不会为了好玩或享受而想要接受昂贵的医疗服务，疾病也不是谁想努力赢得的，就是天有不测风云而已。然而，我们这个社会还是给接受医疗保健服务附加了一个必要条件：要有钱[2]。

20世纪初艾萨克·鲁比诺在向疑虑重重的美国介绍社会保险时，所有这些情况人们都很了解。但是，美国医疗保健服务的历史告诉我们，在涉及我们的自由时，需要让市场处于控制之下还有一个理由：市场可能会让种族隔离制度等不公平的排斥做法永久化。吉姆·克劳法之下的南方医院就是这种情形。在摧毁南方的吉姆·克劳法体系的过程中，联邦医疗保险发挥了关键作用。要想了解这个过程是怎么发

---

[1] Hacker, "Bigger and Better"; Ingraham, "This Chart Is a Powerful Indictment of Our Current Health-Care System"; Rosenthal, "That Beloved Hospital? It's Driving Up Health Care Costs."

[2] 英国哲学家伯纳德·威廉斯（Bernard Williams）说："医疗资源最恰当的分配依据是健康状况不佳：这是个必然事实。"见 Williams, "The Idea of Equality"。

生的，得先来看看罗斯福新政之后，医疗保健系统经历了怎样的演变。

1945 年 9 月 6 日，第二次世界大战结束才几周，哈里·杜鲁门总统就召集国会开了一次特别会议。他列出了从战争中恢复经济的 21 点计划，提出充分就业的要求，并重申了罗斯福总统的《经济权利法案》。这项提案的最后一项，是呼吁建立全民医疗保健体系。杜鲁门宣布："我将很快跟国会沟通，建议设立全民医疗计划，为所有美国人提供保质保量的医疗服务，让他们不用遭受疾病和事故造成的经济损失和困难。"这是他的"良政"的开始，是罗斯福新政的后续。自由主义者对此感到振奋，但希望改革到此为止的共和党人和保守的民主党人很愤怒。一位共和党参议员表示："就算是罗斯福总统，也从来没有一次性提出过这么多要求。"另一些人则指责杜鲁门是在"批发新政"[1]。

在两个月后给国会的一份特别消息中，杜鲁门全面阐述了建立单一支付者医保系统的理由。他指出，"所有人都应该随时能得到所有必需的医疗、医院和相关服务"，并建议"通过扩充现有的强制社会保险体系将成本分摊出去，这样就能解决基本问题"。这项计划会让美国公民"定期向共同医疗基金缴费，而不是到生病时才东一下西一下地去花时多时少的钱"[2]。

杜鲁门提出的政府必须在医疗保健服务中扮演重要角色的理由，在今天的我们看来仍然很有说服力。杜鲁门指出，这些年来死亡率下降"主要是因为公共卫生和其他社区服务"，然而"在过去，我们的

---

[1] Hacker，*The Divided Welfare State*，223 - 224；Blumenthal and Morone，*The Heart of Power*，67 - 69.

[2] 本条及后面几条引文来自 Truman，"Special Message to the Congress Recommending a Comprehensive Health Program"。

公民在享受现代医疗科学带来的好处时，从来没有任何平等可言。今天也同样如此。未来也不会有所改观——除非政府有足够的勇气，为此采取一些行动"。接下来杜鲁门描述道："害怕花钱的家庭，将给医生打电话的事情一拖再拖，远远拖到了医疗保健最有用的时候之后。"杜鲁门指出："疾病不只会带来医生开的账单，也会切断收入来源。"就跟在新政中推行社会保障体系一样，杜鲁门也提到了自愿的私营医疗保险，但同时指出了私营医保根本性的不足。

这时候冷战正在逐渐升级，因此杜鲁门还不忘煞费苦心地声称，他的计划"不是社会主义的医疗制度"，这一系统在医疗管理上去中心化，但是会集中处理支付问题，从而规避风险。人们仍然可以自由选择自己的医疗服务。但是，杜鲁门总统指出："然而这里有一个非常重要的区别：病人是否能得到所需服务，并不取决于这时候他们付得起多少钱。"

杜鲁门的努力失败了。这个计划的失败，为关于医疗保健系统的讨论如何演变成今天的样子奠定了基础。俄亥俄州参议员罗伯特·塔夫脱（Robert Taft）声称："我认为这就是社会主义。在我看来，这是在这届国会中出现过的最社会主义的措施。"他还说，这种医保体系来自苏联宪法。美国医学会雇用的公关公司"惠特克和巴克斯特"发起了一场教育运动，说列宁曾经宣称："社会主义医疗制度是社会主义国家大厦的基石。"（然而人们去国会图书馆查询时，却怎么也找不到这句话。）这样的说法并不新鲜，早在罗斯福新政期间，也出现过把改革说成是社会主义的策略。然而有了大萧条的背景，加上冷战逐渐兴起，共产主义在这个大背景下无处不在，这一调调也就成了很有效的攻击武器[1]。

---

[1]　Starr，*The Social Transformation of American Medicine*，283 - 285.

为了阻止单一支付者医保系统的建立，医疗行业发起了一场一边倒的运动。美国医学会以前所未有的规模部署资源，开展了就当时来说最烧钱的游说活动。1950 年，美国医学会的支出是国家卫生委员会等支持单一支付者系统的团体的 60 倍。医学会与希望跟政府支出和公共项目全面开战的企业结成联盟，并让这些企业赞助了保护美国价值观的广告。这场运动也进行了大规模的多媒体宣传。据估计，就在 1950 年国会选举前，美国医学会在上万份报纸上刊登了广告，如此大规模购买广告肯定让编辑和出版商心花怒放。除此之外，医学会也在 1 600 家广播电台和数十家杂志上投放了广告[①]。

美国医学会阻止建立单一支付者医保系统之所以能成功，是因为这个协会居于两个重要网络的中心位置，一个是经济网络，一个是社会网络。在此期间，随着私营医保业务不断增长，美国医学会可以利用这个行业新创造的日益增长的利润，也是在这个时候，制药公司尤其希望跟医生合作，与单一支付者医保系统作对。私营保险业务，尤其是雇主提供的保险越来越普遍，这要归功于第二次世界大战中制定的免税政策。但是，除了利润动机外，医生所在的非正式的社交网络的重要性也不容忽视。商界和政界精英在私下场合与医生互相勾兑，这一时期的医学进步也给医生在他们生活的社会圈子中带来了相当大的文化声望。这些医疗利益集团在运用美元的硬实力时，同时也熟练掌握了运用这种软实力的技巧[②]。

考虑到这些政治和社会潮流，共和党人明白，在这个历史时刻，他们有机会通过用税法补贴私营保险业务来提供公共医疗保险的替代方案。他们用 1954 年税法锁定了雇主的医疗保险减免，提出育儿费

① Starr, *The Social Transformation of American Medicine*, 285 - 288.
② Starr, *The Social Transformation of American Medicine*, 287 - 289；Hacker, *The Divided Welfare State*, 222 - 225, 230 - 231.

用可以抵税的也是这部税法。这时候也有第二次世界大战期间遗留下来的一个模棱两可的问题，就是雇主交的医疗保险费用应不应该征税。共和党人认识到单一支付者体系的吸引力越来越大，对其中的利害关系也认识得非常清楚。艾森豪威尔总统称，共和党的计划是"通过移除目前税法中的不确定因素"来鼓励"雇主采用保险等计划来保护自己的雇员不会受到疾病风险的影响"。《华尔街日报》称赞这部税法是"对社会主义医疗制度镜花水月般的诱惑力的部分解决方案"。但是，关于接下来数十年这个计划通过税法成为政府巨大支出的可能性，并没有展开讨论。马里昂·福尔瑟姆（Marion Folsom）是艾森豪威尔政府财政部的副部长，后来还做了艾森豪威尔的卫生、教育及福利部部长，他证实，他们并没有估算这个计划究竟会花多少钱，但认为不会是多大的一笔钱①。

除了通过税法建立以私营雇主为基础的社会保险制度，联邦政府也很愿意为医院建设提供资金，同时对私营医疗业和保险业的主要决策权不设置任何条件。联邦资金在不增加任何额外条件的情况下展期的重要方式之一是利用《1946 年医院调查与建设法案》，也经常叫做"希尔-伯顿法案"。这项法案意在加快新医院建设，此前 15 年，在大萧条和二战期间，这方面工作大为延后。杜鲁门总统等人希望政府大力发展这一领域，好满足战后不断增长的需求。保守人士敏锐地看到，只是建设新医院，不必涉及提供全民医疗服务的问题，也可以增加人们获得医疗服务的机会，尤其是在目前服务不足的地区②。

希尔-伯顿法案要求得到资助的医院承诺不搞种族歧视，但南方的民主党人想要确保这些资金不会用来挑战南方的吉姆·克劳法。首

---

① Hacker, *The Divided Welfare State*, 237-241.
② Hacker, 225; Starr, *The Social Transformation of American Medicine*, 348-351.

先，他们在立法中增加了一条特殊条款，宣称医院属于私人实体，联邦政府无权置喙，只有州政府才能过问。这样一来医院不仅不用受到公众问责，同时也意味着他们可以在招聘和人员配备方面歧视黑人医生和其他医疗专业人员。另一项条款允许将联邦政府资金用于种族隔离的医院，也允许在医院内施行种族隔离，只要这些医院号称会对不同种族提供同等质量的医疗服务，虽说他们从来就没有做到过。这些新注入的资金让南方医疗系统中的种族隔离得以继续乃至加深，亚拉巴马州 67 个县里面，有 65 个用希尔-伯顿法案提供的资金建造了施行种族隔离的医院，要么在设施内分别隔离，要么为有色人种建造专门的设施。社会保障局有一位官员指出："我们这些跟这项法案有关的人的态度是，如果说要通过这项立法就必须付出这样的代价，那就付吧。"①

最高法院在"布朗诉教育委员会案"中做出的标志性判决想要阻止的，就是这种受到政府资金资助的种族歧视行径。然而在该案判决之后，发生的事情也很有意思，就是什么都没有发生。

两年间经过两次讨论后，"布朗诉教育委员会案"最终于 1954 年 5 月在最高法院得到全体一致的判决。在这次判决中，最高法院认定，早在 1890 年代就盛行于世的吉姆·克劳法"隔离但平等"的指导思想违宪。次年的另一起后续判决中，最高法院给出了适用于学校中的种族隔离制度的补救措施。政府官员应当"采取必要、适当的程序，颁布与这一判决意见相符的命令和法规，以便以最快速度让这些案件的当事人被公立学校录取且不得有种族歧视"。无论是各级法院

---

① Quadagno and McDonald, "Racial Segregation in Southern Hospitals: How Medicare 'Broke the Back of Segregated Health Services,'" 120 – 121.

还是关心此案的人，都把以"最快速度"结束种族歧视视为恰当的规则①。

最高法院做出了这个意义深远的判决，然而一切都没有改变。1955 年，南方在有白人学生的学校上学的黑人儿童只比 0.1％略高一点，也就是 10 000 人中有 12 人。5 年后这个数字几乎没有变化，仍然不过是 10 000 人里有 16 人的样子。直到 1963 年，这一比例才达到 1％。在边境各州这个数字倒确实增加了，从 1956 年到 1962 年，从 40％左右增加到 50％，即便如此，也只达到了一半。从统计数据来看，我们看不出布朗案的判决在随后 10 年间带来了什么不同②。

真正结束南方学校中的种族隔离，要到《1964 年民权法案》出台后才能实现。黑人学生到有白人学生的学校就读的比例，在法案通过的那年只有 2％，4 年后就上升到 32％，6 年后更是上升到 86％。在阻止变革发生、强制执行现存的权力体系方面，最高法院可以非常有效率，但要说自己去发起新的改革，最高法院的力量就太薄弱了。最高法院不掌控任何政府资金，而且要依赖精英的权力体系来执行他们的判决。真正能够形成变革的，是动员起来的群众和立法方面的改革③。

布朗案本应适用于联邦政府于 1950 年代末在希尔-伯顿法案下出资新建公立医院的这波浪潮。然而，最高法院没有采取强制措施的途径，白人至上主义还是跟往常一样大行其道。负责管理希尔-伯顿法案医院建设资金的是卫生、教育及福利部，他们很快得出结论，认为布朗案对医院建设没有任何影响。这个部门也拒绝调查各医院是否真

---

① Rosenberg, *The Hollow Hope*, 42 - 43.
② Rosenberg, 49 - 52.
③ Rosenberg, 10 - 21, 50.

正做到了平等或"同等质量"，尽管他们可以这么做。按照该部门一些官员的说法，"目前我们并不打算让公众认为，我们必须关注种族隔离服务的相对质量"，"全美医务总管当然也没有法定权力来预计这个问题拿去上法庭会是什么结果"，除非"已经清楚确认公立医院中基于种族的隔离制度是违宪的"。全国有色人种协进会从1956年开始对医院提起诉讼，认为根据布朗案，"隔离但平等"违宪。各医院表面上做了一些小小不言的改变后，很多诉状都被无视或庭外和解了。尽管只有通过联邦政府的资金和免税网络才可能运营下去，作为私营机构的法律地位却还是成了各医院的挡箭牌，让民权运动人士动不得分毫①。

在1963年的"西姆金斯诉摩西·科恩纪念医院案"（Simkins v. Moses H. Cone Memorial Hospital）中，第四巡回上诉法院认定，根据第十四条修正案，对于希尔-伯顿法案中的资金，"隔离但平等"是违宪的。法院认定，联邦资金让这些医院不再是单纯的私营医院，而是成了"政府的左膀右臂"。卫生、教育及福利部的回应是，要求新建医院中不再出现种族歧视。但是这个部门也只能做到这儿了，因为对于已经用该部门下发的资金建立起来的医院，他们并没有司法权。这个部门不能强制要求各医院退回已经下发的资金，最多就是用不发放新资金来威胁而已。一直到1964年，南方还有11个州要求各医院将病人按照黑人和白人隔离开，自助餐厅、入口和护士培训学校也都要实施种族隔离。如果未能实施，医院会被课以罚款，负责人甚至可能会被监禁②。

---

① Quadagno and McDonald，"Racial Segregation in Southern Hospitals：How Medicare 'Broke the Back of Segregated Health Services'，" 121–124.

② Quadagno and McDonald，"Racial Segregation in Southern Hospitals：How Medicare 'Broke the Back of Segregated Health Services'，" 125–126.

在这场斗争中，涌现了一批新的斗志昂扬的医生和其他医疗专业人员，他们都受到如火如荼的民权运动的激励。小约翰·霍洛曼就是其中一位领导人物。霍洛曼于 1919 年出生于首都华盛顿，父亲是浸礼会牧师，祖父是奴隶。有个朋友给他取了个爱称叫"迈克"，用来代替他名字里的几个首字母，同时也代表了他亲切友善的性格。霍洛曼就读一所施行种族隔离制度的小学，随后上的高中则取消了种族隔离制度。他在全是黑人学生的弗吉尼亚联合大学学习化学专业，随后又到密歇根大学医学院就读，最后于 1943 年毕业。

毕业后，他申请到离学校不远的迪尔伯恩海军基地工作，结果被拒绝了。他收到一封信，说是海军没有黑人军官的职位。他加入了陆军航空兵团（美国空军的前身），在本杰明·戴维斯（Benjamin O. Davis）上校手底下一个全是黑人的轰炸机中队里服役，这位上校是军队里最早的黑人将领。霍洛曼和朋友们对起名很在行。他们把自己的轰炸机中队叫做 spookwaffe①，称他们的社交组织为"比尔博早餐俱乐部"，得名于密西西比州种族主义参议员西奥多·比尔博（Theodore Bilbo），他呼吁把美国黑人送回非洲去，这么命名也是一种反讽。战争结束后，霍洛曼去康奈尔大学继续深造，随后在曼哈顿岛上以非裔美国人传统闻名的哈莱姆区建立了自己的医疗诊所，之后再也没挪过窝。

霍洛曼毕生致力建立公共的全民医保体系。在临终前的一次采访中，他说："在我们剥除盈利动机，为所有公民提供医疗保健服务之前，我们总是会漏掉一些人，因为有那么多人，身上榨取不出任何利润。"如果用他在 1970 年代担任纽约市卫生与医院委员会（HHC）

---

① 其中的 waffe 是德语里表示"武器、军械"的词，德国空军就自称 luftwaffe，而 spook 本指幽灵、鬼魂，是会让人受到惊吓、感到紧张的形象，二战时也开始用来作为对黑人的蔑称，黑人陆军飞行员因此将这两个词合起来作为自称。——译者

主席时所用铭牌背面的一句话来说，则更加言简意赅："享受医疗服务是一项权利。"①

1963年，霍洛曼和几个朋友为了让他们与医疗保健系统中的种族歧视斗争到底的承诺更加坚定，成立了一个名为医学人权委员会的组织，霍洛曼则同意担任临时主席。与此同时，作为民权运动的一部分，南方各地也爆发了前所未有的抗议活动。抗议者很多都遭受了猛烈的暴力和敌意，攻击他们的既有白人，也有警察。医学人权委员会成员决定跟南方的民权运动领袖站在一起，为前线的抗议者提供医疗服务②。

1965年，马丁·路德·金（Martin Luther King Jr.）领导了一场争取投票权的游行。抗议者从亚拉巴马州的塞尔玛穿过埃德蒙佩特斯大桥前往蒙哥马利，遭到了警方的暴力镇压。包括霍洛曼在内的医学人权委员会成员也去了现场，为遭到殴打的人提供医疗服务。在那里，霍洛曼遇到了一位名叫帕特里夏·安·塔杰（Patricia Ann Tatje）的白人护士，来自布鲁克林，在布鲁克林的金斯县医院工作。尽管后来她把自己开公交车的父亲描述得跟保守派电视人物阿奇·邦克一样，她还是在医学人权委员会变得活跃起来。金博士的双脚因为走路都起了水泡，到最后只能一瘸一拐，帕特里夏在塞尔玛也帮助照料了金博士的双脚。后来霍洛曼和帕特里夏一直保持联系，回到纽约后，两人很快坠入爱河。他们结了婚，生了两个孩子，证明了民权运动的艰难斗争中建立的纽带，可以维系终生③。

与此同时，两大政治成就在国会廓清了道路，通过了审查。林

① Hicks, "New Chief of Hospitals: John Lawrence Sullivan Holloman Jr."; "Defender of Health Care for Poor," *New York Times*; Martin, "Dr. John L. S. Holloman Jr. Is Dead at 82; Fought to Improve Health Care for the Poor."
② Dittmer, *The Good Doctors*, 12–14.
③ Talese, "Selma 1990."

市场给不了的自由　　139

登·约翰逊（Lyndon Johnson）总统利用自己对参议员的了解和一些政治手段，与盟友合作冲破南方民主党人的阻挠，通过了《1964 年民权法案》。这一年约翰逊竞选总统的口号是"建设伟大社会"，其中为老年人和穷人提供医疗保健服务是他标志性的政策倡议中的核心内容之一。约翰逊在连任竞选中大获全胜，随后国会通过了一系列重大的公共项目，影响极为广泛。联邦医疗保险是为老年人建立的单一支付者医保系统，后来在 1965 年 7 月 30 日签署成为法律。这两部法律之间的关联，就是医疗民权运动一直在寻找的机会。

要建立一个大型的单一支付者医保系统，就算是像联邦医疗保险那样只是为老年人提供保险的系统，也是一项艰巨的任务。从基本面的覆盖，到为医院筹资的机制，再到建立一个让老年人周知自己可以使用的系统，推出联邦医疗保险的过程可以说迅疾而混乱。需要开设 100 个办公室，雇用成千上万的人，才能让这个计划运转起来。国会能接受的窗口期只有一年，要求在此期间整个项目都要上线推出，从 1966 年 7 月 1 日开始提供保险。当时，那些实施这个项目的人认为，国会不会接受用两年时间把项目推行下去，因为国会希望那些需要帮助的人尽快得到帮助，尽管用两年去推行会容易得多①。

建立联邦医疗保险最重要的工作中有一部分就是联络需要覆盖的人群，涉及数字能让人大吃一惊。需要询问 1 700 万 65 岁以上的人是否愿意加入作为该项目一部分的附加保险。工作人员寄出了一系列打孔卡，让人们根据喜好自行选择，然后再由工作人员进行处理。一共打印和邮寄了 1 900 万张医保卡。这部分联络工作必须在 9 个月内完成，因为基本面覆盖的最后期限是 1966 年 3 月 31 日。

---

① Gluck and Reno, "Reflections on Implementing Medicare," 7.

保守派不遗余力，试图沆瀣一气不让联邦医疗保险通过。1961年，罗纳德·里根（Ronald Reagan）为美国医学会反对后来成为联邦医疗保险系统的政治运动录了一段录音。在这 10 分钟的录音里，里根介绍了一项为老年人设立的公共医疗保险项目，说这是社会主义在美国扎根的一种手段。他的结论是，如果联邦医疗保险这样的项目得以通过，"那我们的晚年就都得用来跟我们的孩子、我们孩子的孩子诉说，在我们还是自由身的时候，美国曾经是什么样子"。然而美国人民对这番言论不敢苟同。反响非常迅速，可以看到老年人都在踊跃报名加入，希望自己能被覆盖。政府工作人员很快记录到，短时间内就有 95％的回复率。联邦医疗保险赶在最后期限之前建设完成，不到一年就开始实施，而且直到今天仍然备受欢迎①。

但是跟把联邦医疗保险和《1964 年民权法案》协调起来的政治挑战相比，这些组织管理方面的问题都不算什么。这项任务落在约翰·加德纳肩上，也就是卫生、教育及福利部部长。民权法案第六章规定，凡是接受联邦资金的项目和实体，均不得施行种族歧视。精心设计的第六章是为了让政府机构可以自行执行，而不用等待各种诉讼在法院里历尽艰辛蹚出一条道来，因为这些诉讼充满不确定性，不但经年累月，还只不过是零打碎敲。联邦医疗保险资金是否会注入施行种族隔离制度的医院，这个问题在该项目的实施过程中很快成了一个引爆点。

问题并非仅仅在于那些在施行种族隔离制度的医院说过它们不会做出改变，尽管这确实是个问题。1965 年夏天，联邦医疗保险还在国会讨论以待通过的时候，尽管民权法案颁布已经一年，南方很多医

---

① Gluck and Reno, "Reflections on Implementing Medicare," 4‒5, 49; Zorn, "Ronald Reagan on Medicare, circa 1961. Prescient Rhetoric or Familiar Alarmist Claptrap?"

院都仍然在施行种族隔离。美国人权委员会发现，在他们调查的样本中，南方有三分之二的医院仍然在医疗保健服务中实行种族隔离。选中这些医院做调查是因为它们都收到了一些联邦资金，有的是通过希尔-伯顿法案，有的是通过其他联邦财政相关项目，因此根据民权法案第六章，这些医院本应必须完全废除种族隔离制度。但是，医院岿然不动。例如亚拉巴马州的塞尔玛浸礼会医院，就完全拒绝接收黑人病人，声称本院没有任何遵从民权法案的打算①。

真正的问题在于，以什么标准来确定医院有资格得到联邦医疗保险资金最有效，而政府又应该如何确认这些资格。在联邦医疗保险项目讨论期间，国会没有提供答案，把这些显而易见的问题留给了项目实施过程。社会保障局专员罗伯特·鲍尔（Robert Ball）在回忆联邦医疗保险如何通过国会时说："我们不希望（强制执行民权法案第六章的问题）在立法过程中被提出来。一旦提出，就会在通过参议院时成为重大障碍，尤其是如果明确指出这些条文会付诸实施的话。我觉得所有人都心知肚明，但大家都不想把这一点记录在案。"还有几个地方可能会出问题。首先是完全废除种族隔离实施起来可能会有延迟。如果有些医院只是承诺会晚些开始废除种族隔离，或者在当时只是部分废除了种族隔离，而联邦医疗保险资金也流入了这些医院，那么监管机构能用来迫使这些医院遵守规定的主要工具就没有用武之地了。第二个问题是，可以预计有些医院会做出虚假承诺，说自己会废除种族隔离制度。怎样才能让限制起到作用，确保各医院都会遵守规定②？

实施联邦医疗保险的最后期限很紧，因此施行种族隔离的医院和

---

① US Commission on Civil Rights, "Title VI, One Year After," 5 - 6, 14.
② Quadagno and McDonald, "Racial Segregation in Southern Hospitals: How Medicare 'Broke the Back of Segregated Health Services,'" 127; Gluck and Reno, "Reflections on Implementing Medicare," 8.

林登·约翰逊的总统府之间就成了一场胆小鬼游戏。所有人都知道，如果新闻里说因为医院拿不到联邦资金所以老年人无法得到护理，对这个新项目来说就太可怕了。那些医院全都明白，如果能让约翰逊政府在废除种族隔离的严格要求上做出让步，比如把要求分成不同层级，在多少年内分阶段实施，他们就可以通过斗争把改革无限期地拖延下去。

医学史学家戴维·巴顿·史密斯（David Barton Smith）写道，改革者、民权运动活跃分子和医疗保健专家组成了统一战线，完成了一个几乎不可能完成的任务。卫生、教育及福利部的官员们必须解决的第一个问题，就是给废除种族隔离制度的速度设定一个标准。他们一致同意，不能按照布朗案后用于学校的"最快速度"标准，对于那些想通过资格审查得到联邦医疗保险资金的医院，他们要求从一开始就必须已经完全废除种族隔离制度，不得延迟，也不得分阶段实施。加德纳组建了一个法律团队，就民权法案如何实施为他提供建议。彼得·利巴西（Peter Libassi）曾协助领导纽约州对种族歧视问题的调查，这时候在民权委员会工作，也被找来帮助协调卫生、教育及福利部对民权法案第六章的执行。利巴西是首都华盛顿最了解民权法案第六章的专家，在加德纳跟他保证对任何不遵守民权法律的地方都会很愿意削减其资金后，利巴西才同意接受这份工作。利巴西有一个由民权专家组成的小团队，他们也对自动自发地废除种族隔离的过程停滞不前感到失望透顶。团队里有个人名叫德里克·贝尔（Derrick Bell），之前曾在全国有色人种协进会法律辩护基金会工作过，后来又成了所谓"批判性种族理论"的法律思想学派的创始人。他们全都经过废除种族隔离的斗争的洗礼，也知道到现在为止失败的原因[①]。

---

① Smith, *The Power to Heal*, 105 – 108; Reynolds, "The Federal Government's Use of Title VI and Medicare to Racially Integrate Hospitals in the United States, 1963 through 1967," 1853.

第二个要解决的问题是成立一个能执行这个任务的官员队伍。加德纳成立了一个特别办公室，用来管理和执行确认医院是否废除了种族隔离制度的过程，并称之为"医疗机会平等办公室"（OEHO），但直到 1966 年 2 月才开始运作，离联邦医疗保险开始实施只有不到半年时间。办公室需要确认全国仍在施行种族隔离制度的医院（据估计有 4 000 家左右）按照他们的标准是否已经不再实施种族隔离，但要完成这个任务，分配到办公室的人手远远不够。加德纳把召集人手的工作排在了首位，很短时间内就重新分配了上千人到办公室来处理这项工作，其中很多人是从别的项目调过来的，但更多的人都是在消息传开后自愿跑来加入的[1]。

1966 年 3 月 4 日，一封特别信件发送到全国所有医院："各医院管理人员请注意：《1964 年民权法案》第六章规定不得根据种族、肤色和国籍歧视他人……要想有资格获得联邦援助，或参与任何联邦资助的项目，医院都必须遵守规定。"信中还包括对于遵守联邦医疗保险相关规定就必须做到哪些内容的清晰、全面的描述。医院必须提供"不分种族、肤色和国籍"的非歧视性医疗服务，如果"病人的种族构成与所服务地区的人口结构有显著差异"，医院就有责任采取纠正措施。培训、招聘和员工权利都必须与种族无关。为了确保各医院会遵守这些规定，信中指出："卫生、教育及福利部地区办公室的代表会定期到访医院以增补这些信息，并进一步协调解决任何可能出现的问题。"[2]

来自南方白人的抵抗非常激烈。一种常见策略是汽车租赁公司与当地警方狼狈为奸，安排前来巡查的调查员租用已虚报为被盗的汽

---

① Smith, *The Power to Heal*, 109 - 112, 115; Gluck and Reno, "Reflections on Implementing Medicare," 8.
② Smith, *The Power to Heal*, 110 - 112, 116 - 117.

车。如果调查员特别严苛，他们就会因为驾驶被盗车辆而被捕。医疗机会平等办公室的管理人员必须随时待命，快速处理这些以及其他针对办公室员工捏造出来的罪名。有时暴力威胁要更加直接。一位密西西比州的医院管理人员告诉前来讨论种族隔离问题的政府调查员："你来之前我叫了一些3K党的孩子过来。我不知道你这家伙居然会这么好。趁你还走得掉，赶紧走吧。"巴尔的摩的一位联邦管理人，在她家前院发现了一个燃烧的十字架[①]。

不过政府调查员也有优势，就是可以依靠黑人，尤其是在医学圈里工作的黑人，帮助他们成为废除种族隔离制度的力量。卫生、教育及福利部的调查员在一个地方出现后，会跟当地的全国有色人种协进会或教会组织联系，这些当地组织则会让调查员接触到医院里的黑人员工，以及接受过种族隔离下医疗服务的人。这些员工必须非常小心，因为政府和当地警方会跟踪这些调查员；如果老板怀疑黑人员工在跟联邦卫生、教育及福利部官员合作，就会把他们开除。典型剧情是，黑人员工告诉卫生、教育及福利部调查员如何找到隐蔽的、专为黑人员工隔开的办公室，医院管理人员则会在这些调查员视察时努力引导他们远离这些十分狭小、不合标准的地方——然而调查员早就有了在这里工作的人为他们绘制的地图。

还有一个故事说的是医疗机会平等办公室的两位前往路易斯安那州的调查员，展现了这个网络如何识破针对废除种族隔离制度的运动设计的骗局。调查员详细检查了路易斯安那州一家大医院，在申请联邦医疗保险时，这家医院号称已经废除了种族隔离制度。但调查员觉得有些不对劲，比如说医院里储存血液的冰箱上还分别贴着"黑人"和"白人"的标签。他们也注意到，托儿所里没有种族隔离，通常都

---

① Smith, *The Power to Heal*, 121 - 122.

意味着进展良好。离开这家医院后，他们一直觉得有很多疑点，于是决定私下拜访一位黑人员工，去她家里询问一些医院里的情形。她告诉调查员，调查期间她老板"跑到大厅里说：'玛丽，联邦的人来了，快把这些孩子都放到一起。'你们所有人前脚刚走，她后脚就跑了回来，把这些孩子又都分开了。"这家医院没能通过联邦医疗保险的资格审查①。

约翰·霍洛曼和医学人权委员会全面记录了医院施行种族隔离制度的情况，发挥了重要作用。他们跟当地的医生和护士合作，用他们自创的一份有 23 个问题的表格来列举种族隔离究竟是怎么运作的，并把所有信息汇集起来。他们向卫生、教育及福利部提交了数百份投诉，传达这些他们在调查中收集到的信息。后来有位来自这个部门的官员指出，他目之所及的 500 份记录在案的种族隔离医院案例中，就有 300 份资料完全来自医学人权委员会。

约翰·霍洛曼自己也担任卫生、教育及福利部的顾问。他在这个部门是兼职，负责召集他组织起来的南方医疗专业人员网络中的黑人医生，并让该部门的调查员跟他们取得联系。从这个团体中，霍洛曼能识别出哪里问题最严重，并帮助该部门工作人员利用这一认识部署额外资源。调查员抵达南方各医院时，可以依靠霍洛曼等人组织的人员开展工作②。

联邦医疗保险最终之所以能把废除种族隔离制度的工作强制执行下去，核心原因是这个项目掌握着联邦资金。医院管理层和执行层明白，在实施联邦医疗保险后的美国，如果未能接入这个体系，他们的业务模式将难以为继。我们来看看得克萨斯州的一个例子。因为得克萨斯州是林登·约翰逊的家乡，各医院废除种族隔离制度的工作对总

---

① Smith, *The Power to Heal*, 128–129.
② Dittmer, *The Good Doctors*, 133–140; Smith, *The Power to Heal*, 129–130.

统来说在政治上尤其敏感。一位在美国卫生局长办公室负责民权事务的黑人医生名叫理查德·史密斯（Richard Smith），他被派往马歇尔县医院，也就是第一夫人"小瓢虫"约翰逊（Lady Bird Johnson）的家乡，进行经过特别协调的调查。欢迎他的是一大堆皮卡车，车里都是荷枪实弹、满脸杀气的男人，自称是他计划外的保镖，会护送他去医院。这样的恐吓没能拦住史密斯。开了一天的会之后，医院管理人员公开拒绝合作进行废除种族隔离制度的工作。尽管被枪支和敌意包围，政府手里还有终极武器。史密斯说："行吧，不过你们刚刚让 1 亿美元的联邦医疗保险资金打水漂啦。"一周后，医院董事会主席给史密斯打来电话，告诉他已经把那个管理人员开了，而且很想知道要怎么做才能废除种族隔离并拿到联邦医疗保险资金[1]。

　　但也并不是说一定会发生改变。确实存在一些障碍。到这年 4 月，也就是距离启动联邦医疗保险体系只剩下 3 个月的时候，全国只有半数医院达到了他们的要求，还有一半医院全在南方。即使到了 6 月，只剩下几周时间，南方各州完全废除种族隔离的医院也还不到 40%。有些医院想虚张声势一番，看看约翰逊总统究竟会不会让步。人们担心这些州的很多医院都会无法收到联邦医疗保险资金，启动后也仍然会拒绝为老年病人提供医疗服务，造成一场公关灾难。有些地方没有一家医院得到联邦医疗保险授权，有的工作人员提议使用军队医院和移动式紧急医疗设施来处理这些地区的医疗需求，也有一份白宫工作人员备忘录建议约翰逊，如果不想看到联邦医疗保险的推出成为一场灾难，可以允许"民权要求被额外豁免一段时间"[2]。

---

[1]　Tidwell, "The Quiet Revolution"; Smith, *The Power to Heal*, 131.

[2]　Smith, *The Power to Heal*, 132 - 133; Reynolds, "The Federal Government's Use of Title VI and Medicare," 1853 - 1855; Gluck and Reno, "Reflections on Implementing Medicare," 8 - 9.

然而约翰逊没有让步。6 月中旬在白宫与医院领导人一起召开的一次会议上，他正告这些领导人，政府不会退让，他们也应该好好认识到这一点。在他发表的讲话中，约翰逊说对于遵守民权法案这个问题，"联邦政府不会回避自己清晰明确的责任"，"今天你们来到这里，是要帮助我们明明白白地告诉你们的团体，让他们都认识到这个现实"。他还当场补充了一段自己的话："我想让你们知道，我们是不会去做亡羊补牢这种事情的。我们就是要废除医院里的种族隔离制度。"在联邦医疗保险体系启动的前夜，总统向全国发表了讲话。他说："明天，开天辟地头一回，几乎所有美国老人都会得到医院的医疗服务——不是作为慈善之举，而是作为老年公民上过保险的权利……联邦医疗保险体系会大获成功——如果医院承认法律规定的不得因为种族歧视任何病人的责任。"约翰逊在多个场合明确表示，事情会这样发生[1]。

　　他们赢了。到 7 月 21 日，还没有通过联邦医疗保险资格认证的医院不足 0.5%。他们说到做到，这几十家对民权法案置若罔闻的医院在申请资金时被拒绝了。毕生致力建设美国社会保险制度的威尔伯·科恩既参与发起了社会保障制度，也对约翰逊总统提出的"建设伟大社会"与有荣焉，后来他回忆道：

　　　　在联邦医疗保险开始实施的前一天，南方每一家医院、每一家饮水处、每一家浴室、每一家自助餐厅，都有牌子写着"白人"和"黑人"，都是隔离但号称平等的设施。就在联邦医疗保险在南方生效的那一天，所有这些牌子，所有这些种族隔离的设

---

[1]　Smith, *The Power to Heal*, 134 - 135; Reynolds, "The Federal Government's Use of Title VI and Medicare," 1855.

施都开始消失了。我认为，这是联邦医疗保险制度的非凡成就。一夜间，联邦医疗保险和联邦医疗补助就打断了施行种族隔离制度的医疗服务体系的脊梁骨[1]。

效果立竿见影，而且十分显著。种族隔离制度下的医疗体系对于不得不忍受这种体系的黑人来说极为可怕。婴儿死亡率就是很好的例子，也相当令人心碎。在联邦医疗保险实施前，每 1 000 名黑人婴儿中会有 40 名死亡，跟如今的印度、伊拉克等国差不多。1965 年，黑人新生儿死于肺炎和肠胃炎的可能性是白人新生儿的 4 倍。肺炎和肠胃炎是新生儿的两种常见死因，但随着医学进步，在开始对婴儿使用抗生素和输液疗法后，这两种疾病治疗起来就容易多了。这些进步降低了白人婴儿的死亡率，但如果只看黑人婴儿的死亡率，你根本就不会知道人类已经发明了这些治疗方法。这些能救人一命的进步，以及希尔-伯顿法案之下实施这些疗法的医院越来越多，但都直接忽略了黑人家庭。废除医院中的种族隔离制度让黑人婴儿死亡率大幅下降，10 年内黑人婴儿总体死亡率下降了将近一半。密西西比州的婴儿死亡率在第一年就下降了 25％。第二次世界大战以来，只有在废除医院种族隔离制度期间，白人和黑人婴儿死亡率的变化是正向的[2]。

全民公共项目可以创造私营行业和市场永远都难以望其项背的接入水平。公共项目可以战胜和打破持久、广泛的歧视，尤其是针对最

---

[1] Quadagno and McDonald，"Racial Segregation in Southern Hospitals: How Medicare 'Broke the Back of Segregated Health Services,'" 129；Reynolds，"The Federal Government's Use of Title VI and Medicare," 1856；Cohen，"Random Reflections on the Great Society's Politics and Health Care Programs after Twenty-Years."

[2] Almond，Chay，and Greenstone，"Civil Rights，the War on Poverty，and Black-White Convergence in Infant Mortality in the Rural South and Mississippi"；U. S. Central Intelligence Agency，"The World Factbook: Country Comparison: Infant Mortality Rate."

弱势群体的歧视。公共项目可以保证公民得到他们过上自由生活所需的最基本的支持。健康的身体，以及获得医疗服务的能力，当然也都属于这种支持条件。疾病会成为一种束缚，让我们无法过上自由自在的生活。光靠市场不可能为所有人提供医疗保健服务，因为市场很快就会把最需要医疗服务的人排除在外。政府通过确保各种各样的人都很容易能得到医疗服务，与种族、收入和既往身体状况无关，可以帮助我们得到自由。

1960 年代，政府将联邦资金当成了推翻吉姆·克劳法的工具。奥巴马总统也想利用同样的资金机制，用《平价医疗法案》（ACA）推动联邦医疗补助扩大。根据已经通过的法律，那些没有把联邦医疗补助扩大到工薪阶层的州，所有的医疗补助资金都会被危及。没有哪个州会甘冒失去资金的风险，因而此举确保了所有的州都会按这个规划扩大联邦医疗补助的覆盖范围。但是，《平价医疗法案》来到美国最高法院时，首席大法官约翰·罗伯特（John Robert）成功地将这一医疗补助资金要求从法案中剥离出来，作为继续维持《平价医疗法案》的代价[1]。结果就是，数百万人仍然被排除在医疗服务之外，其中绝大部分都在南方[2]。

---

[1] 指 2012 年的"全国独立企业联盟诉西贝利厄斯案"。该案的判决支持了《平价医疗法案》的大部分条款，但认为联邦截留医疗补助资金的行为是违宪的。——译者

[2] 根据 2019 年初的一项估计，美国还有 14 个州没有扩大联邦医疗补助计划的覆盖面，使 250 万成年人没有医疗保险，因为他们收入过高、没有资格获得联邦医疗补助，但又没有高到有资格获得平价医疗法案交易补助的地步，所以处于"覆盖空档"。见 Garfield, Orgera, and Damico, "The Coverage Gap: Uninsured Poor Adults in States That Do Not Expand Medicaid"。关于约翰·罗伯特在平价医疗法案上搞的那一套纯政治操弄，见 Biskupic, *The Chief*, 221 - 248。

第七章　财有所用

　　很难说究竟从什么时候开始，把市场以及对市场的依赖视为需要加以限制的看法，已经从我们的政治讨论中消失了。与此相反，我们看到的是市场进一步深入到我们的生活中，甚至深入影响了我们对自身和这个社会的看法。"自由市场"的概念支配着我们的语言，市场也被看成既是我们自由的基础，也是我们能得到最大自由的地方。自由意味着市场自由，也同样意味着通过市场能得到的自由，以及作为一种市场的自由。最近数十年，出现了很多学术语言来描述这种变化，"新自由主义"是其中最常见的一个。围绕这些语言有很多争辩和讨论，有时这些语言还会冲出学术界的重围，进入公共讨论的领域，得到更多的论争和关注。但是，即便没有这样的学术背景，我们还是能在日常生活中认识、感受到最根本的变化。

　　有一种理解新自由主义的方式是将其视为一段历史时期，在此期间经济经过重组变得对老板和业主特别有利，工人和公民手中的权力则被移除了。资本主义从诞生之日起就一直在变化，一直在因应工人、政府、技术和法律的发展变化而改变。1970 年代，美国经历了一系列经济上的危机。高失业率和高通胀造成的滞胀摧毁了世纪中叶自由主义经济学家对经济调控的信心，纽约市几乎破产，这一局面很多人认为要归咎于在大型自由主义项目上过于大手大脚，也标志着一个转折：个人不再能向政府提出任何要求，而开始有了限制。去工业化的浪潮初起，开始将经济效益从制造业转入金融业。这些经济上的危机，为思考经济的全新方式埋下了种子①。

但将其描述为一段历史时期，也会让人有这种变化就像天气一样看起来不可避免的错觉，而不是将其视为围绕一种自由理念建立起来的一场真实的运动。引发这场革命的，是一次极为成功的思想和政治运动，采用了一系列利用这些经济危机的思想，这些思想是在此前几十年的时间里逐渐积累起来的。从罗斯福新政之后开始，商界领袖、保守派知识分子和富人建立起各种机构和网络，用来挑战和去除富兰克林·罗斯福执政时推出的限制市场的措施，并在随后数十年里不断扩张。富裕家庭和自由联盟等组织发起了这个网络，但其扩张是通过保守派杂志和一些当地组织实现的。1970 年代，商界领袖变得越来越保守，也越来越积极地反对政府想要限制他们权力的举动。美国商会 1967 年还只有 3.6 万名成员，到 1980 年就已经增加到 16 万名。政治说客的数量十年间也增长了几乎十倍，形成了一个小型军团，推动政府官员的思想朝着自由市场的理念转变②。

有了这场运动作为背景，罗纳德·里根当选后，便带来了跟罗斯福新政完全相反的一系列举措。里根政府降低了高额累进税，削弱了对华尔街的金融监管，解散工会，也放松了对大型企业的反垄断限制，凡此种种，新政期间压制市场的所有努力全都付诸东流。然而，

---

① 尽管一般认为美国新自由主义的历史开始于 1980 年代，但要想了解情形变化有多快，仔细审视一下 1970 年代的情形也同样重要。见 Cowie, *Stayin' Alive*；Krippner, *Capitalizing on Crisis*；Stein, *Pivotal Decade*；Barker, "Other People's Blood"。关于纽约市的情形，见 Phillips-Fein, *Fear City*。

② Phillips-Fein, *Invisible Hands*；Hacker and Pierson, *American Amnesia*，201 - 237. 关于保守派智囊团在意识形态方面扮演的关键角色，见 Rich, *Think Tanks, Public Policy, and the Politics of Expertise*，以及 Stahl, *Right Moves*。

地理学家戴尔·佩克（Dale Peck）和亚当·蒂克尔（Adam Tickell）说，这种"倒退"的新自由主义通常也伴随着一种"横行"，会积极寻求建立一种新经济体系。这种变化更加微妙，对经济运行方式的影响绝不亚于"倒退"。"横行"阶段的规划之一是将市场本身的公共概念从法律中剥离出来，对所有方面都产生了重大影响①。

1980年代以前，在一个多世纪的时间里，一系列法律、惯例和法规落实到位，可以确保有一个公共属性对市场运作方式有所限制。这些系统里有三套较为突出，即公众公司（法人）、公有领域和公用事业。在里根总统领导下，将每个系统深深根植于这个国家中的缓慢、渐进的方法很快被推翻，取而代之的是一个强调财产就是仅有的权利、财产就是自由之源泉的新体制。这一变化的设计者重新构想了这几个系统，认为这些系统必须与强调财产权一致，并去除了任何范围更广的公共义务。按照这种观点，财产权不但会带来最好的经济结果，也会让人享有最大的自由。但对普通人来说，结果就是造成了大量的不平等、滥用、经济停滞和不自由。知道公众公司、公有领域和公用事业是怎么变化的，以及这些体系之前是什么样子，能帮助我们了解过去数十年整体经济发生了怎样的变革。

这三套系统的解体，也向我们展现了新自由主义时期的一个重要方面。人们普遍认为，市场基要主义欢迎小政府，但这里发生的变化绝不是政府变小了，或者要反对政府。推动这场新的思想革命的人对于利用政府和法律来创造他们理想中的经济体系毫无棍色，用历史学家奎因·斯洛博迪安（Quinn Slobodian）的话来说，就是把财产和市场用壳"包起来"，可以保护两者免受任何形式的民主挑战的冲击。这种变化也跟所谓的保守派政治性情完全无关，这种性情对所有变化

---

① Peck and Tickell, "Neoliberalizing Space."

都持犹疑态度，对于把已确定很久的东西一直保持下去则兴趣满满。在很短的时间内，保守经济学的浪潮就把百年来保护着人们短期内不受市场影响的围栏撕成了碎片。围栏被扔到一边，是为了建立一种新经济，其基础就是这样一种思想，所有者的财产权才是最根本的自由权①。

最早发生的变革关系到公众对何谓公众公司（法人），以及公众公司（法人）为谁存在的理解。首先最重要的一点是，法人是政府根据法律创造出来的，在我们建国之初就是如此。1811 年纽约州通过了世界上第一部这样的法律，制造业公司只要满足一些很普通的最低标准，就可以按照这部法律规定的程序成为法人。在此之前，法人特许状一般只有向政府特别申请才能得到。从那时候起，法人有了合法的特许状（执照），而作为交换，法人也有了权力、利益和责任。法人是一种社会性的存在，与地方和人有密切关联，同时又能够比自己的创始人存在得更加长久。法人也是一种法律实体，能够签署契约，也可以拥有和转让财产。法人还是一个紧密的关系网，所有这些关系都在一个实体之下。这些关系包括企业与工人之间的关系，也就是用工资换取劳动力的契约。供应商也一样，他们提供的原材料会转化为新产品。这张网络的其他利益相关者还包括客户、借钱的银行以及经营这家法人公司的管理层。所有这些关系之间的力量平衡，由法律环境和经济环境共同决定②。

股东与公众公司之间的契约一直是争论的焦点，也就是法人应该

---

① Slobodian，*Globalists*，2 - 3. 这里的保守主义并不是一种政治性情，而是一种怀旧情绪，是想要重新树立失去的权力。如果想深入了解这个看法，可参阅 Robin，*The Reactionary Mind*。

② Moss，*When All Else Fails: Government as the Ultimate Risk Manager*，56 - 57.

给谁带来好处的问题。从某种意义上讲，这只不过是另一套契约。情形恶化时，第一个要承担金钱损失的就是那些股东。如果公司最终破产了，在清偿序列里排在最后的也是股东，他们到头来往往什么也得不到。股东承担这些风险的交换条件就是可以得到股息，还可以选举公司的董事会代表。

　　然而有一种普遍存在的观点认为，因为股东承担了这些风险，所以他们"拥有"这家公司。这一观念脱胎于最早的法人，那时候股东是最早向公司注资的人，同时也是经营这家公司的人。在早期法人公司中，所有权与持股之间的关联非常紧密。随着股东与公司运营渐渐脱离关系，人们也制定了一系列规则，来限制股东对他们持有股票的公司的话语权。这样的限制将公司置于更广泛的社会背景中，也消解了股东可能施加给公司的压力。

　　对公众公司在实际情形中是什么样子的最佳描述出现在大萧条时期，来自哈佛经济学家阿道夫·伯利（Adolf Berle）和律师兼外交官加迪纳·米恩斯（Gardiner Means），后者还是富兰克林·罗斯福总统的智囊团中很有影响力的一位成员。在出版于 1932 年的著作《现代法人与私有财产》中，他们提出了一个关于公众公司如何运作的新理念。在他们看来，有两大变化造就了现代法人。其一是工业化，让独立劳动者开始接受老板的直接管理。其二同样重要，就是成为法人，即投资者把资金集中在一起，然后由公司高管直接经营。投资者在他们看来并不是所有者，而是那种"把自己的财富拱手让给控制着这家法人的那些人，这样他的身份就从独立所有者摇身一变，成了只是被动接受资本价值的人"[1]。

　　经过分析数据他们发现，运营法人的经理人在他们所运营的公司

---

[1]　Berle and Means, *The Modern Corporation and Private Property*, 1, 3.

中持有的股份非常少，而股份所有权广泛地分散在很多人身上，没有哪个人或哪个团体拥有的股票数量算得上较为可观。某一实体拥有某家公司 10％股份的事情都非常少见。股份这么分散，意味着公司世界是由"没有明显控制权的所有者和没有明显所有权的控制者"组成的，法人已经成为某种"准公共"机构，股东处于"被动"局面，不再行使实际控制权，也不能对管理做出任何决策①。

公司说到底是为谁而存在，这些演变改变了这一问题的答案。在传统理论中，公司所有者也是管理者。利润对于拥有财富的人来说是一种诱惑，诱惑着他们甘冒风险把财富投资出去，而对于运营业务的人来说利润也是一种激励，激励着他们把业务运营得更好。然而随着所有权和管理权分离，这一逻辑不复存在。这两种角色成了分别由两种完全不同的人来扮演。伯利和米恩斯写道："（资本能带来）更多利润的前景并不能激励证券持有人更活跃地运营企业来满足社会需求，因为证券持有人不再处于控制地位。这些额外利润如果交给证券持有人，似乎发挥不了任何经济上的作用。"超过一个合理的资本回报率之后，额外利润对股东来说没有任何经济上的作用，因为并不会驱使业务运营得更好②。

伯利和米恩斯指出，股东放弃公司管理权是因为经济世界的变化，而这一过程是在数十年间逐渐发生的。过程可以分为很多步。1919 年，法院正式确立了经营判断法则，禁止股东对董事的行为放马后炮。只要秉持合理的良好信念行事，管理层就可以按照他们认为合适的方式来经营公司业务。股东慢慢失去了随意更换董事的权力，而且早在罗斯福新政之前，这样的事情就已经越来越少了。在此期间，股票本身

---

① Berle and Means，*The Modern Corporation and Private Property*，121.
② Berle and Means，*The Modern Corporation and Private Property*，340 – 344，emphasis in original.

也发生了变化，开始允许存在多种级别的股票，董事会也有权未经股东同意就发行新股，将旧股票稀释。伯利和米恩斯认为，这些"法律上的变化很可能只是因为认识到这个最基本的经济事实"：公司要想在一个不断增长的现代经济体中运转良好，就必须要有这些变化[①]。

尽管变化很小、很微妙，结论却非常简单直接："被动财产的所有者放弃对主动财产的控制和责任，也就放弃了该公司应当只为了他们的利益而运营的权利。"但这样一来，公司应当为什么人的利益而运营呢？在一段探讨性的文字中，两位作者提出可以用公众利益在由股东绝对控制公司和由经营公司的高管绝对控制公司之间指出一个方向。实际上，在所有这些与公司有关的利益方之间，可以有一个平衡。"例如，如果公司领导人制定一个方案，包括公平的工资，对员工的保障，对公众的合理服务，以及业务的稳定，所有这些都可以从被动资产的所有者那里分得一部分利润；如果社会也普遍接受这样一个方案，视之为工业领域面临的困难合乎逻辑的人性化解决方案；那么被动财产的所有者就必须放弃自己的利益。"大型公司经过这样的演变，会发展"成为纯粹由技术专家统治的中性机构，平衡社会中不同群体的不同诉求，并根据公共政策而非私人欲求向每个群体分配一部分收入"。在罗斯福新政结束后的几十年里，公司绝对不是平等的地方，也并非公众可以关切的对象。但是，这种思想围绕法人这一虚构对象打造了一个法律基础，使得在市场机制和公众需求之间取得平衡成为可能[②]。

---

① Berle and Means, *The Modern Corporation and Private Property*, 140–141, 158–159.

② Berle and Means, *The Modern Corporation and Private Property*, 356. 伯利和米恩斯关于削弱股东控制权的观点究竟应该怎么解读，有相当多的看法。这个问题需要放在当时他们的著作所回应的多种观点的背景下来看。这些观点是在大萧条引发的大规模经济危机的背景下出现的，论据和论点随后也经历了很多演变。这些讨论的概要可参阅 Bratton and Wachter, "Shareholder Primacy's Corporatist Origins: Adolf Berle and the Modern Corporation"。

现在再也不会有人用这种方式来讨论股东了。有一种很常见的说法是，股东持有公司，公司管理层应当只关心如何为这些股东提高股价。学界共识也相当铁板一块，2000年甚至有两位法律学者撰文描述了"公司法历史的终结"，说是所有现代国家都同意"公司管理层的所有行动都应该仅以股东的经济利益为依归这样一种广泛存在的标准共识"。关于股东身份的这场变革跟所有变革一样，是以对自由的肯定看法为基础的。这种新理念并不是说管理者有可以自行决定什么对他们的业务经营来说最好的自由，也不是说公众和工人有对公司如何采取行动提出要求的自由，而是说股东有按照他们的个人意愿行使财产权的自由[1]。

　　在经济学家米尔顿·弗里德曼于1970年发表在《纽约时报杂志》上的一篇颇具影响力的文章《企业的社会责任就是增加自身利润》中，我们可以读到这种想法。文中呼吁重建法人公司，使之成为完全属于股东的财产。弗里德曼不仅认为企业要有社会责任是"纯粹的、十足的社会主义"，而且指出这种思想"过去几十年来一直在挖我们自由社会的墙角"。至于说现代法人公司应该是什么样子，他也有一个非常清晰的概念，就是股东是"企业所有者"，公司老板由股东直接聘请，负责按照他们的意愿行事。"在自由企业中，在私人财产体系中，公司高管是企业所有者的雇员，对自己的雇主有直接责任。"[2]

　　股东可以持有公司，把公司当成自己的直接财产，这种自由把所有其他社会和经济目标都否决了。在弗里德曼看来，股东的这种权利必须得到尊重，不仅政府需要尊重，其他股东也同样需要尊重。那么，如果大部分股东联合起来投票支持社会责任目标，又该当如何？

---

[1]　Hansmann and Kraakman, "The End of History for Corporate Law."
[2]　Friedman, "A Friedman Doctrine: The Social Responsibility of Business Is to Increase Its Profits," 33.

这种情况下这些股东就是在试图让其他股东"违背他们的意愿为活动人士所青睐的'社会'事业做贡献",因此必须抵制。就算是大部分股东,也不能剥夺其他股东对公司的控制权[①]。

弗里德曼认为股东拥有公司,可以将其视为他们自己的财产,而公司高管是股东的雇员,这种看法在公众讨论中极为流行,值得我们花点时间好好思考一下错在哪里。首席执行官是公司本身的雇员。首席执行官的薪资由公司支付,而不会跟着一长串东鳞西爪的股东名单,每个股东都得在上面签名才行。首席执行官求职的时候,面试他们的也不是股东。股东雇用的是董事会,再由董事会来雇用首席执行官,但对于这个职位,董事会可以把任何因素都纳入考量。根据世纪中叶的经营判断法则和法律框架,首席执行官必须将股东利益纳入考虑,但也可以视公司需求,将很多其他义务和责任同样考虑进来。

此外,尽管股东拥有某些法律权利和义务,但是缺少我们认为真正的所有权理应享有的大部分权利。股东不掌控资产。他们不能走进他们投资的公司,随便去拿架子上的什么东西。他们不管理持股的公司,不能雇用或解雇普通员工和老板,也不能告诉他们该怎么干活。他们不能对公司的日常运作提任何要求,无论是买进还是出售财产,是开启关闭某种经营范围,还是承担债务和其他责任。他们也不能掌控资金。股东无权获得公司的任何利润,他们能得到股息,是出自董事会的决定。股东甚至也很少为公司提供资金,无论就单个公司还是就整体经济来说,因为公司的股息和股票回购规模是新股融资规模的很多倍。实际上,公司主要是通过自己的资金为项目融资。无论有很多股东还是只有一位股东,上面这些都同样成立。限制股东面对的责任,唯一的原因就是我们认为跟所有权有关的这些权利,他们一样都

---

① Friedman, 123 – 126.

没有①。

弗里德曼需要的只是一个认知框架，让高管有义务明白自己只是股东的代理人。这个框架经由新近兴起的反抗军"法律经济学"的研讨会反复讨论提出，第一步就是要削弱这样一个理念：因为股东很分散，所以他们跟公司本身的关联也很微弱。1965年，法学教授亨利·曼尼（Henry Manne）提出了"公司控制权市场"的概念，通过买卖公司股票，尤其是通过接管公司、更换管理层的方式，股东可以创造一个能够控制公司的市场。这个市场会反映在股价上。对股东利益漠不关心的管理层，会受到股价下跌的惩罚。曼尼原本讨论的是公司并购的经济学影响，而当时联邦机构还在积极执行反垄断法。当时很多经济学家认为，并购能产生价值主要是因为减少了竞争，但曼尼并不这么认为。在曼尼看来，并购是一种纠正，是对那些表现不佳的公司加以限制。他指出，并购和收购，就算是敌意的，也形成了股东可以对公司管理加以控制的市场，因此也让股东重新得到了他们曾经失去的一部分权力。

这个框架并非只是一个理论，也是从监管角度发出的呼吁，提出了重组市场的要求，以确保能够更容易地完成收购。曼尼写道："只有收购方案才能在一定程度上确保公司管理者之间的竞争效率，并为大量人微言轻、没有控制权的股东的利益提供有力的保护。"阻止收购的努力会让市场变得很低效，而这种低效从市场的角度来思考并不

---

① Stout, *The Shareholder Value Myth*，37 – 44；Stout，"Bad and Not-so-Bad Arguments for Shareholder Primacy"；Róna，"Letter in Response to Jensen"；Henwood，*Wall Street: How It Works and for Whom*，72 – 76；Mason，"Understanding Short-Termism"发现："2014年股东分红总额超过了1.2万亿美元，而总体估计表明以首次公开募股和风险投资形式从投资者那里流入企业的钱还不到2 000亿美元。也就是说，金融市场每向企业投入1美元，就要拿走6美元以上。"

友好。此外，金融行业也可以得到解放，确保公司能够被收购。有一天甚至可能会出现杠杆收购公司，用恶意竞标的方式收购企业，尽管曼尼也曾指出："美国的商业银行通常禁止为这种操作放贷。"但是，这样的规则是可以改变的①。

这波新的思想浪潮在整个 1970 年代都长盛不衰，1976 年经济学家迈克尔·詹森（Michael Jensen）和威廉·梅克林（William Meckling）发表《厂商理论》一文时可以说达到了巅峰。直到今天，这篇文章仍然是商业研究中被引用最多的论文之一。詹森和梅克林将公司描述为自身就是一个市场。按照法律经济学的观点，跟所有市场一样，公司这个市场也要有效率，并以行为最令人满意为目标。在詹森和梅克林看来，公司并非社会的产物，也不是经济体和所在社会中的活跃实体，而是一个与大量契约都有关联的抽象概念，所有这些契约本身就有其效力。在他们看来，"试图区分什么在公司（或其他组织）'内部'什么在公司（或其他组织）'外部'，几乎没有任何意义"。公司是工人的私人政府，以及公司对所在社会有何义务、与之有何关系，这些概念都在这种腐蚀性的市场思维中消解了②。

这种思路还预先假定股东拥有公司，是股东雇用了管理人员来为他们管理公司。用越来越占据主导地位的经济学语言来说，股东是委托人，公司经理是他们的代理人，这样问题就变成了如何让代理人受到的激励与委托人受到的相一致。在詹森和梅克林看来，问题在于代理成本。股东必须为监督、指导他们的代理人付出成本，而按照詹森后来的描述，他们的核心问题是"如何激励管理者把现金吐出来"，

---

① Manne，"Mergers and the Market for Corporate Control"；Carney，"The Legacy of the Market for Corporate Control and the Origins of the Theory of the Firm"；Davis，*Managed by the Markets*，43 – 44.

② Meckling and Jensen，"Theory of the Firm：Managerial Behavior, Agency Costs and Ownership Structure，" 311.

不要"浪费在组织安排"优先事项上。如果利用法律来让这些成本最小化，激励公司经理完全只为股东服务会怎么样？法律的力量可能会迫使公司成为仅属于股东的财产，再也不会出现公司经理兢兢业业经营公司，在劳动者、供应商等的需求之间求取平衡的局面[1]。

这些想法趁着 1970 年代经济上沉疴难医的时候牢牢落地。经济学家一点儿也不害怕利用政府来推广一种新的财产观念，他们围绕公司和股东权力，重建了整个法律框架。只需要想想 1980 年代开展的几项行动。有关投资的规定，尤其是放宽机构基金如何行事的限制，允许投资和基金为这波杠杆收购浪潮提供大量资金。法院推翻了大量会拖慢恶意收购进程的州一级的法律，让任何试图解决滥用问题的新法律都形同虚设。里根政府终止了相当大量的对并购的反垄断调查，允许市场进一步集中。法律框架很快被推翻，为变革铺平了道路[2]。

这些变化开启了全新的以金融行业和股东为中心的经济局面。从 1980 年到 1990 年，财富 500 强制造业公司中有四分之一曾试图收购，这波浪潮很大程度上是恶意的，也跟公司管理层的意愿背道而驰。这波浪潮也非常成功，将近三分之一的公司消失了。更重要的是，这波浪潮让所有行业都变得高度集中。各公司按照经营范围被拆分成独立板块，随后一波又一波合并浪潮席卷每一个行业，将业务集中到数量越来越少的企业中去[3]。

我们就生活在这场变革的余波中，市场集中度和股东带来的压力让这个经济体喘不过气来。过去 20 年，有 75％的行业集中度显著提

[1] Meckling and Jensen, "Theory of the Firm: Managerial Behavior, Agency Costs and Ownership Structure"; Palladino, "The Economic Argument for Stakeholder Corporations"; Henwood, *Wall Street: How It Works and for Whom*, 269.

[2] Mason, "Disgorge the Cash"; Mason, "Disgorge the Cash: The Disconnect between Corporate Borrowing and Investment."

[3] Davis, *Managed by the Markets*, 84 – 85.

高。公司利润同样也在上升，市场集中度和营利能力都高于 1970 年代及之前的水平。从总体数据中我们也可以看到这一点。公众公司的数量从 1973 年的 5 000 家左右减少到了今天的 3 600 家左右。公司利润占经济总量的比重，1965 年在 8％左右，到 2018 年上升到 10％。其他更加复杂的市场集中度和营利能力的指标，比如衡量高度集中和市场影响力的那些指标，也同样出现了数十年来的最高水平①。

在经济为谁服务这一问题上，这场变革带来的改变非常成功。如今，经济为所有者、与所有者联合起来的首席执行官以及运营经济的金融行业服务得更好，工人和普通人则被冷落了。从 1930 年代到 1970 年代，首席执行官的薪酬大体上没有什么变化。但从这场变革开始，首席执行官的薪酬扶摇直上，主要是因为他们得到了大量的股票期权，用来鼓励他们推高股价，为股东服务。金融行业也因为保证了股东和所有者的自由而得到丰厚的回报。1980 年代初以来，金融行业专业人士在最富有的 1％人群中的比例翻了一番，跟其他受过相当程度教育的工作人员相比，他们的收入要多得多。但是，经济更主要是在为股东服务。1980 年以前，利润和借贷而来的资金主要用于投资，但现在就不是这样了。现在现金会流向股东——那些秉持股东自由理论的人想要打造的，正是这样一个世界②。

① Grullon, Larkin, and Michaely, "Are US Industries Becoming More Concentrated?"; Konczal, "There Are Too Few Companies and Their Profits Are Too High."

② Frydman and Saks, "Executive Compensation: A New View from a Long-Term Perspective, 1936 – 2005"; Bakija, Cole, and Heim, "Jobs and Income Growth of Top Earners and the Causes of Changing Income Inequality: Evidence from US Tax Return Data"; Philippon and Reshef, "Wages and Human Capital in the US Finance Industry: 1909 – 2006"; Mason, "Disgorge the Cash" 发现: "20 世纪六七十年代，每多挣或多借 1 美元，投资就会增加 40 美分左右。1980 年代以来，借来的 1 美元中只有不到 10 美分用于投资……今天，股东分红和借贷之间强烈相关，而这种相关性在 1980 年代中期以前还不存在。"

被重新设想为另一种类型的财产的不只是公司，还有我们的知识和思想。公有领域，也就是存放我们所有人思想的巨大仓库，并不是归属于任何人的财产，但在过去几十年也遭到了这样一种观念的冲击：我们的思想应该被视为知识产权，也应该得到跟其他财产一样的保护力度。

美国建国伊始，就有人强烈反对思想财产与其他任何财产都一样的观念。托马斯·杰斐逊曾于 1813 年写道："如果大自然曾让某种东西比其他所有东西都更不容易受到排他性的财产观念的影响，那么这种东西必定就是思维能力的活动，我们称之为思想。谁若是秘而不宣，那他的思想就会永远只归他自己所有；但是一旦他把思想透露出去，就会成为所有人都拥有的财产，接收者甚至都无法让自己抛弃这份财产。思想的特殊之处还在于，没有谁拥有的思想会由此减少，因为所有人都拥有思想的全部。"[1]

尽管那时候还没有人用现在这些经济学术语，杰斐逊还是指出了这样一个事实：思想有身为真正的公共产品的两个根本属性。财产是人与人之间的垂直关系，是通过人们可以禁止其他人使用某件物品来实现的。但是，如果有人喜欢某一思想或是从中获益，并不会因此就让其他人无法再运用这一思想；而一旦某个思想传播出去，也没有谁能自然地阻止别人拥有这个思想，除非动用国家的力量让思想被谁独享，把思想封装起来让人们未经允许就无法动用。杰斐逊对思想的财产属性的理解是，视之为能给人们带来一些回报，并激励他们创造和发展思想。他写道："社会可能会对（从思想和发明中）产生出来的利润赋予专有的权利，从而鼓励人们去追求也许具有实用性的思想，但是否这么做也并不一定，这取决于社会的意愿和方便。"得到好处

---

[1]　Sinnreich, *The Essential Guide to Intellectual Property*, 38 - 39.

的是整个社会而并非只是个人，因此决不应该与其他类型的财产相混淆①。

将知识产权看成跟其他财产权一样，在过去几十年已成为一项政治工作。树立财产权的概念并将其扩大到从文化到人类基因组无所不包的范围，这场变革甚至有人称之为"第二次圈地运动"。我们可以看到，这场"运动"始于1982年，也就是美国电影协会主席杰克·瓦伦蒂（Jack Valenti）在国会听证会上称"理性的男男女女"都会同意这样一项基本原则的那一年："对创意财产所有者必须给予本国所有其他财产所有者能够得到的同等权利和保护。"财产就是财产，所有财产都应当看成是神圣不可侵犯的，思想上的财产自然也包括在内②。

瓦伦蒂的证词以一些已经开始的变化为基础。说到著作权的归属，或者是思想和媒体中的知识产权，真正的变化始于《1976年版权法》。这个法案将著作权扩大到未发表的作品，也就是说作者不再需要注册自己的作品，或是就作品发布通告。版权的实施方式也发生了改变，私人诉讼被政府出面的刑事诉讼取代。对于违反版权法的行为，不但有了罚款和量刑，而且在后来通过的其他法律中，罚款和量刑一直在大幅增加③。

在扩大了著作权范围后，政府也对著作权保护期做了同样的调整。1790年最初规定的著作权保护期是14年，之后还可以选择再延长14年，而现在大大延长为作者的一生外加70年，如果是法人作品，就是95年。保护期这样延长，是过去50年里十来项不同法律共

---

① Sinnreich, *The Essential Guide to Intellectual Property*, 39.
② Lessig, *Free Culture*, 116–119；Boyle, "The Second Enclosure Movement and the Construction of the Public Domain."
③ Lindsey and Teles, *The Captured Economy*, 65–66.

同作用的结果。其中一项因其大规模游说活动而闻名，就是《1998年桑尼·博诺版权保护期延长法案》，以演而优则众议员的桑尼·博诺（Sonny Bono）命名。这项法案将所有当时现有及未来的版权保护期都额外增加了 20 年，是为了保护迪士尼公司，不让"米老鼠"进入公有领域①。

来自犹他州的共和党参议员奥林·哈奇（Orrin Hatch）在表态支持这一显著延长时指出："当代版权逻辑中的首要原则应当是，版权也是一种财产权，应当受到和其他所有财产权一样的尊重。"在描述其他国会议员有多让他失望时，他说自己甚至无法理解，为什么会有人认为这里面有区别。"有些同僚对保护房地产非常热心，对于无形资产则相当冷淡。我一直就很难理解为什么会这样，也一直让我觉得很失望。"哈奇甚至指出："版权保护期应当延长，除非这样的延长会妨碍创造力或作品的广泛传播。"思想的公众利益这一概念甚至完全没有纳入考虑。思想是一种财产，只有可以随心所欲地使用你自己的财产，才称得上是自由。哈奇在辩论中大获全胜，议员们也锁住了我们的思想，正如互联网给了我们任其摆布的可能性②。

专利权可以让人拥有对发明的专有权利，这种权利同样也扩大了，尤其是在 1982 年成立了专门处理专利案件的特别上诉法院之后。每年获得专利的数量爆炸式增长，从 1983 年的约 6 万件增加到 2013年的 30 万件，整整五倍。在这 30 年间发放的专利数量，比之前两个世纪还要多。这一结果既是因为新的数字技术和计算机技术日新月

---

① Sinnreich，*The Essential Guide to Intellectual Property*，42 - 43；Gifford，"The Sonny Bono Copyright Term Extension Act."

② Hatch，"Toward a Principled Approach to Copyright Legislation at the Turn of the Millennium."

异，这些现在都可以申请专利，也是因为可以申请专利的标准降低了①。

商界可以利用专利来消灭竞争，让商业操作因循守旧、一成不变。专利主张实体，通常也叫做"专利流氓"，实际上并不生产任何产品，而是只会利用自己的专利起诉别的公司，为创新进程制造瓶颈。2010年代早期，专利流氓发起的诉讼增加了两倍，仅在2013年一年中，据估计就有62%的侵权诉讼是它们带来的。也就是说，这一年间，有10万余家公司遭到了威胁。研究发现，从2010年到2012年，单单智能手机行业就花了将近200亿美元在专利诉讼上。2011年，谷歌和苹果两大公司花在专利诉讼和专利购买上的钱，超过了这两家公司研发新产品的开支②。

对比一下20世纪中叶与今天的情形就很能说明问题。在罗斯福新政之后，政府更积极地实施反垄断政策，监管机构和政府官员强制要求各公司公开专利。我们来看看1950年代贝尔系统的例子。1956年，美国电话电报公司（AT&T）拥有或控制着全国98%的长途电话服务，以及85%的短途电话业务。该公司旗下还拥有西部电力公司，用来打电话的设备有90%以上都由这家公司提供。所有这些都是由贝尔实验室研发并制造的，这是美国电话电报公司下属的一个研究中心。这些紧密关联的公司合在一起叫做贝尔系统，美国的电话系统就在这个系统控制之下。当时的美国电话电报公司是全球最大的私营公司，雇用了将近59.8万人，收入约为美国GDP的1%。1950年，该公司聘用了全美1%左右的科学家和工程师。贝尔系统之所以

---

① Sinnreich, *The Essential Guide to Intellectual Property*, 48 - 49; Lindsey and Teles, *The Captured Economy*, 67.

② Duhigg and Lohr, "In Technology Wars, Using the Patent as a Sword"; U. S. Executive Office of the President, "Patent Assertion and US Innovation."

能有这样的主导地位，原因之一就是该系统拥有的专利数量极为惊人。20 世纪中叶，全美国每年的专利有 1% 左右来自这个系统。早在 1920 年代，贝尔实验室就开创了从晶体管、太阳能电池到激光的多种技术，但最重要的专利还是跟电信基础设施所有组件有关的那些。这样一家公司，并没有兴趣让初创公司使用这些专利。

　　1949 年，美国联邦政府针对美国电话电报公司发起了反垄断诉讼，力图拆分这家公司，因为该公司垄断了电信设备。诉讼没能拆分这家公司，部分原因是美国国防部跑来助阵了。但是，政府成功地迫使公司将所有专利都授权给其他企业。斯坦利·巴恩斯（Stanley N. Barnes）法官在谈到这个判决时说："开放专利这件事本身，向成百上千家希望能向这些公司供货的小企业敞开了大门。"法院不允许贝尔系统利用专利权阻碍创新、为当时的重大科技进步制造瓶颈，而是强制要求可以让别人获取专利。这种做法，跟杰斐逊对知识产权的看法倒是一致：应该用来为所有人带来好处的事物，必要时也可以做出调整①。

　　政府行动带来的结果之一是，晶体管——所有电子设备的关键组成部分——向新企业开放了。美国电话电报公司原本拥有晶体管的专利，也禁止竞争对手利用这一专利来开发更高级的通话技术。但美国电话电报公司这时面对的反垄断调查越来越多，只好开始向 35 家公司授权，允许这些公司使用和开发自己的晶体管专利。晶体管就此成为所有计算机技术的基础，而在这条道路上领航的，正是这些小型企业。得到授权可以使用这项技术的公司有得州仪器公司、摩托罗拉和

---

① Watzinger et al. , "How Antitrust Enforcement Can Spur Innovation"; U. S. Congress House Committee on the Judiciary, Report of the Antitrust Subcommittee (Subcommittee No. 5) of the Committee on the Judiciary, House of Representatives, Eighty-Sixth Congress on Consent Decree Program of the Department of Justice, 317.

"仙童"半导体公司，全都推动了技术的进一步发展，并使之可用于商业。如果没有政府干预，没有要求占据主导地位的公司必须让竞争对手也可以使用自己的专利，就不可能出现这样的局面。

政府利用世纪中叶的反垄断法阻止大型企业囤积知识和信息、对经济造成损害的例子还有很多。1960 年代，国际商业机器公司（IBM）就在反垄断压力下拆分了硬件、软件和服务，为其他公司销售独立软件开辟了空间。1970 年代，施乐公司利用自己的专利阻止其他公司进入复印机市场，直到司法部命令这家公司开放专利。按照一位经济学家的说法，结果带来了"新加入者和施乐公司的大量创新活动"。因为由此出现的竞争，"施乐公司在所有细分市场都推出了新产品"。说来有些讽刺，20 世纪的很多创新和发展——老有人说只有对市场放任自流才能出现这样的局面——都是因为政府积极压制财产权才出现的[1]。

在我们这个极度依赖市场的年代，保护公众公司和知识产权不受任何民主挑战和问责影响的运动极为成功[2]。但那些在市场中看到了自由的人还有另一个重大成就，就是剥除一些企业的公共责任，而我们不可或缺的经济命脉，都在这些公司手中。为我们提供电力、天然气、自来水、通讯、信息、交通、金融服务等维持经济发展的关键基础设施的公司统统如此，没有比这更可怕的景象了。一个世纪以来，

---

[1]　Lynn, "Estates of Mind."

[2]　很容易认为只需要让思想和信息免费且容易获得，就足以限制滥用了。但只有那些拥有能够积极利用数据的工具和资源的人，才能真正利用起来这些数据。恢复信息共享的政治运动必须考虑到"关于公有领域的浪漫想象"，关于这个问题的更大范围的讨论超出了本书范围，尽管在这个大数据和社交媒体的时代，这个问题倒是应该更前沿、更中心。如果想初步了解这个问题，可参阅 Chander and Sunder, "The Romance of the Public Domain"; Taylor, *The People's Platform: Taking Back Power and Culture in the Digital Age*, 172 - 176; 以及 Mueller, "Digital Proudhonism"。

"公用事业"的概念一直指导着法律、法院和我们的经济发展，但在 20 世纪七八十年代，这一概念受到了只对市场有利的快速冲击。冲击之后，对于如何管理市场经济，以及可以要求这些企业负起哪些责任和义务，我们的设想中留下了一块空白，取而代之的只有利润和财产权。

今天我们对"公用事业"的定义较为狭窄，是根据大小和规模来定义的。按照这种定义，"公用事业"单位是需要监管的企业，因为这种企业启动业务需要的固定成本很高，而经济规模越大，企业获益也越多——多到让一家公司很容易就能成为唯一的生产者，或自然而然的垄断者。如果存在多个供应商，反而会效率低下，因此这些行业都属于一种很罕见的情形，要么需要由政府持有和运营的公司来经营这些业务，要么需要由政府来监管这些公司的定价和活动[1]。

但这一定义是最近才出现的。在工业时代，某些关键业务的定义比较宽泛，只要有公共目标和公共义务的都算。1911 年法律学者布鲁斯·怀曼（Bruce Wyman）给出的一个标准是，公用事业要以这样一个原则来运作："必须服务到所有人，必须提供足够的设施，收费必须合理不得有任何歧视。"[2] 这个定义要怎么用，有个例子就是公共承运人的概念，这也是对公用事业的一种规范。公共承运人要求运载某类货物的企业，对运载何种货物、服务对象是谁不得区别对待。铁路就受公共承运人规范的约束，不能在运输同样货物时向某家企业收取比另一家更高的单价。这个规定可以防止公用事业公司损甲肥乙。今天信息经济中的网络中立原则也基于同样的道理。网络中立原则来自公用事业传统，要求网络公司不得区别对待网络流量来源，这样就能防止树大根深的网

---

[1] Brown and Sibley, *The Theory of Public Utility Pricing*, 1 – 2; Pepall, Richards, and Norman, *Industrial Organization*, 70 – 71; Crew and Kleindorfer, *Public Utility Economics*, 3.

[2] Novak, "The Public Utility Idea and the Origins of Modern Business Regulation," 159.

站得到的地位和进入家庭的机会比刚刚创立的小网站更有优势。

这种规范已经存在了好几个世纪，就连法院都明白，这些规范是维持经济运转的重要组成部分。1871年，伊利诺伊州规定了公司可以向农产品储运收取的最高费用。政府关心的是，农民正在被那些运送农产品的公司剥削和压榨。因此领导人认为，用来储存谷物的谷仓塔应该受公共承运人相关规定的制约。一系列我们称之为"农夫法"（Granger Laws）的法律对铁路运营做出了规定，也成为平民主义运动的焦点，而这项运动是为了平衡大型公司与普通人之间的权力对比而发起的。谷仓公司提起了诉讼，还把官司一路打到美国最高法院。

在1877年判决的"芒恩诉伊利诺伊州案"（Munn v. Illinois）中，最高法院支持了规定最高费率的法律。他们的理由是，州政府的治安权给了伊利诺伊州足够的空间来决定这类情形。法院认为，这种针对公用事业的规定并不是新鲜事物，而是有好几个世纪的法律基础。最高法院指出："从古时的英格兰开始，从我们这个国家最早的殖民地时期开始，监督管理渡船、公共承运人、车夫、面包师、磨坊主、码头管理员、旅馆老板等，并借此对所提供的服务、住处和所售物品规定最高价格，就已经成为习惯了。"[1]

这些企业有什么不同？法院认为，像这样的规定如果涉及"受公众利益影响"的企业，就可以得到支持。如果"有人将自身财产用于与公众利益相关的用途，那他实际上就是让这一用途产生了公众利益，因此必须服从公众从共同利益出发的控制，程度则以他由此创造的利益为限"。就我们赖以生存的业务来说，实行歧视性价格的市场可以而且往往理应遭到压制[2]。

---

[1] Munn v. Illinois, 94 U. S. 113 (1877).

[2] Novak, "The Public Utility Idea and the Origins of Modern Business Regulation," 160 – 163.

法律史学家威廉·诺瓦克（William Novak）发现，这个判决为20世纪早期尝试遏制不断增长的企业界剥削现象提供了大显身手的机会。从桥梁、渡船到堆场、谷仓，从天然气、电力到铁路、运河，这些关键行业如今看到，它们将自身业务的各个要素市场化的能力都受到了限制。当时主张法律监管的人认为，涉及公众利益的企业提供服务时应当不带任何歧视。这些企业可以是私营实体，在回报和利润方面都可以得到正常的利益，但公众对这些企业如何开展业务有否决权。这样既可以利用市场的活力，又可以防止出现滥用（例如优势企业和有钱人的内幕交易），还能确保所有人都能得到最基本的服务①。

对哪些企业应该要有这些额外要求，是民主国家的公民需要决定的问题，不过也有明确的指导方针可循。法律教授 K. 萨比尔·拉赫曼（K. Sabeel Rahman）指出，应当用公用事业要求去约束的行业通常具有三个关键特征。首先，这样的企业都有一定规模——公司越大，跟小公司相比效率也会越高，极端情形下一家公司能压倒其他所有公司。但对于真正需要担心的问题来说，这只是前提条件之一。第二个特点是，这些企业提供的产品在下游会有很重要的用途，甚至是不可或缺的。这些产品会投入进一步生产、创造和更多产业中。没有谁会喜欢电力本身，人们只是用电来驱动、创造其他事物。私人公司在这些方面实施封锁会对我们这个经济体以及社会生活造成真正的伤害。第三点是这样的公司有能力滥用，如果人们好欺负，它们就会切断或限制供应。如果断电有利可图，私营电力公司就会断电并造成巨大伤害。因此需要有一些保护措施来防止这样的事情发生。这些也不只是垄断才会有的问题，因为改革者明白，一般的公司也会利用机

①　Novak, "The Public Utility Idea and the Origins of Modern Business Regulation."

密、不平等、欺诈和人们的绝望情绪等造成同样的问题①。

对公用事业的这种看法，在 20 世纪六七十年代受到了冲击。在观点的交锋中，有两种观点脱颖而出。其一是效率先于公平成为这些关键公司的标准要求。在此之前，对公用事业单位的基本要求是服务价格上不能有歧视行径。还是来看铁路的例子，作为公共承运人，铁路公司不得对承运的货物区别对待。按照这种观点，确保所有人都能平等得到服务的公平程序，就是监管想达到的理想状态，遏制了公司为优先权额外收费的能力。但根据来自法律经济学的新观点，给商品定价和将客户区别对待的能力据称会让经济运转得更有效率。经济不再是一个我们要确保实现一定程度公平的地方，而成了一个用价格和市场活动来确保自由的地方。

关于公用事业的第二种新观点是对政府的攻击。这种批判观点不仅认为政府在规范经济方面做得很失败，也对适度监管充满敌意。政府实际上只不过是另一个寻租实体，制定的法规只为保护有权有势的上位者，普通民众的利益只会受到损害。秉持这种观点的人完全掩盖了政府从创建以来就一直在努力平衡经济中各方利益的漫长历史。这种观点背后有这样一种假设，就是市场完全只关心自身，市场也并非由政府创造出来，而竞争和新企业能够防止任何滥用的情形。这种观点并不是在呼吁根据新的理论和证据更新法规或重新评估什么有效什么无效，而是在提议取消对市场的所有限制，重新拟定经济法律法

---

① Rahman, "Infrastructural Regulation and the New Utilities"; Rahman, *Democracy Against Domination*. 关于医疗背景下的这个问题可参阅 Bagley, "Medicine as a Public Calling". 巴格利指出："有相当多的市场特征——四处购物的成本、讨价还价时的不平等、信息不对称、诈骗横行、串通哄抬价格、紧急情况，等等等等——都可能会妨碍竞争，导致市场干预。"今天关于垄断、最低工资等问题所采用的很多论证也都与此类似。

规，让企业和企业主拥有自由①。

我们就生活在这场市场思维革命带来的影响中，影响之一就是2008 年的金融危机。1980 年代以来，两党的政治家和政治精英都在努力促使金融市场涉足以前只有监管得很好的普通银行才能参与的借贷活动，形成了存在于罗斯福新政法规之外的"影子银行业"。新政法规将金融行业组建为一种公用事业，某些金融市场活动会因为整体经济的利益而受到抑制。到了新时代，这些法规就被视为太严苛也太不与时俱进了。这样一来产生了大量不良贷款、掠夺性包装金融工具以及银行挤兑和恐慌，随后引发经济崩溃，就跟原本设计出新政就是想要防止出现的崩溃浪潮一模一样②。

但问题并非只在金融领域。再也没有新的制度来压制、束缚市场，合并、滥用和经济停滞在过去几十年里泛滥成风。主要行业里的竞争减少了，价格抬高了。经济学家托马斯·菲利蓬（Thomas Philippon）这样总结道：

> 首先，美国市场的竞争减少了：很多行业的市场集中度都很高，市场上的领导者树大根深，利润率也高不可攀。其次，缺乏竞争的局面已经伤害了美国消费者和工人：这一局面导致价格升高、投资减少，生产力增长也在放缓。再次，跟最常见的理解相反，这些变化的主要原因是政治上的，而不是专业上的：我追溯

---

① Crew and Kleindorfer, *Public Utility Economics*, 4 – 5; Brown and Sibley, *The Theory of Public Utility Pricing*, 2 – 5; Rossi and Ricks, "Foreword to Revisiting the Public Utility"; Appelbaum, *The Economists' Hour*, 136 – 146, 161 – 165.

② 对通过资本市场进行的借贷活动的赞美，以及认为罗斯福新政的法律法规已经过时的观点，可参阅 Litan and Rauch, *American Finance for the 21st Century*。关于这次金融危机就是一场银行挤兑的观点，可参阅 Gorton, *Slapped by the Invisible Hand*。

了竞争减少的原因，结果是进入壁垒增加、反垄断执法减弱，而这些又是由大量游说和竞选捐款支撑着的[①]。

这些都发生在利率很低、企业利润率很高的时候。传统的经济理论预计，这种时候新企业应该开始创业，其他企业则应该扩大投资，好利用低利率、高利润率的市场环境，与主导企业就超额利润展开竞争。但这样的事情并没有发生。并没有初创企业纷纷出现的情形，新成立企业的数量实际反而在下降。投资减少迫使整体经济进入半永久的停滞状态。但是，如果只关心股东的经济自由，这些影响面更大的问题也就全都不重要了[②]。

说市场可以自我纠正，是充满活力、适应能力强的机器，这样的传奇故事让我们忘记了总是会伴随资本主义而来的经济危机、经济崩溃和大萧条。这种故事同样会让我们忘记，法律和政治环境对创新和繁荣来说有多么不可或缺，以及如果只是把经济当成所有者的财产，经济会变得多么脆弱。如果所有者有能力通过限制竞争安享利润，可以要求马上就见到真金白银，那么打造一个能繁荣发展、不断创新的经济体会加倍困难。如果我们的总体思维和发明创造被只想着去压榨别人的人锁得死死的，如果把握着我们经济命脉的基础设施和关键企业不承担任何公共义务，那么就不只是加倍困难，而是根本不可能了。以前还有一些保障措施，然而在关于自由和自由市场的信口开河的定义下很快就被扫除殆尽。这样的措施，可以重新确立。

---

① Philippon, *The Great Reversal*, 205.
② Gutierrez and Philippon, "Investmentless Growth: An Empirical Investigation"; Eggertsson, Robbins, and Wold, "Kaldor and Piketty's Facts: The Rise of Monopoly Power in the United States"; Konczal and Steinbaum, "Declining Entrepreneurship, Labor Mobility, and Business Dynamism: A Demand-Side Approach."

第八章　教有所成

要想了解新自由主义如何彻底改变我们看待市场和自由的方式，想想现在落实社会保险的方式有多七零八落好了。你担心退休以后怎么办，这个问题本应通过 401（k）退休福利计划^①来解决。需要了解一些晦涩难懂的术语才能管好你的基金：资产净值、股票和资产基金的总支出比率和净支出比率、投资组合权重等等。你也想知道，如果有那么多钱想好好藏在免税账户里，或者你足够精明，金融公司从你身上捞不到油水，那么生活会是什么样子。对于退休生活，更让人担心的是人还在，钱没了，这是对历史上最富有国家的病态声讨。但是，你只知道这么一种可以确保退休后的生活安全无虞的方法。

刚刚为人父母的你，也在努力平衡工作挣钱和抚养孩子的关系。日托费用昂贵，你挣多少，基本上就得花掉多少。不过你可以在报税的时候扣减其中一部分。额外的儿童税收抵免也有一定帮助。但这些帮助都不大够，你花了老鼻子钱，才让孩子在起跑线上赢了一点点。你经常希望会有比现在更好的选择。你担心孩子的大学教育，甚至有可能还在为自己的助学贷款发愁。之前你贷了一大笔钱才上了个好学校，现在工作了要连本带利还回去，也就没办法给自己孩子存足够的钱以后用。读到公立大学的学费年年看涨，看看自己享受税收优惠的529 教育基金计划^②，你知道自己没有那么多钱，让自己的孩子不用受助学贷款拖累。

你生病了。你的医疗保险是通过奥巴马医改交易所购买的，只有一个选项可供选择，要不就只能选择更便宜的计划，多省点钱。但是到后面你付不起保险里的免赔额的时候，你就会有感觉了。看到有人提出可以往"医疗储蓄账户"里投资来平衡这些开支，你一笑而过，因为这只是存钱的众多选择中的又一个，然而你没有钱可以存。"别生病"似乎是更现实的选项。要真的搞明白所有这些选项都是怎么回事，就连专业人士都需要花好几年时间去研究税收、会计和保险才行。而你能用来把这么复杂的工作搞明白、做停当的时间，只有吃完晚饭后到哄孩子睡觉前的那点空当。很多时候你都会直接忽略，指望着出现最好的情况。

这种安全网络有很多问题。比如说，从中受益最大的是那些收入最高的人，那些自己雇用专家来帮助打理这些系统的人，那些有足够多的可支配现金可以存起来的人，还有那些有时间也有能力运营个人安全网络的人。雇主提供的医疗保险扣除额超过三分之一都给了最有钱的 20% 的人；个人存款的扣除额，比如 401（k）账户，有三分之二也都给了最有钱的五分之一，而且一半都集中在挣钱最多的前 5% 的人身上③。

但最大的问题还在于，这种安全网络迫使我们产生了市场依赖。

---

① 401（k）退休福利计划是美国于 1981 年创立的延后课税的退休金账户计划，相关规定见国税法第 401（k）条。401（k）只应用于私人公司的雇员，允许雇员划拨部分薪水至个人的退休账户直至离职，划拨多寡可自行决定。该账户内的金额在退休前提取往往会导致罚金，但在退休后提领则可享受税收优惠。——译者

② 从 1997 年起，根据美国税务文件第 529（b）（A）（ii）条，各州政府及其部门、教育机构可发行学费计划，通过累积储蓄，以受益人的高等教育费用为目的而进行投资，可享受税务优惠。根据此条款发行的计划就叫 529 计划，有教育储蓄计划和预付学费计划两种形式。——译者

③ U. S. Congressional Budget Office, "The Distribution of Major Tax Expenditures in the Individual Income Tax System."

新自由主义并非只是一个自上而下将公众从经济中剥离出去的过程，也是一个自下而上的重新组织我们自身乃至整个社会的过程，结果我们会把自己看成一家小公司，而整个社会都会变得像市场一样。这个过程也是由法律来实施的，最终结果就是，我们面对的最严重的风险交到了我们自己手上，要由我们自己来处理。

在整个政治格局中我们都能看到这些情形。在"联合公民诉联邦竞选委员会案"［Citizens United v. Federal Election Commission，558 U. S. 08－205（2010）］中，美国最高法院推翻了《两党竞选改革法案》，用安东尼·肯尼迪（Anthony Kennedy）大法官的话来说，就为了保护"政治市场"。越来越多的工人不再是他们真正为之工作的公司法律意义上的雇员，而是在为分包商工作，要不就是在以独立代理商的身份工作，就好像每个人自己就是一家小公司一样。这迫使工人不得不面对政府默许的法律手段带来的更大的市场压力，因为雇主通常都会用这些花招来规避就业法的约束。这些都是政府将市场逻辑运用到以前不存在市场逻辑之处的例子①。

最近几十年，把普通人跟市场捆绑在一起的最重要的变化之一是助学贷款。现在年轻人要想接受高等教育，最主要的方式就是通过助学贷款。如今我们把高等教育视为个人对自己的投资，而助学贷款就是解锁这份对自身人力资本的潜在投资的方式。但是，这种方式也是近来对美国高等教育理念的亵渎，跟一个半世纪以来这个国家推广免费、全面普及的高等教育体系的努力背道而驰。这个项目尽管一直很不完善、一直在走折中路线，但毕竟是个真实的项目，也成功扩大了教育的服务人群。之前很长时间美国一直在建设公立大学，但后来又

---

① Brown, *Undoing the Demos*, 155－173; Weil, *The Fissured Workplace: Why Work Became So Bad for So Many and What Can Be Done to Improve It*.

开始任由公立大学自生自灭。公立大学的崩溃是反对公立大学体系的理念积极运作的结果，但也受到了一种认为国家的角色就是把公民固定在市场中的意识形态的推动。要想知道我们失去了什么，还是先来看看我们曾经拥有过什么。

　　大众免费高等教育的创立，可以追溯到美国建国之初。比如1816 年印第安纳州通过的州宪法就要求该州"通过法律提供全民教育体系，从乡镇小学逐级升学到州立大学。此体系学费应全免，并向所有人平等开放"。1880 年代密歇根大学校长詹姆斯·安杰尔（James Angell）就说，该州的教育体系是在"为寻常人提供不寻常的教育"。威斯康星州也有类似的思想：该州公立大学也是"州之精魂"的一部分，因为"大学为州政府所有，所有公民都可以认为自己是该所有权的股东之一"①。

　　但 19 世纪对公立高等教育最重要的投资是通过 1862 年的《土地拨赠法案》实现的，通常也叫做"莫里尔法案"。贾斯汀·史密斯·莫里尔（Justin Smith Morrill）是铁匠的儿子，1854 年作为佛蒙特州的辉格党代表当选国会议员，在 1850 年代中期又参与创建了共和党。由于出身贫寒，莫里尔担心上大学只会让有钱人得到好处。他提议联邦政府把土地拨赠给各州，各州则利用从土地上得到的利润来建设公立大学。1856 年，莫里尔提出了这个法案，并于 1859 年通过了参众两院，但是跟《宅地法》一样，这个高等教育法案也被詹姆斯·布坎南总统否决了。1861 年 12 月 9 日，莫里尔再次提出这一法案，这次的版本中声称该法案是"要将政府持有的土地捐给一些州和准州，而这些州和准州需建设大学，让农业和机械操作能够从中受益"。法案

---

① Douglass, *The Conditions for Admission*, 5.

为各州每位参议员和众议员提供了 3 万英亩（约 121 平方公里）的政府土地，每英亩（约 4047 平方米）可以卖 1.25 美元，收入用于设立基金，建设大学。国会通过了法案，也在 1862 年 7 月 2 日经林肯总统签字成为法律①。

　　如何实施莫里尔法案由各州自行决定，因此在如何组建新学校这个问题上，各州试行的方式堪称五花八门。有些州很快就把公立大学建了起来，比如堪萨斯州立大学就是第一所这样的学校。有些州用土地拨赠的资金来推动私人财富和政府基金一起投资建设大学，比如康奈尔大学就是有赖这种合作关系建立起来的。该法案还有一个要求是除了文科，还要提供机械和农业科学的教育。公立大学通过提供传统和科学教育得到了充足资金得以大力发展，这个局面也推动了老牌教育机构比如耶鲁和哈佛把更多资金投入科学教育。例如耶鲁大学的谢菲尔德理学院在 1892 年就一直是康涅狄格州主要实施"莫里尔法案"的地方，这笔资金和州政府提供的其他资源推动了耶鲁大学在科学教育方面加大投资②。

　　一个强有力的展望促进了高等教育此次扩张浪潮：政府应该努力打破精英教育和大众教育之间的界限。密歇根大学校长曾经说道："只要愿意，你可以按照出身划定一个贵族阶级，想要的话按财富来划分也可以，但是如果给出身寒门的穷小子们一个机会，让他们能够用最好的知识武装自己的头脑，那对你的贵族阶层，我们就什么都不怕了。"或者按照莫里尔数十年后的说法，高等教育的发展目标是"更高等、受众更广的教育体系应该在所有州都落实到位，让（看得到这个体系的）人们都能受到教育"。这样的教育体系会很全面，"不

---

① Richardson，*The Greatest Nation of the Earth*，155 – 160.
② Nemec，*Ivory Towers and Nationalist Minds*，47 – 76；Mettler，*Degrees of Inequality*，6.

会局限于浮皮潦草、浅尝辄止的训练，比如工厂车间或实验农场的工头能够提供的那种"。美国公民理应得到远远不只是"劳动和指导同等分量的学校"，而且提供这种教育是州政府的责任①。

高等教育领域最大的政府投资之一来自《1944 年美国军人复员法案》，通常也叫做《美国退伍军人权利法案》。富兰克林·罗斯福总统研究了一些为从战场上归来的退伍军人提供支持的计划，其中《美国退伍军人权利法案》对第二次世界大战后中产阶级生活的很多方面都提供了资助和支持，高等教育就是其中最重要的一方面。

政府对年轻人因为战争而失去的受教育机会揪心不已。据估计，由于战争期间大规模征兵，年轻人失去了总计 150 万学年的高等教育时间。为弥补这个缺憾，《美国退伍军人权利法案》在战后掀起了一波大学生入学潮：1947 年到 1948 年，美国有将近一半的大学生都是退伍军人。1949 年全美约有 250 万大学生在读，比二战前任何年份都要多 100 万人以上②。

《美国退伍军人权利法案》的大部分资金都计划由地方控制，并通过私营机构运作。这么操作算是有意为之，因为这项法案是想要保护吉姆·克劳法的种族隔离主义者制定的。这个政策在退伍军人的抵押贷款担保上体现得尤为明显，因为抵押贷款要由私立银行来运作，而这些银行都支持种族隔离。一份报告研究了 1947 年密西西比州的 13 个城市，结果发现退伍军人管理局担保的 3 229 笔退伍军人贷款中，只有 2 笔给了黑人。这个机制跟"希尔-伯顿法案"不无相似之处，后者在资助医院时给联邦政府安排了一个角色，但只有通过支持私立机构维持种族隔离措施并破坏公共项目才能实现。

---

① Association of Public and Land-Grant Universities, "The Land-Grant Tradition."
② Loss, *Between Citizens and the State*, 112 – 114.

但有没有资格接受教育和培训是由联邦政府决定的，因此南方各州想把黑人退伍军人排除在外就没那么容易了。退伍军人上学的月度津贴由家庭人数而不是种族决定。黑人退伍军人更有可能享受到教育福利，他们享受教育福利的比例是 49%，而白人是 43%。但是，很多大学都拒绝接收黑人退伍军人入学，尤其是在南方，因此他们更有可能进入职业学校就读。这些学校通常掠夺成性、欺上瞒下，提供的教育糟糕得很，而学费又刚好按照《美国退伍军人权利法案》能提供的最高金额来收取。

就算遭到了这么多排斥，《美国退伍军人权利法案》还是带来了更多的民主，也催生了对种族包容的更多要求。一项针对黑人退伍军人的调查发现，那些根据《美国退伍军人权利法案》得到福利的人，参与民权运动的可能性是普通人的四倍多，参与竞选活动和担任公职等政治事务的可能性也是普通人的两倍多。《美国退伍军人权利法案》对所有退伍军人一视同仁，推动了美国公民向政府提出更积极的民主要求[①]。

20 世纪中叶，人们普遍认为政府在提供高等教育方面发挥着至关重要的作用。那时候人们也认为，高等教育是旨在缩小精英教育和普通人能享受到的教育之间差距的体系，而且几乎是免费的。这一体系现在已不复存在。从那时候到现在，高等教育受到了两场政治运动的冲击。在加州，罗纳德·里根州长领导的新保守主义运动为攻击免费高等教育写好了攻略手册，直到今天还在沿用。纽约的免费高等教育则受到了秉持紧缩政策的新自由主义技术官僚的攻伐。这两场运动

---

① 关于如何解读种族、教育以及《美国退伍军人权利法案》的讨论以及相关数字，可参阅 Katznelson and Mettler，"On Race and Policy History：A Dialogue about the GI Bill"。

帮助我们对美国人应该如何获得高等教育，以及高等教育带来的流动性形成了新的理解。

加州高等教育体系脱胎于莫里尔法案。法案于 1862 年通过后没几年，加州政府就开始利用这笔资金选址并建立大学。加州大学第三任校长丹尼尔·柯伊特·吉尔曼（Daniel Coit Gilman）于 1872 年就任发表演讲时对这番事业的前景做出了展望："这不是柏林的大学，不是纽黑文的大学，也不是奥克兰的大学，更不是旧金山的大学，而是属于创立了这所大学的那个州的大学。"他们要建设的学校"必须自我调整以适应当地的人民，适应这里的公立和私立学校，适应这里特殊的地理位置，适应这里欠缺发展的资源。这不是哪个基督教教会或私立的基础设施，这里属于人民，也为人民服务——不是就什么低贱、一钱不值的意义而言，而是跟人民的文化和教益有关的、就最高贵的意义而言"。[①]

吉尔曼发表这番演讲时，加州大学还只是躲在伯克利山中的两栋建筑，有 182 个学生，其中女生 39 人。自由派共和党人，包括前后两位加州州长海勒姆·约翰逊（Hiram Johnson）和厄尔·沃伦（Earl Warren）在内，在 20 世纪上半叶为加州大学打下基础并加以扩展。也有一群人对扩大这个体系非常感兴趣，里面既有想接受教育的加州公民，也有希望更多受过高等教育的人前来工作的商会成员，他们组成的网络也发挥了很大的影响力[②]。

加州高等教育长达一个世纪的扩张在 1960 年《多纳霍法案》通过时达到顶峰，这项法案更广为人知的名称是《加利福尼亚州高等教育总体规划》。这一规划由学术劳动力经济学家、加州大学校长克拉

---

① Douglass，*The Conditions for Admission*，5.
② Douglass，*The Conditions for Admission*，5 - 6.

克·克尔（Clark Kerr）提出并完成，除了各种各样的行政工作之外，也是对加州的一个承诺：任何想要接受教育的学生，都能受到教育。该规划建立了由社区学院、州立学院和加州大学三部分组成的高等教育体系，学生可以在各个部分之间转学，理论上可以从最底层转到最上层，实际上也确实如此。加州公民只要有足够的技能也足够努力，就可以从世界一流大学拿到学位，几乎不用花钱。如果没有像加州大学体系这样的由政府提供、面向大众的高等教育机构，二战后美国的社会和经济中根本不可能出现这么明显的流动性。

很多保守派都反对林登·约翰逊总统的"伟大社会"构想，1966年竞选加州州长的罗纳德·里根就是其中之一。他的主要目标之一是加州大学体系。在竞选活动中，里根誓言要"清理在伯克利留下的烂摊子"，提醒听众"性行为不端……非常严重，极端违背我们人类得体行为的标准，以至于我都无法向你们启齿"，抱怨"一小撮'垮掉的一代'、激进分子以及满口污言秽语的人"把左派暗中搞破坏的那一套带进了大学体系，并呼吁州政府调查"校园里的共产主义和明目张胆的性行为不端"。他的竞选纲领中还有反对税收的议题，承诺通过"让无业游民不再享受福利"来整顿州财政。但是，加州大学伯克利分校成了他政治上最大的阻碍，把他所有的保守意识形态的主题都聚焦成一个煽动混乱的人物形象①。

在反对免费大学教育的斗争中，里根有两大盟友：警察和经济学家。1967年当选州长后没几天，里根就联系了联邦调查局旧金山办公室，请他们帮助自己解决"伯克利的情形"。尽管有些犹豫，联邦调查局局长约翰·埃德加·胡佛（J. Edgar Hoover）还是为帮助里根

---

① Bady and Konczal, "From Master Plan to No Plan: The Slow Death of Public Higher Education"; Reagan, *The Creative Society: Some Comments on Problems Facing America*, 125 - 127.

插手了加州的事务。里根和胡佛是老相识，里根还在好莱坞当演员的时候就为联邦调查局调查好莱坞的共产主义当过线人。联邦调查局将收集到的关于马里奥·萨维奥（Mario Savio）等学生活动家以及加州大学校长克拉克·克尔这些人的机密信息交了出来，胡佛自己对除掉克尔、让他名声扫地很有兴趣，因为他也在指责加州大学校长没有打击左倾学者和学生抗议者。里根想跟联邦调查局合作，监视那些反对他提高大学学费的人[①]。

这时候的加州大学系统没有学费，学生需要交的费用很少。里根大幅削减了大学系统的初始预算，给收取学费打开了方便之门。里根打算把一年的学杂费定为 675 美元，大致相当于今天的 5 000 美元左右，信不信由你，真这么收的话，加州大学会变成当时美国最贵的公立大学。克尔明确表示这么做会让加州大学系统受到很大伤害，结果里根立马把这位加州大学校长给开了。在被迫离职后，克尔这位堪称世纪中叶典范的人开玩笑说：“我怎么当上校长，就怎么卸任——都怀着一腔热情。”[②]

在推动公立学校收取学费的同时，里根也得到了最近变得越来越自信的保守派经济学家在思想上提供的支持。米尔顿·弗里德曼利用他在《新闻周刊》上的每周专栏对免费大学口诛笔伐。他写道，对“低收入纳税人和没有上大学的年轻人来说，学费‘免费’非常不公平”。经济学家小詹姆斯·麦吉尔·布坎南（James M. Buchanan）认为，“我们在主流大学里看到的混乱情形，至少在一定程度上”免费大学政策难辞其咎。里根推动学费上涨的运动没有成功，但他确实成功提高了杂费，使大学费用增长成为正常现象[③]。

① Rosenfeld, *Subversives*, 1 – 8, 229 – 231, 370 – 372.
② Rosenfeld, 369, 372 – 376.
③ Cooper, *Family Values*, 236 – 238.

保守派取得的这些成就与两种观点关系密切，接下来半个世纪，这两种观点也得到了大量运用。第一种观点认为，免费教育等公共产品是重新分配资源的一种策略，会把资源从老实巴交的普通人那里转移到不配享有这些资源的人手中。第二种观点则认为，免费商品不受市场约束，会带来混乱无序的局面。后一种观点在 1970 年代的纽约尤其大行其道。

纽约市面临的限制有所不同，虽然同样是意识形态上的，但也会决定这里的政治格局。纽约市的公立大学可以追溯到 1847 年，也就是州政府资助"免费学院"的时候。当时的纽约市教育委员会主席在游说州议会为"免费学院"提供资金时写道："向所有人敞开大门——让有钱人的孩子和穷人的孩子坐在一起，让他们对任何区别都一无所知，行业、行为举止和智力上的区别就更不用说了。"市立大学体系在整个 20 世纪持续扩张，纳入了亨特学院（一所女子学院）、一些两年制和四年制的社区学院，以及一所叫做"研究生中心"的研究生大学。这些公立学校为移民和工人阶层的学生提供了得到高等教育的重要途径[1]。

1970 年代，纽约市面临着一场危机：这座城市的债务再也没办法展期了。为避免破产出台了一份紧急贷款解决方案，而作为该方案的一部分，纽约市被迫加入一个特别管理委员会。在委员会的压力下，纽约不得不采取紧缩政策。但是，委员会关注的不只是如何平衡账目，还探索了这样一个想法：纽约市民与市政府之间的关系必须有所改变。这已经不是收支平衡问题，而是纽约市对其市民来说要成为什么样的城市。

委员会的中心议题之一是由公立大学组成的"昂贵的大学系统"，

---

① Phillips-Fein, *Fear City*, 242 - 243.

认为需要让学生交学费。协助执行紧缩政策的银行家费利克斯·罗哈廷（Felix Rohatyn）称，结构性地大幅削减支出需要"矫枉过正"，展现出"冲击力"，才能让资本市场看到市政府对其预算承诺是动真格的。市长阿比·贝姆（Abe Beame）指出，收学费其实也收不到多少钱，罗哈廷的回应是，这就不是钱的事儿，而是要传达信息。纽约市必须改变其"生活方式"，不再大手大脚地提供社会服务。这条信息成功传递了出去，抗议活动四处爆发，但市民最后还是没能赢得反对收学费的斗争①。

受到攻击的不只是大学。规划政府预算的人认为，这座城市再也负担不起"极为庞大且没有得到充分利用的医院系统"，以及来自"60年代受联邦资助的社会服务变革"的支出计划。整座城市都感受到费用削减带来的伤害。约翰·霍洛曼曾与负责联邦医疗保险的政府官员合作，领导了废除南方医院中的种族隔离措施的行动，后来又担任了纽约市卫生与医院委员会主席。卫生与医院委员会是一个半独立机构，负责监督纽约的公立医院。在紧缩政策的压力下，为了节约开支，很多公立医院都关闭了，霍洛曼对此大加痛斥。有人施压让他辞职，最后他只能被迫走人。这位毕生致力将民权运动和获取医疗服务的权利联系起来的医生，被一名以前是银行家、现在负责纽约市预算的人取代了②。

这些事件表明，自由主义政治正在被一种新型政府官员取代。在纽约执行紧缩政策的新型技术专家官员并不是偏执的保守派。他们是关心公平和原则的自由主义者，但在他们看来，他们的角色是新的，与以往有所不同。他们希望这座城市只关注消防、治安、卫生和中小

---

① Phillips-Fein, *Fear City*, 138 - 139, 170.
② Phillips-Fein, *Fear City*, 170, 212 - 215.

学等市政服务，不要去操心再分配政策以及更宽泛的公共住房、医疗保健和高等教育的去商品化的问题。他们鼓吹，志愿者就能根据需要承担这些角色。《纽约时报》描述了一种新出现的心态，认为"公民参与"能"维持并补充因为裁员和人员流失而严重受损的社会服务"，尽管志愿者远远达不到被削减的规模。接下来几十年间，新型技术官僚将主导民主党的思想，而他们的首要目标之一就是让大学不再免费①。

涉及公共项目和政府积极作为的问题时，这些领导人就非常不情愿了。他们跟工会相当不对付，明确表示会与之对抗。他们强调效率而非团结。他们还把"市场"当成压制大胆需求的机制，把政治上的可能性都推给了金融行业。这种利用金融市场来阻挠政治辩论的做法，将界定新自由主义的含义②。

城市为失去免费大学而哀伤不已。有一个人正确认识到这个变化中的政治含义，他就是弗雷德·赫金杰（Fred M. Hechinger），《纽约时报》的一位编辑。赫金杰是德国移民，1936年来到美国，毕业于纽约城市学院。高等教育给形形色色的人带来了流动性，他也从中受益匪浅。他还准确预见了公众把免费上大学这事儿埋到记忆深处的速度会有多快。他在1976年写道："免费大学被埋葬之后，政客们就会希望这件事儿被人忘掉。另一些从更长远的角度看待高等教育跟美国这片充满机遇的土地之间关系的人，会想让这份记忆始终鲜活，不会被当成故纸堆里的奇闻逸事，而是为了过上更富足、更自信、更阔绰的生活可以做出的更明智而现实的选择。"好几十年之后，才有人

---

① Phillips-Fein, *Fear City*, 220.
② Phillips-Fein, *Fear City*, 8-9, 211, 218-220. 关于将政治决策外包给金融市场，见 Krippner, *Capitalizing on Crisis*。

想起来再去看一眼这段记忆[1]。

随着免费大学在政治攻击下消失，关于教育的一种新理念——把教育看成是对人力资本的投资——应运而生。从 1970 年代开始，这种理念席卷了整个经济学世界。按照芝加哥大学教授加里·贝克（Gary Becker）的理论，人力资本就是个人对自己的投资。就好像企业可以投资建筑、设备和工具一样，我们也可以通过教育，通过学习新的技能对自己投资。这种看法的影响一直在扩大，也主导了对相关公共政策的思考[2]。

1950 年代，经济学家开始提出教育和技能是经济增长的主要动力。也差不多在这个时候，一些经济学家开始把人力资本的概念用在整体的国家语境中，声称人力资本起到了社会资源的作用。人力资本就跟战略储备一样，适合成为公共投资和社会支出的对象——跟《美国退伍军人权利法案》有不少相似之处。但这一次不是为了个人能从中受益，而是为了整体社会的繁荣昌盛[3]。

到了 1970 年代，这种观点发生了转变。美国工人不再是在生产过程中为占有资本的人工作的劳动者，而是成了个体形式的资本，自身就是一家小公司。这是由经济学家推动的概念上的重大突破，在此之前的 20 世纪中叶，工人的理想是受到工会保护，政府也会在通过积极的凯恩斯主义政策施行的宏观经济学管理模式中对工人呵护备至。法国哲学家米歇尔·福柯说，在这种他称之为新自由主义的新观点下，个人就成了"企业家，自成一体的企业家"。我们的个体目标，

---

① Gelder, "Fred Hechinger, Education Editor and Advocate, Dies at 75"; Hechinger, "Who Killed Free Tuition?"; Phillips-Fein, *Fear City*, 255.
② Becker, *Human Capital*.
③ Cooper, *Family Values*, 219 - 223.

就成了作为企业找到让生产力和利润率最大化的方法，以及让自己做好准备接受越来越多的市场要求。政府的角色也不再是保护人们免受市场最坏情形的影响，而是为我们投资自身创造最有利的条件。按照这个概念，市场并不为人们存在的需求服务，反而是人为了服务市场而出现①。

经济学家视助学贷款为个人自行筹款接受高等教育的方式，在他们为这种看法找到的理由中，也可以看到类似的观念转变。米尔顿·弗里德曼在《资本主义与自由》一书中就清晰地阐述了这个思路。高等教育的问题不再是夷平历史上的等级制度和贵族制度，不再是消除大众教育和精英教育之间的差距，也不再是确保普通人也能得到比残羹冷炙更好的东西。在弗里德曼看来，高等教育只是"对人力资本的一种投资形式，跟对机器、建筑和其他非人力资本的投资一模一样"。把个人看成自成一体的小型企业，用这个概念来看，高等教育的首要问题就非常简单了：个人想对自己投资多少？我们怎样让他们得到投资所需的金融信贷？②

按照这一理论，如何得到高等教育就不再是政府需要通过公共项目解决的，而是成了个人需要通过金融市场来解决的问题。弗里德曼指出："个人应该承担对自己投资的成本，并享受回报。"上大学的经济回报非常高，也就意味着"人力资本投资不足……很可能反映了资本市场有其缺陷"。只要"资本用于对人的投资跟用来投资有形资产一样容易"，金融市场就会通过价格信号来决定个人究竟需要接受多少教育。这样一来，政府也多了一个作用，就是利用政策来"改进市

---

① Foucault, *The Birth of Biopolitics*, 226；Konczal, "How to Waste a Crisis". 关于凯恩斯式的思想，即认为工人同时也是储蓄者，见 Payne, *The Consumer*, *Credit and Neoliberalism*。

② Friedman, *Capitalism and Freedom*, 100. 原始引文说的是职业和技术学校，但逻辑很容易推广到所有高等教育领域。

场运行"。弗里德曼设想，人们可以出售自身的"资产净值"，就好像公司可以出售自己的股份一样，助学贷款体系也基于同样的逻辑①。

助学贷款的基础建设需要一段时间才能达到最后达到的规模。20世纪六七十年代的目标是用助学金而非助学贷款来提供接受高等教育的机会，助学贷款是作为额外支持加进来的。政府出资的联邦佩尔助学金刚开始的目标只是用来支付大部分学费，助学贷款则是用来解决生活费和额外费用的机制。实际上，1970年代发放的助学金平均来看不仅能涵盖学费，还能提供额外资金用于支付食宿费用。然而，佩尔助学金没有跟上学费上涨的步伐，实际价值也就逐年下降了②。

1974年弗雷德·赫金杰的一篇专栏文章颇有先见之明，描述了一场"围绕学费展开的阶级斗争"。他预计，挑起中产阶级和工人阶级之间的对立，"可能会对穷人和中下层之间已经每况愈下的关系造成腐蚀性影响"。"受到严重压迫的中产阶级家庭很可能"不会支持用高额学费来为穷人家庭提供助学金，反而"会报以愤怒和政治报复"。他借用密歇根州民主党众议员詹姆斯·奥哈拉的话说，"从学校老师、警察、会计师或者推销员的角度来看……以消除经济障碍的名义提议让人被迫支付更多的自己并没有的钱送自己的孩子上大学"，会成为巨大的政治负担③。

这两方面的动力相得益彰。联邦助学金实际价值下降，州助学基金也走向紧缩，因此政府投入的钱在不断减少，助学贷款也就成了学生得到高等教育的主要方式。通过视高等教育为个人对自己的投资，支持穷人更容易接受高等教育的努力也变得越来越少④。

---

① Friedman, *Capitalism and Freedom*, 98 - 107.
② Mettler, *Degrees of Inequality*, 52 - 53; Geiger, *American Higher Education since World War II*, 281 - 282.
③ Hechinger, "Class War Over Tuition."
④ Geiger, *American Higher Education since World War II*, 285 - 287.

1978 年，哈佛大学学费上涨 18%，但申请人数并没有下降，因此接下来十年这所大学的学费快速上涨，其他私立学院和大学也纷纷效仿。从 1980 年到 2000 年，私立教育机构的学费从家庭收入中位数的 20% 上涨到 40%。随后私立学校开始以学费打折的方式向学生提供资助。这种高学费、高折扣的体系逐渐成为学校常态，也让学校得以同时完成好几件事。首先是根据学生的成绩或家庭支付能力，为他们想要招收的学生量身定制相应课程。私立学校学费打折并不是根据学生的需求，而是利用这个机制来吸引明星学生。结果形成的价格歧视，给私立学校和那些来自懂得怎么利用这一体系的家庭的学生带来了明显优势。

公立学院和大学在很多方面都受到挤压，成本也开始由学生来承担。从 1980 年代开始，各州拨给高等教育的预算款越来越少。从那时候起，每次经济衰退各州都会削减预算，而衰退过后又从未恢复到之前的水平。结果就是，政府对高等教育的支持一波波流失殆尽。学生不得不自己承担因此形成的资金缺口：1980 年，学生交的学费大概占政府提供的 25% 左右，但从 2010 年开始，学生交的学费就已经比政府给的还要多了[①]。

让这一转变得以发生的就是助学贷款，现在将近四分之三的学费收入都来自这个渠道。助学贷款从保守经济学领域的小小夹缝中脱胎而出，如今已经成为年轻人成年生活中具有决定性意义的经历。1989 年，只有 9% 的家庭有助学贷款，债务的中位数为 5 600 美元。到 2016 年，有助学贷款债务的家庭所占比例翻了一倍不止，达到 22%，中位数也达到 19 000 美元。户主不到三十五岁的家庭中，有助学贷款债务的家庭所占比例从 1989 年的 17% 上升到 2016 年的 45%，占

---

① Geiger, *American Higher Education since World War II*, 292 - 293.

了将近一半，中位数也从 5 600 美元上升到 18 500 美元。

经历过金融危机之后，人们偿还助学贷款所需要的时间还要长得多。自次贷危机引发经济大萧条以来，年龄在三十五岁到四十四岁之间的人有助学贷款债务的百分比增加了一倍多。1989 年到 2001 年之前，这个比例在 11% 到 13% 之间；从 2001 年到 2009 年，则在 13% 到 15% 之间徘徊。现在，这个比例是 34%。跟前几代人相比，千禧年一代背负助学贷款债务的时间更长，金额也更大。助学贷款不仅是二十多岁的年轻人资产负债表上的重要组成部分，那些即将步入中年的人账上也同样逃不掉这一笔[①]。

助学贷款带来的压力更多施加在最脆弱的人群身上，也形成了一种向下的流动性。如果看看助学贷款在收入中所占比例，就可以发现这一负担更多地落在了低收入人群上。根据美联储的数据，收入在后 50% 的有助学贷款债务的家庭，债务在收入中所占比例增加了一倍多，从 1995 年占年收入的 26%，增加到 2013 年占年收入的 58%。所有人的债务收入比都在上升，只有收入在前 5% 的人除外。这个负担货真价实，还会在时间流逝中愈演愈烈。而且，种族问题也令这一负担加剧。黑人学生背负的助学贷款明显超出其人口比例，2016 年，户主为二十五岁到五十五岁的黑人成年人的家庭中，有 42% 都有助学贷款，而白人家庭中这个比例只有 34%。此外，黑人家庭背负的助学贷款债务金额平均也比白人家庭高 28%[②]。

债务既改变了人们和学校之间的关系，也改变了人们和劳动力市场的关系。公立大学需要弥补失去的政府资助，也就只好迎合付得起

① Geiger, *American Higher Education since World War II*, 319；U. S. Federal Reserve Board, "2016 SCF Chartbook."
② Yellen, "Perspectives on Inequality and Opportunity from the Survey of Consumer Finances"；McKernan et al., "Nine Charts about Wealth Inequality in America."

学费的有钱学生，尤其是来自外州的学生还会付额外的钱。为了增加吸引力，这些大学也在便利设施上加大投入，把高等教育从平等的大众教育变成了分层级的消费体验。为有钱学生提供的豪华校园公寓和为贫寒学生提供的小食堂比邻而居，学费高昂的大学成了有钱人的游乐场，而对其他人来说，却是要拼尽全力才能生存下去的地方[①]。

另外，如果每个月都需要偿付高额债务，那么找到一份收入稳定、丰厚的工作，就比去创业或从事报酬较低但社会影响更广的工作更受欢迎。研究发现，助学贷款促使人们去找薪水更高的工作，对工资较低的公益性质的工作则敬而远之。费城联邦储备银行还有一项研究发现，助学贷款债务增加与小型企业创业率降低之间存在相关性。助学贷款让人们对公共部门、医疗护理工作以及创立小型企业产生了严重偏见，而这些在我们经济中的处境本就很艰难了[②]。

人们一直到步入中年都还没还完的助学贷款金额，对生活的方方面面都会产生影响。助学贷款债务更高的人更不可能拥有自己的住房，而就算有住房的那些，房子的资产净值也更低。债务越高的人，也越经不起经济危机的打击。助学贷款更多的女性，大学毕业后结婚的可能性更低，也更有可能较晚才会生孩子。此外，如何支付大学学费的巨大压力也悬在所有家庭头上。父母通常自己都在还贷款，但也和天下父母心一样，想要让他们的孩子也有受教育的机会。但是，这一切现在只有依赖助学贷款才能实现。这是一个自由要由市场依赖来

---

① Goldberg, "This Is What Happens When You Slash Funding for Public Universities."
② Rothstein and Rouse, "Constrained after College: Student Loans and Early-Career Occupational Choices"; Ambrose, Cordell, and Ma, "The Impact of Student Loan Debt on Small Business Formation."

定义的世界①。

第 16 届美国桂冠诗人凯·瑞安（Kay Ryan）曾说："就在你家旁边，年复一年，有所社区大学静悄悄地拯救着生命和心灵，然而几乎得不到任何财政方面的帮助。我再也想不出比这更高效、更有希望也更秉持平等理念的机器了，最多可能也就是自行车是个例外。"瑞安的结论触及了教育与美国民主之间关系的核心。助学贷款是最近才开始进行的实验，却破坏了我们已沿袭将近两个世纪的平等主义传统。以前关于自由的理论说的是机会和阶级平等，如今这种理论已被关于个人投资的自由理论所取代，最终则会加强美国的阶级分化。通过助学贷款接受高等教育是一个失败的实验，而我们仍然看到，其影响还在越积越深②。

---

① Nau，Dwyer，and Hodson，"Can't Afford a Baby?" 对助学贷款研究的概述，见 Fullwiler et al. ，"The Macroeconomic Effects of Student Debt Cancellation"。关于助学贷款对今天的家庭的影响，最新研究见 Zaloom，*Indebted*。
② Krajeski，"It Takes a Community College."

结　论

在我们的历史上，人们一直在要求对市场加以限制，并解释说提这些要求是为了保护和扩大我们的自由。这些要求激发了土地所有权和工作时长的问题，还延伸到社会保险制度的建立上。以自由的理想典范为基础的公共项目帮助终结了私立医疗系统中的吉姆·克劳法，也创立了一种模式，对未能得到报偿的儿童照护工作给予重视。总之，我们的历史背后一直有一个关于自由社会的美好设想，推动了过去两百年来那些最重要的公共政策出台。

然而过去四十年，公共项目遭到反击，对市场的限制也大面积被取消，这一切发生得又快又全面。在公司周围设置围栏的措施已被废除。我们被市场淹没，也被迫相信市场行为本身就是自由的体现。

但在这个新的历史转折点，政治行动的潮流又一次转向了。拔剑四顾，可以看到人们在为了摆脱市场、让自己的生活重获自由而努力奋斗。这些战斗都是最近才有的，不少才刚开始几年，但意义重大，而且还在不断壮大中。这些战斗也激励着年轻的一代人投身政治。他们的斗争迫使我们数十年来第一次回答这样一个基本问题：市场在我们的生活中究竟应该扮演什么角色？时移世易如此迅速，鼓舞着我们相信，尽管困难重重，真正的社会变革还是有可能发生的。

在工作领域我们看到了这种新的活力。新冠疫情向我们表明，让现代经济运转起来的工人面对的工作条件艰险而困难，同时他们也几乎没有任何经济保障。而早在这场危机出现之前，过去几年也有一波工人激进运动的浪潮，全都跟自由问题有关。服务业从业人员通过"为15美元斗争"运动提出了最低时薪15美元和建立工会的要求，并取得了重大胜利。工资低、工作不稳定就是不自由，这种观念一直都在这些运动的最前沿活跃着。2016年在弗吉尼亚州里士满召开的"为15美元斗争"运动全国大会上，威廉·巴伯（William Barber）神父指出，"从奴隶制时代1分钱都没有到今天的7.25美元（一小时），我们经过了四百年。我们不能再等四百年"才能看到最低时薪达到15美元①。

这种新的激进运动在公共部门也出现了。2018年以来，教师领导了先后两波罢工浪潮。第一波之所以值得留意，是因为始于西弗吉尼亚、肯塔基和俄克拉何马等红色保守州②，这些地方教师及其工会的力量都比较薄弱。随后一些蓝色城市也爆发了教师罢工潮，包括芝加哥、洛杉矶和奥克兰。在每一个爆发罢工的地方，教师们都在各自的政治联盟中跟激起了反公共项目情绪的思想体系作斗争。红州教师反对的是紧缩政策和保守派要求从公共项目撤资的主张，蓝色城市的教师反对的则是私有化以及特许学校③扩大。他们都以自己的方式明确指出，学校并非只是另一个市场，而是一种不可或缺的公共服务，

①　Pyke, "Taking the Fight for $15 to the Old Confederacy."
②　美国政治中习惯用两种颜色区分两党，红色表示共和党为主导，偏保守，蓝色表示民主党为主导，偏激进。——译者
③　特许学校（charter school），也称特许公立学校，属于政府出资、民营团体运营的学校。与标准化的公立学校不同，特许学校不受例行教育法律法规约束，较为独立、灵活，批评者则认为会在竞争中浪费公共资源。自1992年以来，全美国已有40多个州开办了7 000多所特许学校，覆盖了5％的学龄儿童。——译者

有自己的社会作用，不应该用竞争和利润的逻辑去要求①。

工作领域的这些新运动提出的要求，也延伸到控制工作时长这一方面。这个具体要求经常都是针对"卡着点儿"的时间安排而出现的，就是经理几乎没有提前通知，就更改了员工反复变动的工作时间规划。这种做法是对自由的嘲讽，因为如果无法准确预计自己什么时候有空，就不可能承诺对家人、朋友、社区和更广大的社会生活负起责任。很多城镇都在考虑"公平合理的周工作时长"，要求雇主提前告知要工作多久。我们的政治议题终于对时间和自由之间的根本关联有了一些了解②。

劳动力市场的结构性改革层面也相当有活力，经常让人激动不已，尤其是跟共同决策和行业谈判的思想有关的那些。共同决策是一种公司管理机制，员工可以和公司董事会一起讨论，在经济决策上出一把力。这种做法是在直接挑战公司应该仅仅作为股东的财产而存在的思想，并声明公司是社会和政治产物，因此员工在公司管理上也要有民主发言权。行业谈判则是劳动条件以全行业为准而不是由各个公司来单独设置的做法，在欧洲国家非常普遍，是工作场所中的一种民主话语权，比罗斯福新政设想的还要远大。也许是因为员工们的处境实在是太糟糕了，所以我们不得不把目光放得更长远一些，所期者高③。

就像自由和工作的问题已经重新浮现，自由与更广泛的经济之间的关系问题也卷土重来。例如从 21 世纪初开始，提倡互联网免费、开放的人就要求用网络中立原则来指导互联网服务提供商的行为。网络中立原

---

① Goldstein，"It's More Than Pay：Striking Teachers Demand Counselors and Nurses"；Goldstein，"West Virginia Teachers Walk Out（Again）and Score a Win in Hours"；Cohen，"Los Angeles Teachers Poised to Strike."
② Wykstra，"The Movement to Make Workers' Schedules More Humane."
③ Holmberg，"Workers on Corporate Boards? Germany's Had Them for Decades"；Block and Sachs，"Clean Slate for Worker Power：Building a Just Economy and Democracy"；Campbell，"Warren Just Released the Most Ambitious Labor Reform Platform of the 2020 Campaign."

则是用于公用事业的一种政策，要求提供网络的人对所发送流量中的内容不得区别对待，理由是不能由控制互联网基础设施的公司来决定我们接收什么内容，不能根据网站规模分出三六九等。同时，这一政策也要求市政宽带由政府持有和管理。如果私营公司不能为上网的普通人提供高质量、可访问的互联网基础设施，那么地方政府就可以取而代之。没有这个原则的话，富裕社区和贫困社区在接入互联网这件事上就会继续存在明显的数字鸿沟。在由公共部门提供市政宽带的地方，尽管工业界强烈反对，但还是很受公众欢迎，也可以说是民主化的成功①。

　　同样的思想也激发了新一代律师、经济学家和活动人士，他们希望压制公司市场化和歧视的能力，以此来应对企业权力集中化的这个时代。例如，很多大型科技公司都是各企业至关重要的中间媒介，但这些公司同时也利用自己对媒介的控制权，以及通过这种能力收集到的信息，提供与那些企业相竞争的服务。拿体育比赛来打比方的话，就相当于这些有权有势的公司既是球员又是裁判，一边拼命要赢得比赛，一边有权对其他球员吹哨举牌。立法监管这些公用事业单位的想法虽然曾一度被束之高阁，但是能提供应对这些冲突的办法，同时也仍然给创新留出了空间。这些公开要求会采取什么形式，取决于政治纲领。但最主要的要求会包括对这些公司创造出来的市场加以限制，例如限制它们的业务范围和可以使用的信息种类等②。

---

① Wu, "Network Neutrality, Broadband Discrimination"; Malmgren, "The New Sewer Socialists."

② Tarnoff, "A Socialist Plan to Fix the Internet"。这场对话的重启很大程度上要归因于下面这篇重要论文：Khan, "Amazon's Antitrust Paradox"。参议员伊丽莎白·沃伦（Elizabeth Warren）是这么用体育比赛打的比方："你可以拿你的施政纲领去竞选——就是说你可以是棒球比赛的裁判，你也可以用公平诚实的纲领去控制比赛。要不然的话你也可以是参赛者，也就是说，你可以有家企业，或者说你可以有一支队伍去参加比赛。但是，你不能既当裁判，同时又有一支队伍在这场比赛里。"见 Beauchamp, "Elizabeth Warren's Really Simple Case for Breaking up Big Tech"。

同样的要求也在重新兴起的关于免费大学和全民医疗的运动中出现了。在 2016 年的民主党初选中，这些诉求体现得极为明显，伯尼·桑德斯（Bernie Sanders）和希拉里·克林顿（Hillary Clinton）都提出了关于医疗和教育的规划，到 2020 年初选时也再次出现了同样的情形。激起辩论的真正分歧并不是价格和慷慨与否，比如桑德斯就说："医疗是一种人权，所有美国人，无论贫富如何、收入高低，都应该得到这方面的保证。"此外他还说："受教育是人人都有的权利，而不是少数人才有的特权。"这是对民主党自由派说起这些话题时的常见讨论方式的直接回应，也就是专注于平价医疗和教育。声明这些都是基本人权，就是宣称我们享受医疗服务和教育的机会应该受到保障，而不是需要到市场上去购买和争取[①]。

　　经过艰难的政治斗争，差点在最后一刻功亏一篑，巴拉克·奥巴马总统最后终于在 2010 年签署了《平价医疗法案》使之成为法律。从此，这个法案在政治格局中就一直占据着重要地位。保守派发起了一场旷日持久的运动，企图推翻这项法案，或阻挠其实施。保守派先是向最高法院提起诉讼，最高法院则做出政治裁决，阻止联邦政府利用资金向各州施压，要求它们扩大联邦医疗补助的覆盖范围。唐纳德·特朗普以此为起点参与并赢得了 2016 年总统大选，声称会提供更好的选择。在大选期间，特朗普说："我会把所有人都照顾到……所有人都会得到比他们现在得到的好得多的照顾。"然而这一承诺从未兑现。保守派想要用来取代《平价医疗法案》的，并不是一个能惠及更多民众或覆盖更多风险的系统，而是一个要求个人自行承担更多风险的系统。替代方案差一点就通过了，但最后还是失败了。但是，所有这些政治操弄中最引人注目的，还是形势发生了重大变化——如

---

① Iber and Konczal, "Karl Polanyi for President."

今人们开始坚定地认为，医疗必须受到保护，不要受到不受任何约束的市场力量的影响①。

在扩大公共保险的问题上，医疗领域的政治势头已经从防御转为进攻。《平价医疗法案》的私营医保交易所一直在为达到预期注册人数而努力，在乡村地区对顾客的服务还不够深入，而且对很多人来说还是太贵了。这些跟鲁比诺在一个世纪前指出的私营医疗保险的局限一模一样。现在的人们也跟一个世纪前一样转而求助于志愿互助，试图通过社交媒体上的众筹捐款填补获取医疗服务的缺口。但是，这种临时措施无法提供足够有效且全面覆盖的安全保障，其失败在我们这个时代甚至更加明显。靠私营市场提供医疗保险有其局限，保守派又无法提出更好的市场替代方案（能否好好执行就更不用说了），因此现在辩论已经转向在直接提供医疗保险这个方面如何扩大政府作用。就连更保守的民主党人也签字同意以公共选择的形式扩大联邦医疗保险覆盖面的法案。单一支付者的全民医疗保险可以让所有人都享受到医疗服务，同时还降低了总开支，因此现在被当成需要认真考虑的目标来讨论，从杜鲁门总统执政以来还没有过这样的待遇②。

对自由的新型理解也改变了关于高等教育的讨论。这一代年轻人都饱受助学贷款债务之苦，他们看到，这一负担严重限制了他们过上自由生活的能力。与此相关，在次贷危机引发的大衰退期间，由于公共教育资金被削减，很多地方都爆发了抗议活动。不只是美国如此，类似的抗议活动也出现在英国、澳大利亚、魁北克和智利，通常都要面对警察的拳脚相加。从这时起，运动势头转向了相反的方向，包括反对紧缩政策，要求大学免费，要对所有有能力达到入学标准的人开

---

① Jackson, "6 Promises Trump Has Made about Health Care."
② Heller, "The Hidden Cost of GoFundMe Health Care"; Petersen, "The Real Peril of Crowdfunding Health Care."

放，而不是谁付得起钱谁读大学，还要求免除学生的助学贷款债务①。

对全民计划的关注也重新出现在用于儿童照护工作的基础建设中。纽约市推出了一个全民学前教育项目，并非只有贫困家庭可以享受，就是非常富裕的家庭也可以加入，让这个项目真正惠及了全民。这么做在为可接受政策定下基调的"看门人"中间引起了强烈反对，因为他们认为这是在劫贫济富，而不是只针对最贫困的父母。然而该项目还是取得了巨大成功，很大程度上就是因为有那么多人大力支持并为之辩护，包括有更多选择的那些人。其成功之处正是在于面向全民。如果没有得到来自各个收入阶层的广泛支持，这个项目不可能取得这么大的成功②。

关于为所有公民提供一个最低标准的保障，让所有人都能获得基本生活所需资源，就像《宅地法》努力为获得土地财富的权利提供的最低保障一样，关于这个问题也出现了一波新的思想潮流。一个世纪前支持社会保险的人就已知道，资本主义只会把收入分配给那些有工作或很富有的人，对儿童、学生、照顾孩子的人、残疾人、老年人以及所有无法通过市场拿到工资的人一律不闻不问，任由他们面对贫困并陷入不自由的境地。有人提出要么向全民提供有保障的收入，也就是全民基本收入，要么让所有人在成年时就可以得到一大笔现金补助，跟托马斯·潘恩几个世纪前提出的想法很相似。有些进行中的关于基本收入的实验发现，这一政策不会让人们脱离社会、失去人生目标，反而会带来真正的安全保障，生活也会变得更好。围绕着如何确

---

① 关于国际范围的反对高等教育市场化的抗议活动的讨论，在美国的语境中迷失了方向。下面有一些出色的报道：Jaffe, "Red Squares Everywhere"; Loofbourow, "No to Profit"。

② Goldstein, "Bill de Blasio's Pre-K Crusade."

定经济保障新的最低标准有哪些，人们的争论非常激烈，但这样的讨论能够出现，就已经说明有了关于如何确保自由的对话，这场对话也会远远超出只是让市场来介入的范畴①。

这些发展和讨论不只是很受欢迎，而且很有必要，因为在同一个领域，新的、反动保守的极右翼势力也在战斗。过去几十年，保守派把市场自由界定为不可或缺的自由。他们的指导原则就是将所有公共项目都下放、私有化或市场化，因为他们认为政府只会妨碍自由。无论是乔治·布什（George W. Bush）总统那样的保守主义（试图把社会保障计划私有化），还是众议院议长保罗·瑞安（Paul Ryan）那样的自由主义（试图把别的一切公共项目都私有化），在右翼中涉及市场与自由的问题时都是占据主导地位的思想。

然而对于以市场为主导的社会，历史上的保守主义者一直都觉得有些不安。新保守主义者欧文·克里斯托尔（Irving Kristol）在1970年代为资本主义"两呼万岁"，而不是完整的三呼万岁。在克里斯托尔看来，资本主义大获成功，削弱了人们对传统美德和道德规范的依附，尤其是最有钱的那些人，往往成了对慎思谨行和自力更生的思想最敬而远之的人。20世纪中叶的保守派人士，比如罗伯特·尼斯比特（Robert Nisbet），担心资本主义和想要遏制资本主义的政府行动都会摧毁公民社会，让社会变成一盘散沙。很多保守派思想家都对资本主义抱有怀疑乃至敌视的态度。他们有两个共同担心的问题：首先，资本主义摧毁了传统和等级制度，尤其是因为性别、种族和地位而产生的不平等；其次，资本主义扩张带来的混乱和没有保障的状态

---

① Bruenig, "Who Was Poor in 2016 and Why Our System Keeps Failing Them." 关于基本收入实验的影响，见 Marinescu, "No Strings Attached: The Behavioral Effects of U. S. Unconditional Cash Transfer Programs".

给了政府正当理由通过扩张来解决这些问题，代价就是让民间组织和私人机构做出牺牲。政府正在积极行动，想要提供经济保障、让一切都平等化，而对于想要维护等级制度、削弱政府影响的保守主义运动来说，资本主义是一把双刃剑①。

这种交织起来的憎恶——既憎恶资本主义，也憎恶政府为了缓解资本主义的影响而做出的反应——在特朗普总统这里得到了最强有力的支持。特朗普一直都有一种天赋，能把种族主义、性别歧视和市场之外的经济愿景结合起来，变成一个虚幻大礼包。特朗普利用其支持者愤懑不平的情绪，对于他们这种情绪究竟是来自种族问题还是经济问题，人们展开了无休无止的争论，然而各方观点的调查数据基础都非常薄弱。但真实情形是特朗普两方面都占了，因为在我们这个社会，种族和阶级不可能分而论之。特朗普声称会利用政府主要为养家糊口的白人男性带来经济保障，他承诺自己的选民，不让他们受到移民、外国人、全球贸易以及阴谋反对他们的精英阶层的威胁。也就是说，历史上美国人对不受限制的市场极为不信任，特朗普对此善加利用，还把种族主义和性别歧视的诉求加进这锅毒药，为一部分人炼制成"明天会更好"的海市蜃楼。具体结果包括富人减税，工作者的不确定因素越来越多，对其他人的监管也更强硬了。

特朗普在为自己的思想发起政治运动、构建思想体系时做得很差劲，很可能要归因于他的个人局限。但历史下一次重复这个循环时，恐怕就不会像他这么没有章法了。我们在这里讲述的，是自由如何要求我们远离市场，这一过程能让我们绕过极右翼的威胁。一场真正的运动，通过政府行动来遏制市场的运动，需要波及面广、大肚能容，而不是高墙深院、只让少数人得窥门径。全民社会保险、免费公共项

---

① Kolozi, *Conservatives Against Capitalism*, 12 - 21, 145 - 147.

目、经济保障，以及让工人掌握权力，这些都是能保证这个社会更加繁荣昌盛的举措——这些举措之所以能成功，是因为真的能起作用。特朗普的理想是又一次开历史倒车，就连对那些受其影响的人，这种理想都不会有任何帮助。

过去两百年，人们一直都在为在市场的边界之外开拓自由空间而不屈战斗，他们的斗争也留下了值得骄傲的遗产。我们要想成功，就必须好好利用这份遗产，并加以发扬光大。为了我们这个国家和社会的未来进行的战斗，不会因为关于市场失灵的辩论、因为会计师的资产负债表，或因为严格定制、日拱一卒的解决方案就取得成功。只有关于自由的辩论才能让我们赢得这些战斗。这几十年我们节节失利，甚至有那么一段时间，似乎无论什么替代方案都从公众视野中消失了。但现在，我们开始回忆起来。自由是我们的最后战场，现在我们再次回到这个战场上，生命不息，战斗不止。

致　谢

　　这是一本致力阐释财产何以是一种社会关系的书，在写作期间如果没有那么多人的帮助和启发，我是不可能写出来的。首先要感谢的是罗斯福研究所，这里是我过去十年的家。罗伯特·约翰逊（Rob Johnson）和安德鲁·里奇（Rob Johnson）两人在次贷危机刚刚发生时，冒着巨大风险把我这个用化名上网的博主请来，在这个他们刚刚起步的新地方讨论金融改革和失业率等问题。罗斯福研究所已经成长为进步思想和分析的强大来源，目前是在黄宝希（Felicia Wong）领导之下。黄宝希一直都很关注思想动态，对于在我们这个社会中行使权力的人也始终持有批判态度。所有跟我共事的人，以各种各样的方式拓展了或是跟我切磋过我的思路。特别感谢内莉·阿伯内西（Nellie Abernathy）和凯蒂·米拉尼（Katy Milani）为我的金融化工作提供的支持。现在，我们的基础经济和政治思想比我这一生中任何时候都更加炙手可热，而以这样的程度直接参与，正是罗斯福研究所卓然于世的原因。

　　本书是我从次贷危机以来一直思考的一些问题的集大成之作，在这个过程中帮助过我的所有人，我都需要好好感谢。金融危机刚发生时我就开始写博客讨论这场危机，来自以思拉·克莱因（Ezra Klein）、克里斯·海斯（Chris Hayes）、詹姆斯·夸克（James Kwak）

等人的鼓励和建议让我继续写了下去。一段时间后，我开始和编辑们一起工作，他们教会了我怎么写作、怎么讲故事，还让我在他们的页面上信笔尝试这些方法。罗斯福研究所的布赖斯·科弗特（Bryce Covert）和蒂姆·普赖斯（Tim Price），《异议》杂志的卡维娅·阿索卡（Kaavya Asoka）、娜塔莎·刘易斯（Natasha Lewis）和尼克·塞尔佩（Nick Serpe），《新探究》杂志的罗布·霍宁（Rob Horning），《波士顿评论》的德布·沙斯曼（Deb Chasman）和西蒙·韦克斯曼（Simon Waxman），《国家》杂志的萨拉·伦纳德（Sarah Leonard）和克里斯·谢伊（Chris Shay），《华盛顿邮报》旗下 Wonkblog 的编辑团队，沃克斯网站的克里斯·谢（Chris Shea），等等，是他们让我成为更好的作家，也帮助充实了我的这些想法。

21 世纪头十年的经济博客圈，以及 2010 年代初左翼杂志的重生，都创造了涌动至今的思想和知识潮流，在我看来值得青史留名。后面这波浪潮我也厕身其中，而在这股浪潮的裹挟下，我开始对政治有了更深入、更清晰的思考。本书需要特别感谢萨拉·贾菲（Sarah Jaffe）、阿斯特拉·泰勒（Astra Taylor）等人在助学贷款债务问题上提供的帮助，刚开始正是这个问题让我开始更严肃地思考本书的主要思想。感谢梅森（J. W. Mason）跟我讨论法人企业、公共部门以及整个经济体制所起的作用；感谢科里·罗宾帮我想明白了自由是一场决定性的战争；感谢亚伦·巴迪（Aaron Bady）花了整整一个夏天思考为什么免费公立高等教育如此重要，今天对我们这个社会还能起到哪些作用；感谢蒂姆·巴克（Tim Barker）跟我讨论本书应该着眼于哪些问题，这些讨论都至关重要；还要感谢彼得·弗拉塞（Peter Frase）推动我进行卡尔·波兰尼式的也是过于乐观的思考。

本书手稿从阅读各个章节和草稿的人的反馈中受益良多。他们包括：内莉·阿伯内西、梅尔萨·巴拉达兰（Mehrsa Baradaran）、蒂姆·巴克、肯德拉·博扎思（Kendra Bozarth）、埃德·布尔米拉（Ed Burmila）、本·埃德尔森（Ben Eidelson）、亨利·法雷尔（Henry Farrell）、安德烈娅·弗林（Andrea Flynn）、卡特里娜·福里斯特（Katrina Forrester）、劳伦斯·格利克曼（Lawrence Glickman）、埃里克·卢米斯（Erik Loomis）、迪伦·马修斯（Dylan Matthews）、莉诺·帕拉迪诺（Lenore Palladino）、蒂姆·普赖斯、萨比尔·拉赫曼、蒂姆·申克（Tim Shenk）、戴维·巴顿·史密斯以及黄宝希。

在我刚开始写这本书的时候，达娜·戈尔茨坦（Dana Goldstein）不但提供了从历史角度出发撰写政治政策的模型，也给了我很多很有帮助的建议。特别感谢罗斯玛丽（Rosemarie Ho）和克里斯蒂娜（Kristina Karlsson），她们的协助研究工作做得非常出色。大部分研究工作都是在国会图书馆进行的，这个公共机构庋藏丰富，不可多得。富兰克林·罗斯福总统图书馆暨博物馆的克尔斯滕·卡特（Kirsten Carter）帮助我查找了很多关于罗斯福新政的资料。还有很多人帮助我在写作时保持清醒，包括"跳水团队"的埃德·布尔米拉、马特·甘比诺（Matt Gambino）和埃里克·马丁（Erik Martin），以及"骰子城市"游戏商店（全美最好的游戏商店），让我每周都有了一个说"小岛，加油！"的地方。

本书刚开始不过是一大堆胡思乱想和奇谈怪论。感谢我的版权经纪梅尔·福莱斯曼（Mel Flashman），是他让这本书变成了真正的提案。"新出版社"的马克·费儒（Marc Favreau）承担了出版本书的风险，并在写作过程中提供了详细的反馈、修改，还划出了本书重点。感谢负责制作的埃米莉·阿尔巴里奥（Emily Albarillo），以及文字编辑工作极为出色的布赖恩·鲍恩（Brian Baughan）。

最后还要感谢我的父母汤姆和南希，以及我的弟弟戴夫，是你们鼓励着我度过了生命中的那么多曲折和突如其来的变化。感谢狗子

Odetta，是人类能想到的最好的研究伴侣。但最重要的是要感谢我一生的挚爱肯德拉·萨洛伊斯，是她让这一切有了价值。从东海岸一直到西海岸，这是一场永无间断的探险，我已经等不及想要看到，接下来会发生什么。感谢我们的女儿薇薇安，我们家的新成员。这本书伴随着你出生，也希望我们能留给你一个更美好的世界。从很多方面来说，这都是一本献给你的书，是我们已经学到，也想传递给未来的经验教训。有人说，讲述如何释放去商品化的潜能的书对小孩子来说可能会太深奥了，但我并不觉得对小孩子我们就要放低身段。他们什么都懂。

参考书目

Aikman, Duncan. "Townsendism: Old-Time Religion." *New York Times Magazine*, March 8, 1936.

Almond, Douglas, Kenneth Y. Chay, and Michael Greenstone. "Civil Rights, the War on Poverty, and Black-White Convergence in Infant Mortality in the Rural South and Mississippi," MIT Department of Economics Working Paper No. 07-04, December 31, 2006.

Ambrose, Brent W., Larry Cordell, and Shuwei Ma. "The Impact of Student Loan Debt on Small Business Formation." FRB of Philadelphia Working Paper No. 15-26, July 22, 2015.

Anderson, Elizabeth. *Private Government: How Employers Rule Our Lives (and Why We Don't Talk About It)*. Princeton, NJ: Princeton University Press, 2017.

Anderson, Karen. *Wartime Women: Sex Roles, Family Relations, and the Status of Women During World War II*. Westport, CT: Greenwood Press, 1981.

Appelbaum, Binyamin. *The Economists' Hour: False Prophets, Free Markets, and the Fracture of Society*. New York: Little, Brown and Company, 2019.

Associated Press. "Hoover Advocates Women's Wage Law." *New York Times*, June 7, 1936.

Association of Public and Land-Grant Universities. "The Land-Grant Tradition." Washington, DC: Association of Public and Land-Grant Universities, 2012.

Bady, Aaron, and Mike Konczal. "From Master Plan to No Plan: The Slow Death of Public Higher Education." *Dissent* 59, no. 4 (Fall 2012): 10–16.

Bagley, Nicholas. "Medicine as a Public Calling." *Michigan Law Review* 114 (2015): 57–106.

Bakija, Jon, Adam Cole, and Bradley T. Heim. "Jobs and Income Growth of Top Earners and the Causes of Changing Income Inequality: Evidence from US Tax Return Data," April 2012.

Balkin, Jack M. "Wrong the Day It Was Decided: Lochner and Constitutional Historicism." *Boston University Law Review* 85 (2005): 677–725.

Balogh, Brian. *A Government Out of Sight: The Mystery of National Authority in Nineteenth-Century America*. Cambridge: Cambridge University Press, 2009.

Banner, Stuart. *How the Indians Lost Their Land: Law and Power on the Frontier*. Cambridge, MA: Harvard University Press, 2005.

Barker, Tim. "Other People's Blood." *N+1*, Spring 2019. https://nplusonemag.com/issue-34/reviews/other-peoples-blood-2.

Beauchamp, Zack. "Elizabeth Warren's Really Simple Case for Breaking Up Big Tech." *Vox*, April 22, 2019.

Becker, Gary S. *Human Capital: A Theoretical and Empirical Analysis, with Special Reference to Education*. Chicago: University of Chicago Press, 2009.

Beito, David T. *From Mutual Aid to the Welfare State: Fraternal Societies and Social Services, 1890–1967*. Chapel Hill: University of North Carolina Press, 2000.

Bergmann, Barbara R. "A Swedish-Style Welfare State or Basic Income: Which Should Have Priority?" *Politics & Society* 32, no. 1 (March 2004): 107–18.

Berle, Adolf A., and Gardiner C. Means. *The Modern Corporation and Private Property*. New York: Macmillan, 1933.

Berlin, Isaiah. "Two Concepts of Liberty." In *Liberty Reader*, edited by David Miller, 33–57. Boulder, CO: Paradigm Publishers, 2006.

Bernstein, David E. "Lochner Era Revisionism, Revised: Lochner and the Origins of Fundamental Rights Constitutionalism." *Georgetown Law Journal* 92, no. 1 (April 2003).

Bernstein, Leonard. "The Working People of Philadelphia from Colonial Times to the General Strike of 1835." *The Pennsylvania Magazine of History and Biography* 74, no. 3 (July 1950): 322–39.

Biskupic, Joan. *The Chief: The Life and Turbulent Times of Chief Justice John Roberts*. New York: Basic Books, 2019.

Blumberg, Grace. "Sexism in the Code: A Comparative Study of Income Taxation of Working Wives and Mothers." *Buffalo Law Review* 21 (1971): 49–98.

Blumenthal, David, and James Morone. *The Heart of Power: Health and Politics in the Oval Office*. Berkeley: University of California Press, 2009.

Bossie, Andrew, and J.W. Mason. "The Public Role in Economic Transformation: Lessons from World War II." Roosevelt Institute, March 2020.

Boyle, James. "The Second Enclosure Movement and the Construction of the Public Domain." *Law and Contemporary Problems* 66, no. 1 (Winter–Spring 2003): 33–74.

Brands, H. W. *Traitor to His Class: The Privileged Life and Radical Presidency of Franklin Delano Roosevelt*. New York: Anchor Books, 2009.

Bratton, William W., and Michael L. Wachter. "Shareholder Primacy's Corporatist Origins: Adolf Berle and the Modern Corporation." *Journal of Corporate Law* 34 (2008): 99–152.

Brecher, Jeremy. *Strike!* Oakland, CA: PM Press, 2014.

Bremner, Robert H. *The Discovery of Poverty in the United States*. New Brunswick, NJ: Transaction Publishers, 1992.

Brinkley, Alan. *The End of Reform: New Deal Liberalism in Recession and War*. New York: Vintage Books, 1996.

———. *Voices of Protest: Huey Long, Father Coughlin, and the Great Depression*. New York: Vintage Books, 1983.

Bronstein, Jamie L. *Land Reform and Working-Class Experience in Britain and the United States, 1800–1862*. Stanford, CA: Stanford University Press, 1999.

Brown, Rebecca L. "The Art of Reading Lochner." *NYU Journal of Law & Liberty* 1, no. 1 (Summer 2005): 570–589.

Brown, Stephen J., and David S. Sibley. *The Theory of Public Utility Pricing*. Cambridge: Cambridge University Press, 1986.

Brown, Wendy. *Undoing the Demos: Neoliberalism's Stealth Revolution*. New York: Zone Books, 2015.

Bruenig, Matt. "Who Was Poor in 2016 and Why Our System Keeps Failing Them." *People's Policy Project*, September 12, 2017. https://www.peoplespolicy project.org/2017/09/12/who-was-in-poverty-in-2016.

Cahill, Marion Cotter. *Shorter Hours: A Study of the Movement Since the Civil War*. New York: Columbia University Press, 1932.

Campbell, Alexia Fernández. "Warren Just Released the Most Ambitious Labor Reform Platform of the 2020 Campaign." *Vox*, October 3, 2019.

Carney, William J. "The Legacy of the Market for Corporate Control and the Origins of the Theory of the Firm." *Case Western Reserve Law Review* 50, no. 2 (1999): 215–244.

Carr, Lowell Juilliard, and James Edson Stermer. *Willow Run: A Study of Industrialization and Cultural Inadequacy*. New York: Harper, 1952.

Center on Budget and Policy Priorities. "Policy Basics: Federal Tax Expenditures." Center on Budget and Policy Priorities, November 18, 2019. https://www. cbpp.org/research/federal-tax/policy-basics-federal-tax-expenditures.

———. "Policy Basics: Top Ten Facts about Social Security." Center on

Budget and Policy Priorities, August 14, 2019. https://www.cbpp.org/research/social-security/policy-basics-top-ten-facts-about-social-security.

Chander, Anupam, and Madhavi Sunder. "The Romance of the Public Domain." *California Law Review* 92 (2004): 1331–1374.

Cohen, Abby J. "A Brief History of Federal Financing for Child Care in the United States." *The Future of Children* 6, no. 2 (Summer/Fall 1996): 26–40.

Cohen, G. A. "Freedom and Money." In *On the Currency of Egalitarian Justice, and Other Essays in Political Philosophy*, 166–192. Princeton, NJ: Princeton University Press, 2011.

Cohen, Lizabeth. *Making a New Deal: Industrial Workers in Chicago, 1919–1939*. Cambridge: Cambridge University Press, 1990.

Cohen, Rachel M. "Los Angeles Teachers Poised to Strike." *The American Prospect*, January 7, 2019.

Cohen, W. "Random Reflections on the Great Society's Politics and Health Care Programs After Twenty-Years." In *The Great Society and Its Legacy: Twenty Years of United States Social Policy*, edited by Marshall Kaplan and Peggy Cuciti, 113–20. Durham, NC: Duke University Press, 1986.

Commons, John R., Ulrich B. Phillips, Eugene A. Gilmore, Helen L. Sumner, and John B. Andrews, eds. *A Documentary History of American Industrial Society*. Vol. 6. Cleveland, OH: Arthur H. Clark, 1910.

Commons, John R., David J. Saposs, Helen L. Sumner, E.B. Mittelman, H.E. Hoagland, John B. Andrews, and Selig Perlman. *History of Labour in the United States*. Vol. 2. New York: Macmillan, 1918.

Cooper, Melinda. *Family Values: Between Neoliberalism and the New Social Conservatism*. New York: Zone Books, 2017.

Covert, Bryce. "Here's What Happened the One Time When the U.S. Had Universal Childcare." *Think Progress* (blog), September 30, 2014. https://thinkprogress.org/heres-what-happened-the-one-time-when-the-u-s-had-universal-childcare-c965a3178112.

Cowie, Jefferson. *Stayin' Alive: The 1970s and the Last Days of the Working Class*. New York: New Press, 2010.

Crandall-Hollick, Margot L., and Gene Falk. "The Child and Dependent Care Credit: Impact of Selected Policy Options." Congressional Research Service, December 5, 2017.

Crawford, Margaret. "Daily Life on the Home Front: Women, Blacks, and the Struggle for Public Housing." In *World War II and the American Dream*, edited by Donald Albrecht, 90–143, Cambridge, MA: National Building Museum, 1995.

Crew, Michael A., and Paul R. Kleindorfer. *Public Utility Economics*. New York: St. Martin's Press, 1979.

Currarino, Rosanne. *The Labor Question in America: Economic Democracy in the Gilded Age*. Urbana: University of Illinois Press, 2011.

———. "The Politics of 'More': The Labor Question and the Idea of Economic Liberty in Industrial America." *The Journal of American History* 93, no. 1 (June 2006): 17–36.

Davis, Gerald F. *Managed by the Markets: How Finance Reshaped America*. Oxford: Oxford University Press, 2009.

Deverell, William F. "To Loosen the Safety Valve: Eastern Workers and Western Lands." *The Western Historical Quarterly* 19, no. 3 (August 1988): 269–285.

DeWitt, Larry. "The Decision to Exclude Agricultural and Domestic Workers from the 1935 Social Security Act." *Social Security Bulletin* 70, no. 4 (2010): 49–68.

Dittmer, John. *The Good Doctors: The Medical Committee for Human Rights and the Struggle for Social Justice in Health Care*. New York: Bloomsbury Press, 2009.

Douglass, John Aubrey. *The Conditions for Admission: Access, Equity, and the Social Contract of Public Universities*. Stanford, CA: Stanford University Press, 2007.

Downey, Kirstin. *The Woman Behind the New Deal: The Life and Legacy of Frances Perkins—Social Security, Unemployment Insurance, and the Minimum Wage*. New York: Anchor Books, 2010.

Dratch, Howard. "The Politics of Child Care in the 1940s." *Science & Society* 38, no. 2 (Summer 1974): 167–204.

Du Bois, W.E.B. *Black Reconstruction in America, 1860-1880*. New York: The Free Press, 1998.

Dubofsky, Melvyn, and Foster Rhea Dulles. *Labor in America: A History*. 8th ed. Wheeling, IL: Harlan Davidson, 2010.

Duhigg, Charles, and Steve Lohr. "In Technology Wars, Using the Patent as a Sword." *New York Times*, October 7, 2012.

Dworkin, Ronald. "What Is Equality? Part 2: Equality of Resources." *Philosophy & Public Affairs* 10, no. 4 (Autumn 1981): 283–345.

Eggertsson, Gauti B., Jacob A. Robbins, and Ella Getz Wold. "Kaldor and Piketty's Facts: The Rise of Monopoly Power in the United States." Washington Center for Equitable Growth, February 2018.

Epstein, Abraham. *Insecurity, a Challenge to America: A Study of Social Insurance in the United States and Abroad*. New York: H. Smith and R. Haas, 1933.

Ernst, Daniel R. *Tocqueville's Nightmare: The Administrative State Emerges in America, 1900–1940*. Oxford: Oxford University Press, 2014.

Esping-Andersen, Gøsta. *The Three Worlds of Welfare Capitalism*. Princeton, NJ: Princeton University Press, 1990.

Farber, Henry S., Daniel Herbst, Ilyana Kuziemko, and Suresh Naidu. "Unions and Inequality over the Twentieth Century: New Evidence from Survey Data." National Bureau of Economic Research, May 2018.

Foner, Eric. *Reconstruction: America's Unfinished Revolution, 1863–1877*. New York: Harper & Row, 1988.

———. *The Second Founding: How the Civil War and Reconstruction Remade the Constitution*. New York: W.W. Norton, 2019.

———. *The Story of American Freedom*. New York: W.W. Norton, 1998.

———. *Tom Paine and Revolutionary America*. New York: Oxford University Press, 1976.

Forrester, Katrina. *In the Shadow of Justice: Postwar Liberalism and the Remaking of Political Philosophy*. Princeton, NJ: Princeton University Press, 2019.

Foucault, Michel. *The Birth of Biopolitics: Lectures at the Collège de France, 1978–1979*. Edited by Michel Senellart. Translated by Graham Burchell. Basingstoke, UK: Palgrave Macmillan, 2008.

Fousekis, Natalie M. *Demanding Child Care: Women's Activism and the Politics of Welfare, 1940–1971*. Urbana: University of Illinois Press, 2011.

Fraser, Nancy. "Between Marketization and Social Protection: Resolving the Feminist Ambivalence." In *Fortunes of Feminism: From State-Managed Capitalism to Neoliberal Crisis*. Brooklyn, NY: Verso Books, 2013.

———. "Contradictions of Capital and Care." *New Left Review* 100 (August 2016): 99–117.

Fried, Barbara. *The Progressive Assault on Laissez Faire: Robert Hale and the First Law and Economics Movement*. Cambridge, MA: Harvard University Press, 1998.

Friedman, Lawrence M. *A History of American Law*. 3rd ed. New York: Simon and Schuster, 2005.

Friedman, Milton. "A Friedman Doctrine: The Social Responsibility of Business Is to Increase Its Profits." *New York Times Magazine*, September 13, 1970, 32–33, 123–126.

———. *Capitalism and Freedom*. Chicago: University of Chicago Press, 1962.

Frydman, Carola, and Raven E. Saks. "Executive Compensation: A New View from a Long-Term Perspective, 1936–2005." *The Review of Financial Studies* 23, no. 5 (2010): 2099–2138.

Fullwiler, Scott, Stephanie A. Kelton, Catherine Ruetschlin, and Marshall Steinbaum. "The Macroeconomic Effects of Student Debt Cancellation." Levy Economics Institute, February 2018.

Furman, Bess. "Child Care Plan Taken to Truman." *New York Times*, September 26, 1945.

Galbraith, John Kenneth. *The Great Crash, 1929*. Boston: Houghton Mifflin, 1997.

Garfield, Richard, Kendal Orgera, and Anthony Damico. "The Coverage Gap: Uninsured Poor Adults in States That Do Not Expand Medicaid." Henry J. Kaiser Family Foundation, March 2019. https://www.kff.org/medicaid/issue-brief /the-coverage-gap-uninsured-poor-adults-in-states-that-do-not-expand -medicaid.

Gates, Paul Wallace. "Federal Land Policy in the South 1866–1888." *The Journal of Southern History* 6, no. 3 (August 1940): 303–330.

———. *History of Public Land Law Development*. Washington, DC: U.S. Government Printing Office, 1968.

———. "The Homestead Law in an Incongruous Land System." *The American Historical Review* 41, no. 4 (July 1936): 652–681.

Gaydowski, John Duffy. "Eight Letters to the Editor: The Genesis of the Townsend National Recovery Plan." *Southern California Quarterly* 52, no. 4 (December 1970): 365–382.

Geiger, Roger L. *American Higher Education Since World War II: A History*. Princeton, NJ: Princeton University Press, 2019.

Gelder, Lawrence Van. "Fred Hechinger, Education Editor and Advocate, Dies at 75." *New York Times*, November 7, 1995.

Gifford, Christina N. "The Sonny Bono Copyright Term Extension Act." *University of Memphis Law Review* 30 (1999): 363.

Ginsburg, Ruth Bader. "Muller v. Oregon: One Hundred Years Later." *Willamette Law Review* 45, no. 3 (Spring 2009): 359–380.

Glickman, Lawrence. "Workers of the World, Consume: Ira Steward and the Origins of Labor Consumerism." *International Labor and Working-Class History* 52 (Fall 1997): 72–86.

Glickman, Lawrence B. *A Living Wage: American Workers and the Making of Consumer Society.* Ithaca, NY: Cornell University Press, 1997.

Gluck, Michael E., and Virginia P. Reno, eds. "Reflections on Implementing Medicare." National Academy of Social Insurance, January 2001.

Goldberg, Michelle. "This Is What Happens When You Slash Funding for Public Universities." *The Nation*, May 19, 2015.

Goldstein, Dana. "Bill de Blasio's Pre-K Crusade." *The Atlantic*, September 7, 2016.

———. "It's More Than Pay: Striking Teachers Demand Counselors and Nurses." *New York Times*, October 24, 2019.

———. "West Virginia Teachers Walk Out (Again) and Score a Win in Hours." *New York Times*, February 19, 2019.

Goodman, Paul. "The Emergence of Homestead Exemption in the United States: Accommodation and Resistance to the Market Revolution, 1840–1880." *The Journal of American History* 80, no. 2 (September 1993): 470–498.

Gorton, Gary B. *Slapped by the Invisible Hand: The Panic of 2007.* Oxford: Oxford University Press, 2010.

Gourevitch, Alex. *From Slavery to the Cooperative Commonwealth: Labor and Republican Liberty in the Nineteenth Century.* New York: Cambridge University Press, 2015.

———. "Labor and Republican Liberty." *Constellations* 18, no. 3 (September 2011): 431–454.

———. "The Limits of a Basic Income: Means and Ends of Workplace Democracy." *Basic Income Studies* 11, no. 1 (June 2016): 17–28.

Graeber, David. *The Democracy Project: A History, a Crisis, a Movement.* New York: Spiegel & Grau, 2013.

Gruber, Jonathan, and Daniel M. Hungerman. "Faith-Based Charity and Crowd-out During the Great Depression." *Journal of Public Economics* 91, no. 5 (June 2007): 1043–1069.

Grullon, Gustavo, Yelena Larkin, and Roni Michaely. "Are US Industries Becoming More Concentrated?" *Review of Finance* 23, no. 4 (2019): 697–743.

Gutierrez, German, and Thomas Philippon. "Investmentless Growth: An Empirical Investigation." *Brookings Papers on Economic Activity*, Fall 2017: 89–169.

Hacker, Jacob S. "Bigger and Better." *The American Prospect*, April 19, 2005.

———. *The Divided Welfare State: The Battle over Public and Private Social Benefits in the United States.* New York: Cambridge University Press, 2002.

Hacker, Jacob S., and Paul Pierson. *American Amnesia: How the War on Government Led Us to Forget What Made America Prosper.* New York: Simon and Schuster, 2016.

Hägglund, Martin. *This Life: Secular Faith and Spiritual Freedom.* New York: Pantheon Books, 2019.

Hansmann, Henry, and Reinier Kraakman. "The End of History for Corporate Law." *Georgetown Law Journal* 89 (2001): 439–468.

Hartmann, Susan M. *The Home Front and Beyond: American Women in the 1940s.* Boston: Twayne Publishers, 1982.

Hatch, Orrin G. "Toward a Principled Approach to Copyright Legislation at the Turn of the Millennium." *University of Pittsburgh Law Review* 59 (1997): 719–734.

Hawley, Ellis W. "Herbert Hoover, Associationalism, and the Great Depression Relief Crisis of 1930–1933." In *With Us Always: A History of Private Charity and Public Welfare*, edited by Donald T. Critchlow and Charles H. Parker, 161–190. Lanham, MD: Rowman and Littlefield Publishers, 1998.

———. "Herbert Hoover, the Commerce Secretariat, and the Vision of an 'Associative State,' 1921–1928." *The Journal of American History* 61, no. 1 (June 1974): 116–140.

Hechinger, Fred M. "Class War over Tuition." *New York Times*, February 5, 1974.

———. "Who Killed Free Tuition?" *New York Times*, May 18, 1976.

Heller, Nathan. "The Hidden Cost of GoFundMe Health Care." *New Yorker*, July 1, 2019.

Henwood, Doug. *Wall Street: How It Works and for Whom.* London: Verso, 1997.

Herbers, John. "Medicare Drive on Rights Urged; Negroes Would Deny Funds to Segregated Hospitals." *New York Times*, December 17, 1965.

Herbst, Chris M. "Universal Child Care, Maternal Employment, and Children's Long-Run Outcomes: Evidence from the US Lanham Act of 1940." *Journal of Labor Economics* 35, no. 2 (April 2017): 519–564.

Hertel-Fernandez, Alex. *Politics at Work: How Companies Turn Their Workers into Lobbyists.* New York: Oxford University Press, 2018.

Hicks, Alexander, Joya Misra, and Tang Nah Ng. "The Programmatic Emergence of the Social Security State." *American Sociological Review* 60, no. 3 (June 1995): 329–349.

Hicks, Nancy. "New Chief of Hospitals: John Lawrence Sullivan Holloman Jr." *New York Times*, March 15, 1974.

High, Stanley. *Roosevelt—and Then?* Freeport, NY: Books for Libraries Press, 1971.

Holmberg, Susan R. "Workers on Corporate Boards? Germany's Had Them for Decades." *New York Times*, January 6, 2019.

Howard, Christopher. *The Hidden Welfare State*. Princeton, NJ: Princeton University Press, 1997.

Howe, Daniel Walker. *The Political Culture of the American Whigs*. Chicago: University of Chicago Press, 1979.

———. *What Hath God Wrought: The Transformation of America, 1815–1848*. New York: Oxford University Press, 2007.

Hughes, Chris. *Fair Shot: Rethinking Inequality and How We Earn*. New York: St. Martin's Press, 2018.

Hunnicutt, Benjamin Kline. *Work without End: Abandoning Shorter Hours for the Right to Work*. Philadelphia: Temple University Press, 1988.

Hunter, Robert. *Poverty*. New York: Macmillan, 1904.

Iber, Patrick, and Michael Konczal. "Karl Polanyi for President." *Dissent*, May 23, 2016.

Ingraham, Christopher. "This Chart Is a Powerful Indictment of Our Current Health-Care System." *Washington Post*, March 8, 2017.

Jackson, Henry C. "6 Promises Trump Has Made About Health Care." *Politico*, March 13, 2017. https://politi.co/2Ok3ASP.

Jaffe, Sarah. "Red Squares Everywhere." *In These Times*, July 9, 2012. http://inthese times.com/article/13470/red_squares_everywhere.

———. "The Factory in the Family." *The Nation*, March 14, 2018.

Janocha, Jill, and Caleb Hopler. "The Facts of the Faller: Occupational Injuries, Illnesses, and Fatalities to Loggers 2006–2015." *Beyond the Numbers: Workplace Injuries* 7, no. 5 (April 2018). https://www.bls.gov/opub/btn/volume-7 /the-facts-of-the-faller-occupational-injuries-illnesses-and-fatalities-to-log gers-2006-2015.htm.

Julian, George Washington. *Speeches on Political Questions*. New York: Hurd and Houghton, 1872.

Karp, Matthew. *This Vast Southern Empire*. Cambridge, MA: Harvard University Press, 2016.

Katz, Michael B. *In the Shadow of the Poorhouse: A Social History of Welfare in America*. New York: Basic Books, 1996.

Katznelson, Ira. *Fear Itself: The New Deal and the Origins of Our Time*. New York: Liveright Publishing, 2013.

———. *When Affirmative Action Was White: An Untold History of Racial Inequality in Twentieth-Century America*. New York: W.W. Norton, 2005.

Katznelson, Ira, and Suzanne Mettler. "On Race and Policy History: A Dialogue About the GI Bill." *Perspectives on Politics* 6, no. 3 (September 2008): 519–537.

Kennedy, David M. *Freedom from Fear: The American People in Depression and War, 1929–1945*. New York: Oxford University Press, 1999.

Kens, Paul. *Lochner v. New York: Economic Regulation on Trial*. Lawrence: University Press of Kansas, 1998.

Kesselman, Amy Vita. *Fleeting Opportunities: Women Shipyard Workers in Portland and Vancouver During World War II and Reconversion*. Albany: State University of New York Press, 1990.

Keynes, John Maynard. *The General Theory of Employment, Interest, and Money*. New York: Springer, 2018.

Khan, Lina M. "Amazon's Antitrust Paradox." *Yale Law Journal* 126, no. 3 (January 2017): 710–805.

Kight, Stef W. "Exclusive Poll: Young Americans Are Embracing Socialism." *Axios*, March 10, 2019. https://www.axios.com/exclusive-poll-young-americans-embracing-socialism-b051907a-87a8-4f61-9e6e-0db75f7edc4a.html.

Klein, William A. "Tax Deductions for Family Care Expenses." *Boston College Industrial and Commercial Law Review* 14 (1972): 917–941.

Kolozi, Peter. *Conservatives Against Capitalism: From the Industrial Revolution to Globalization*. New York: Columbia University Press, 2017.

Konczal, Mike. "How to Waste a Crisis." *The New Inquiry*, November 26, 2013. https://thenewinquiry.com/how-to-waste-a-crisis.

———. "Parsing the Data and Ideology of the We Are 99% Tumblr." *Rortybomb* (blog), October 9, 2011. https://rortybomb.wordpress.com/2011/10/09/parsing-the-data-and-ideology-of-the-we-are-99-tumblr.

———. "The Voluntarism Fantasy." *Democracy*, no. 32 (Spring 2014).

———. "There Are Too Few Companies and Their Profits Are Too High." *The Nation*, July 12, 2019.

Konczal, Mike, and Marshall Steinbaum. "Declining Entrepreneurship, Labor Mobility, and Business Dynamism: A Demand-Side Approach." Roosevelt Institute, July 2016.

Krajeski, Jenna. "It Takes a Community College." *New Yorker*, October 27, 2009.

Kreader, J. Lee. "America's Prophet for Social Security: A Biography of Isaac Max Rubinow." PhD diss., University of Chicago, 1988.

———. "Isaac Max Rubinow: Pioneering Specialist in Social Insurance." *Social Service Review* 50, no. 3 (1976): 402–425.

Krippner, Greta R. *Capitalizing on Crisis: The Political Origins of the Rise of Finance*. Cambridge, MA: Harvard University Press, 2011.

Lause, Mark A. *Young America: Land, Labor, and the Republican Community*. Urbana: University of Illinois Press, 2005.

Lessig, Lawrence. *Free Culture: How Big Media Uses Technology and the Law to Lock Down Culture and Control Creativity*. New York: Penguin, 2004.

Leuchtenburg, William Edward. *Franklin D. Roosevelt and the New Deal, 1932–1940*. New York: Harper & Row, 1963.

Lindsey, Brink, and Steven M. Teles. *The Captured Economy: How the Powerful Enrich Themselves, Slow Down Growth, and Increase Inequality*. New York: Oxford University Press, 2017.

Litan, Robert E., and Jonathan Rauch. *American Finance for the 21st Century*. Washington, DC: Brookings Institution Press, 1998.

Loofbourow, Lili. "No to Profit." *Boston Review*, May 16, 2013. http://boston review.net/world/%E2%80%9Cno-profit%E2%80%9D.

Loomis, Erik. *A History of America in Ten Strikes*. New York: New Press, 2018.

Loss, Christopher P. *Between Citizens and the State: The Politics of American Higher Education in the 20th Century*. Princeton, NJ: Princeton University Press, 2012.

Lowrey, Annie. *Give People Money: How a Universal Basic Income Would End Poverty, Revolutionize Work, and Remake the World*. New York: Crown, 2018.

Lubove, Roy. *The Struggle for Social Security, 1900–1935*. 2nd ed. Pittsburgh, PA: University of Pittsburgh Press, 1986.

Lynn, Barry C. "Estates of Mind." *Washington Monthly*, July/August 2013.

Mackenzie, W. "A Winter Journey Through the Canadas." *New-York Tribune*, April 24, 1849.

Malmgren, Evan. "The New Sewer Socialists." *Logic*, December 1, 2017.

Manne, Henry G. "Mergers and the Market for Corporate Control." *Journal of Political Economy* 73, no. 2 (April 1965): 110–120.

Marinescu, Ioana. "No Strings Attached: The Behavioral Effects of U.S. Unconditional Cash Transfer Programs." Roosevelt Institute, May 2017.

Martin, Douglas. "Dr. John L. S. Holloman Jr. Is Dead at 82; Fought to Improve Health Care for the Poor." *New York Times*, March 2, 2002.

Martin, George Whitney. *Madam Secretary, Frances Perkins.* Boston: Houghton Mifflin, 1976.

Mason, Bruce. "The Townsend Movement." *The Southwestern Social Science Quarterly* 35, no. 1 (June 1954): 36–47.

Mason, J.W. "Disgorge the Cash." *The New Inquiry*, April 21, 2014. https://the newinquiry.com/disgorge-the-cash.

———. "Disgorge the Cash: The Disconnect Between Corporate Borrowing and Investment." Roosevelt Institute, February 2015.

———. "Public Options: The General Case." *The Slack Wire* (blog), September 5, 2010. https://jwmason.org/slackwire/public-options-general-case.

———. "The Economy During Wartime." *Dissent* 64, no. 4 (Fall 2017): 140–144.

———. "Understanding Short-Termism." Roosevelt Institute, November 2015.

McCaffery, Edward J. *Taxing Women.* Chicago: University of Chicago Press, 2007.

McKernan, Signe-Mary, Caroline Ratcliffe, C. Eugene Steuerle, Caleb Quakenbush, and Emma Kalish. "Nine Charts About Wealth Inequality in America." Urban Institute, October 5, 2017. http://urbn.is/wealthcharts.

Meckling, William H., and Michael C. Jensen. "Theory of the Firm: Managerial Behavior, Agency Costs and Ownership Structure." *Journal of Financial Economics* 3, no. 4 (October 1976): 305–360.

Menand, Louis. *The Metaphysical Club.* New York: Farrar, Straus, and Giroux, 2001.

Merritt, Keri Leigh. "Land and the Roots of African-American Poverty." *Aeon*, March 11, 2016. https://aeon.co/ideas/land-and-the-roots-of-african-american-poverty.

Mettler, Suzanne. *Degrees of Inequality: How the Politics of Higher Education Sabotaged the American Dream.* New York: Basic Books, 2014.

———. *The Submerged State: How Invisible Government Policies Undermine American Democracy.* Chicago: University of Chicago Press, 2011.

Michel, Sonya. *Children's Interests/Mothers' Rights: The Shaping of America's Child Care Policy.* New Haven, CT: Yale University Press, 1999.

Millhiser, Ian. *Injustices: The Supreme Court's History of Comforting the Comfortable and Afflicting the Afflicted.* New York: Nation Books, 2015.

Morgan, Kimberly J., and Andrea Louise Campbell. *The Delegated Welfare State:*

Medicare, Markets, and the Governance Of Social Policy. New York: Oxford University Press, 2011.

Morris, Andrew J. F. *The Limits of Voluntarism: Charity and Welfare from the New Deal Through the Great Society*. Cambridge: Cambridge University Press, 2009.

Moss, David A. *Socializing Security: Progressive-Era Economists and the Origins of American Social Policy*. Cambridge, MA: Harvard University Press, 1996.

———. *When All Else Fails: Government as the Ultimate Risk Manager*. Cambridge, MA: Harvard University Press, 2002.

Mueller, Gavin. "Digital Proudhonism." *boundary 2*, July 31, 2018. https://www.boundary2.org/2018/07/mueller.

Munn v. Illinois, 94 U.S. 113 (1877).

Nau, Michael, Rachel E. Dwyer, and Randy Hodson. "Can't Afford a Baby? Debt and Young Americans." *Research in Social Stratification and Mobility* 42 (December 1, 2015): 114–122.

Nemec, Mark R. *Ivory Towers and Nationalist Minds: Universities, Leadership, and the Development of the American State*. Ann Arbor: University of Michigan Press, 2006.

New York Times. "26 Negro Rallies Back Roosevelt," September 22, 1936.

———. "Defender of Health Care for Poor," October 21, 1976.

New-York Daily Tribune. "The National Reformers," October 11, 1845.

———. "The Public Lands—National Reform," January 23, 1846.

Novak, William J. *The People's Welfare: Law and Regulation in Nineteenth-Century America*. Chapel Hill: University of North Carolina Press, 1996.

———. "The Public Utility Idea and the Origins of Modern Business Regulation." In *The Corporation and American Democracy*, edited by Naomi R. Lamoreaux and William J. Novak, 139–176. Cambridge, MA: Harvard University Press, 2017.

Old Age Revolving Pensions, Ltd. *Old Age Revolving Pensions, a Proposed National Plan*. Long Beach, CA: Old Age Revolving Pensions, 1934.

Orren, Karen. *Belated Feudalism: Labor, the Law, and Liberal Development in the United States*. Cambridge: Cambridge University Press, 1991.

Paine, Thomas. "Agrarian Justice." https://www.ssa.gov/history/paine4.html.

Palladino, Lenore. "The Economic Argument for Stakeholder Corporations." Roosevelt Institute, July 2019.

Patterson, James T. *America's Struggle Against Poverty, 1900–1980*. Cambridge, MA: Harvard University Press, 1981.

Payne, Christopher. *The Consumer, Credit and Neoliberalism: Governing the Modern Economy*. London: Routledge, 2012.

Peck, Jamie, and Adam Tickell. "Neoliberalizing Space." *Antipode* 34, no. 3 (July 2002): 380–404.

Pepall, Lynne, Dan Richards, and George Norman. *Industrial Organization: Contemporary Theory and Empirical Applications*. 5th ed. Hoboken, NJ: Wiley, 2014.

Perkins, Frances. "Basic Idea Behind Social Security Program; Miss Perkins Outlines the Theory of Collective Aid to the Individual." *New York Times*, January 27, 1935.

———. *The Roosevelt I Knew*. New York: Penguin Books, 2011.

Pessen, Edward. "Thomas Skidmore, Agrarian Reformer in the Early American Labor Movement." *New York History* 35, no. 3 (July 1954): 280–296.

Petersen, Anne Helen. "The Real Peril of Crowdfunding Health Care." *BuzzFeed News*, March 11, 2017.

Pettit, Philip. "Freedom in the Market." *Politics, Philosophy & Economics* 5, no. 2 (2006): 131–149.

———. *Republicanism: A Theory of Freedom and Government*. Oxford: Clarendon Press, 1997.

Philippon, Thomas. *The Great Reversal: How America Gave Up on Free Markets*. Cambridge, MA: Harvard University Press, 2019.

Philippon, Thomas, and Ariell Reshef. "Wages and Human Capital in the US Finance Industry: 1909–2006." *The Quarterly Journal of Economics* 127, no. 4 (November 2012): 1551–1609.

Phillips-Fein, Kim. *Fear City: New York's Fiscal Crisis and the Rise of Austerity Politics*. New York: Metropolitan Books, 2017.

———. *Invisible Hands: The Making of the Conservative Movement from the New Deal to Reagan*. New York: W.W. Norton, 2009.

Pigou, A. C. *The Economics of Welfare*. London: Macmillan and Co., Ltd, 1920.

Pildes, Richard H. "Democracy, Anti-Democracy, and the Cannon." *Constitutional Commentary* 17 (2000): 295–319.

Pilz, Jeffrey J. *The Life, Work and Times of George Henry Evans, Newspaperman, Activist and Reformer (1829–1849)*. Lewiston, NY: Edwin Mellen Press, 2001.

Pistor, Katharina. *The Code of Capital: How the Law Creates Wealth and Inequality*. Princeton, NJ: Princeton University Press, 2019.

Plotke, David. "The Wagner Act, Again: Politics and Labor, 1935–1937." *Studies in American Political Development* 3 (Spring 1989): 104–156.

Polanyi, Karl. *The Great Transformation: The Political and Economic Origins of Our Time*. Boston: Beacon Press, 2001.

Potter, David Morris. *The Impending Crisis, 1848–1861*. Edited by Don Edward Fehrenbacher. New York: Harper & Row, 1976.

Pound, Roscoe. "Liberty of Contract." *Yale Law Journal* 18, no. 7 (May 1909): 454–487.

Proceedings of The Casualty Actuarial and Statistical Society of America. Vol. 2. Lancaster, PA: Press of The New Era Printing Company, 1916.

Proceedings of the First Annual Meeting of the National Fraternal Congress of America, 1914.

Purdy, Jedediah. "Neoliberal Constitutionalism: Lochnerism for a New Economy." *Law and Contemporary Problems* 77, no. 4 (2014): 195–213.

Putnam, Robert D. *Bowling Alone: The Collapse and Revival of American Community*. New York: Simon and Schuster, 2000.

Pyke, Alan. "Taking the Fight for $15 to the Old Confederacy." *Think Progress* (blog), August 16, 2016. https://thinkprogress.org/fight-for-15-richmond-convention-1dbc73e24183.

Quadagno, Jill, and Steve McDonald. "Racial Segregation in Southern Hospitals: How Medicare 'Broke the Back of Segregated Health Services.'" In *The New Deal and Beyond: Social Welfare in the South Since 1930*, edited by Elna C. Green, 119–137. Athens: University of Georgia Press, 2003.

Rahman, K. Sabeel. *Democracy Against Domination*. New York: Oxford University Press, 2017.

———. "Infrastructural Regulation and the New Utilities." *Yale Journal on Regulation* 35, no. 3 (2018): 911–939.

———. "Losing and Gaining Public Goods." *Boston Review*, September 5, 2017.

Rauchway, Eric. *The Great Depression and the New Deal: A Very Short Introduction*. Oxford: Oxford University Press, 2008.

———. *Winter War: Hoover, Roosevelt, and the First Clash over the New Deal*. New York: Basic Books, 2018.

Reagan, Ronald. *The Creative Society: Some Comments on Problems Facing America*. New York: Devin-Adair, 1968.

Pepperdine School of Public Policy. "Republican Party Platform," June 11, 1936.

https://publicpolicy.pepperdine.edu/academics/research/faculty-research/new-deal/1930s-party-platforms/repub36.htm.

Reynolds, P. Preston. "The Federal Government's Use of Title VI and Medicare to Racially Integrate Hospitals in the United States, 1963 through 1967." *American Journal of Public Health* 87, no. 11 (November 1997): 1850–1858.

Rich, Andrew. *Think Tanks, Public Policy, and the Politics of Expertise*. Cambridge: Cambridge University Press, 2004.

Richardson, Heather Cox. *The Death of Reconstruction*. Cambridge, MA: Harvard University Press, 2001.

———. *The Greatest Nation of the Earth: Republican Economic Policies During the Civil War*. Cambridge, MA: Harvard University Press, 1997.

Roark, James L. "George W. Julian: Radical Land Reformer." *Indiana Magazine of History* 64, no. 1 (March 1968): 25–38.

Robbins, Roy M. "Horace Greeley: Land Reform and Unemployment, 1837–1862." *Agricultural History* 7, no. 1 (January 1933): 18–41.

Roberts, William Clare. *Marx's Inferno: The Political Theory of Capital*. Princeton, NJ: Princeton University Press, 2017.

Robin, Corey. "Lavatory and Liberty: The Secret History of the Bathroom Break." *Boston Globe*, September 29, 2002.

———. "The New Socialists." *New York Times*, August 24, 2018.

———. *The Reactionary Mind: Conservatism from Edmund Burke to Donald Trump*. 2nd ed. New York: Oxford University Press, 2018.

———. "Reclaiming the Politics of Freedom." *The Nation*, April 6, 2011.

Rodems, Richard, and H. Luke Shaefer. "Left Out: Policy Diffusion and the Exclusion of Black Workers from Unemployment Insurance." *Social Science History* 40, no. 3 (Fall 2016): 385–404.

Rodgers, Daniel T. *Atlantic Crossings?: Social Politics in a Progressive Age*. Cambridge, MA: Harvard University Press, 1998.

Roediger, David R., and Philip S. Foner. *Our Own Time: A History of American Labor and the Working Day*. London: Verso, 1989.

Róna, Peter. "Letter in Response to Jensen." *Harvard Business Review* 89 (1989): 6–7.

Roosevelt, Franklin D. *Public Papers of the Presidents of the United States: F.D. Roosevelt, 1937*. Vol. 6. Washington, DC: United States Government Printing Office, 1941.

Rose, Sarah F. *No Right to Be Idle: The Invention of Disability, 1840s–1930s*. Chapel Hill: University of North Carolina Press, 2017.

Rosenberg, Gerald N. *The Hollow Hope: Can Courts Bring About Social Change?* 2nd ed. Chicago: University of Chicago Press, 2008.

Rosenfeld, Seth. *Subversives: The FBI's War on Student Radicals, and Reagan's Rise to Power*. New York: Farrar, Straus, and Giroux, 2013.

Rosenthal, Elisabeth. "That Beloved Hospital? It's Driving Up Health Care Costs." *New York Times*, September 1, 2019.

Rosenzweig, Roy. *Eight Hours for What We Will: Workers and Leisure in an Industrial City, 1870–1920*. Cambridge: Cambridge University Press, 1983.

Rossi, Jim, and Morgan Ricks. "Foreword to Revisiting the Public Utility." *Yale Journal on Regulation* 35, no. 3 (2018): 711–719.

Rothstein, Jesse, and Cecilia Elena Rouse. "Constrained After College: Student Loans and Early-Career Occupational Choices." *Journal of Public Economics* 95 (2011): 149–63.

Rubinow, Isaac Max. "Old-Age Pensions and Moral Values: A Reply to Miss Coman." *Survey*, February 28, 1914.

———. "Problems and Possibilities." *The Market World and Chronicle* 9, no. 9 (February 27, 1915): 286–289.

———. *The Quest for Security*. New York: H. Holt, 1934.

———. *Social Insurance: With Special Reference to American Conditions*. New York: H. Holt, 1913.

Salamon, Lester M. "Of Market Failure, Voluntary Failure, and Third-Party Government: Toward a Theory of Government-Nonprofit Relations in the Modern Welfare State." *Nonprofit and Voluntary Sector Quarterly* 16 (January 1987): 29–49.

Salmon, Felix. "Gen Z Prefers 'Socialism' to 'Capitalism.' " *Axios*, January 27, 2019. https://www.axios.com/socialism-capitalism-poll-generation-z-preference -1ffb8800-0ce5-4368-8a6f-de3b82662347.html.

Samansky, Allan J. "Child Care Expenses and the Income Tax." *Florida Law Review* 50 (April 1998): 245–294.

Satz, Debra. *Why Some Things Should Not Be for Sale: The Moral Limits of Markets*. New York: Oxford University Press, 2010.

Sawyer, Laura Phillips. "Contested Meanings of Freedom: Workingmen's Wages, the Company Store System, and the Godcharles v. Wigeman Decision." *The Journal of the Gilded Age and Progressive Era* 12, no. 3 (July 2013): 285–319.

Schickler, Eric. *Racial Realignment: The Transformation of American Liberalism, 1932–1965*. Princeton, NJ: Princeton University Press, 2016.

Schlesinger, Arthur M. "Was Olmsted an Unbiased Critic of the South?" *The Journal of Negro History* 37, no. 2 (April 1952): 173–187.

Schmitt, Mark. "Social Security's Enduring Legacy: Adaptability." *Roosevelt Institute* (blog), August 14, 2012. https://rooseveltinstitute.org/social-securitys -enduring-legacy-adaptability.

Seager, Henry Rogers. "Outline of a Program of Social Legislation with Special Reference to Wage-Earners." In *American Association for Labor Legislation: Proceedings of the First Annual Meeting*. Madison, 1908.

———. *Social Insurance, a Program of Social Reform*. New York: Macmillan, 1910.

Sellers, Charles. *The Market Revolution: Jacksonian America, 1815–1846*. New York: Oxford University Press, 1991.

Shesol, Jeff. *Supreme Power: Franklin Roosevelt vs. the Supreme Court*. New York: W.W. Norton, 2010.

Sinnreich, Aram. *The Essential Guide to Intellectual Property*. New Haven, CT: Yale University Press, 2019.

Sitaraman, Ganesh, and Anne L. Alstott. *The Public Option: How to Expand Freedom, Increase Opportunity, and Promote Equality*. Cambridge, MA: Harvard University Press, 2019.

Skidmore, Thomas E. *The Rights of Man to Property!: Being a Proposition to Make It Equal Among the Adults of the Present Generation, and to Provide for Its Equal Transmission to Every Individual of Each Succeeding Generation on Arriving at the Age of Maturity*. New York: printed for the author by Alexander Ming, 1829.

Skocpol, Theda. *Protecting Soldiers and Mothers?: The Political Origins of Social Policy in the United States*. Cambridge, MA: Harvard University Press, 1992.

Skocpol, Theda, Kenneth Finegold, and Michael Goldfield. "Explaining New Deal Labor Policy." *American Political Science Review* 84, no. 4 (1990): 1297–1315.

Slobodian, Quinn. *Globalists: The End of Empire and the Birth of Neoliberalism*. Cambridge, MA: Harvard University Press, 2018.

Smith, David Barton. *The Power to Heal: Civil Rights, Medicare, and the Struggle to Transform America's Health Care System*. Nashville, TN: Vanderbilt University Press, 2016.

Snay, Mitchell. *Horace Greeley and the Politics of Reform in Nineteenth-Century America*. Lanham, MD: Rowman & Littlefield, 2011.

Social Security History. "Message to Congress Reviewing the Broad Objectives and Accomplishments of the Administration," June 8, 1934. https://www.ssa.gov/history/fdrcon34.html.

Spence, Thomas. "The Rights of Infants." Marxists Internet Archive, 1797.

Spencer, Thomas T. "The Good Neighbor League Colored Committee and the 1936 Democratic Presidential Campaign." *The Journal of Negro History* 63, no. 4 (October 1978): 307–316.

Stahl, Jason. *Right Moves: The Conservative Think Tank in American Political Culture Since 1945*. Chapel Hill: University of North Carolina Press, 2016.

Starr, Paul. *The Social Transformation of American Medicine*. New York: Basic Books, 1982.

Stein, Herbert. *The Fiscal Revolution in America*. Chicago: University of Chicago Press, 1969.

Stein, Judith. *Pivotal Decade: How the United States Traded Factories for Finance in the Seventies*. New Haven, CT: Yale University Press, 2010.

Stephenson, George Malcolm. *The Political History of the Public Lands, from 1840 to 1862: From Pre-Emption to Homestead*. Boston: R.G. Badger, 1917.

Stoltzfus, Emilie. *Citizen, Mother, Worker: Debating Public Responsibility for Child Care After the Second World War*. Chapel Hill: University of North Carolina Press, 2003.

Stout, Lynn. "Bad and Not-So-Bad Arguments for Shareholder Primacy." *Southern California Law Review* 75 (2002): 1189–1209.

———. *The Shareholder Value Myth: How Putting Shareholders First Harms Investors, Corporations, and the Public*. San Francisco: Berrett-Koehler, 2012.

Talese, Gay. "Selma 1990: Old Faces and a New Spirit." *New York Times*, March 7, 1990.

Tarnoff, Ben. "A Socialist Plan to Fix the Internet." *Jacobin*, November 30, 2019.

Taylor, Astra. *Democracy May Not Exist, but We'll Miss It When It's Gone*. New York: Metropolitan Books, 2019.

———. *The People's Platform: Taking Back Power and Culture in the Digital Age*. New York: Metropolitan Books, 2014.

The Office. "Scott's Tots." Directed by B. J. Novak. Written by Gene Stupnitsky and Lee Eisenberg. NBC, December 3, 2009.

Tidwell, Mike. "The Quiet Revolution." *American Legacy*, Fall 2000.

Tippett, Rebecca. "Mortality and Cause of Death, 1900 v. 2010." *Carolina*

Demography (blog), June 16, 2014. https://www.ncdemography.org/2014/06/16/mortality-and-cause-of-death-1900-v-2010.

Tobin, James. "On Limiting the Domain of Inequality." *The Journal of Law and Economics* 13, no. 2 (October 1970): 263–277.

Tocqueville, Alexis de. *Democracy in America*. Translated by Arthur Goldhammer. New York: Library of America, 2004.

Truman, Harry. "Special Message to the Congress Recommending a Comprehensive Health Program." Harry S. Truman Library and Museum, November 19, 1945. https://www.trumanlibrary.gov/library/public-papers/192/special-message-congress-recommending-comprehensive-health-program.

Tuchinsky, Adam-Max. *Horace Greeley's New-York Tribune: Civil War-Era Socialism and the Crisis of Free Labor*. Ithaca, NY: Cornell University Press, 2009.

Twentieth Century Fund, ed. *The Townsend Crusade: An Impartial Review of the Townsend Movement and the Probable Effects of the Townsend Plan*. New York: Committee on Old Age Security of the Twentieth Century Fund, 1936.

U.S. Bureau of the Census. *Historical Statistics of the United States, Colonial Times to 1970*. Bicentennial edition. Washington, DC: U.S. Government Printing Office, 1975.

———. "Selected Historical Decennial Census Population and Housing Counts—Urban and Rural Populations," n.d. https://www.census.gov/population/www/censusdata/hiscendata.html.

U.S. Central Intelligence Agency. "The World Factbook: Country Comparison: Infant Mortality Rate." Accessed December 14, 2019. https://www.cia.gov/library/publications/the-world-factbook/rankorder/2091rank.html.

US Commission on Civil Rights. "Title VI, One Year After: A Survey of Desegregation of Health and Welfare Services in the South." Washington, DC: U.S. Government Printing Office, 1966.

U.S. Congress House Committee on the Judiciary. *Report of the Antitrust Subcommittee (Subcommittee No. 5) of the Committee on the Judiciary, House of Representatives, Eighty-Sixth Congress on Consent Decree Program of the Department of Justice*. Washington, DC: U.S. Government Printing Office, 1959.

U.S. Congressional Budget Office. "The Distribution of Major Tax Expenditures in the Individual Income Tax System," May 29, 2013. https://www.cbo.gov/publication/43768.

U.S. Executive Office of the President. "Patent Assertion and US Innovation." Washington, DC: U.S. Government Printing Office, 2013.

U.S. Federal Reserve Board. "2016 SCF Chartbook." Federal Reserve, October 16, 2017. https://www.federalreserve.gov/econres/files/BulletinCharts.pdf.

Venkatapuram, Sridhar. *Health Justice: An Argument from the Capabilities Approach.* Cambridge: Polity Press, 2011.

Wade, Wyn Craig. *The Fiery Cross: The Ku Klux Klan in America.* New York: Oxford University Press, 1998.

Walzer, Michael. *Spheres Of Justice: A Defense of Pluralism and Equality.* New York: Basic Books, 1983.

Ward, Paul W. "Wooing the Negro Vote." *The Nation*, August 1, 1936.

Watzinger, Martin, Thomas A. Fackler, Markus Nagler, and Monika Schnitzer. "How Antitrust Enforcement Can Spur Innovation: Bell Labs and the 1956 Consent Decree." SSRN Scholarly Paper. Rochester, NY: Social Science Research Network, February 27, 2017.

Weil, David. *The Fissured Workplace: Why Work Became So Bad for So Many and What Can Be Done to Improve It.* Cambridge, MA: Harvard University Press, 2014.

White, Richard. *The Republic for Which It Stands: The United States During Reconstruction and the Gilded Age, 1865–1896.* New York: Oxford University Press, 2017.

Wilentz, Sean. *Chants Democratic: New York City and the Rise of the American Working Class, 1788–1850.* 20th anniversary ed. London: Oxford University Press, 2004.

Williams, Bernard. "The Idea of Equality." In *Problems of the Self,* 230–249. Cambridge: Cambridge University Press, 1973.

Williams, Robert Chadwell. *Horace Greeley: Champion of American Freedom.* New York: New York University Press, 2006.

Williams, Trina. "The Homestead Act: A Major Asset-Building Policy in American History." Center for Social Development, 2000.

Witt, John Fabian. *The Accidental Republic?: Crippled Workingmen, Destitute Widows, and the Remaking of American Law.* Cambridge, MA: Harvard University Press, 2004.

———. "Rethinking the Nineteenth-Century Employment Contract, Again." *Law and History Review* 18, no. 3 (Fall 2000): 627–657.

Witte, Edwin Emil. *The Development of the Social Security Act: A Memorandum on the History of the Committee on Economic Security and Drafting and Legislative History of the Social Security Act.* Madison: University of Wisconsin Press, 1962.

Wolfman, Brian. "Child Care, Work, and the Federal Income Tax." *American Journal of Tax Policy* 3 (1984): 153–193.

Wood, Ellen Meiksins. *The Origin of Capitalism: A Longer View*. London: Verso, 2017.

———. "The Politics of Capitalism." *Monthly Review* 51, no. 4 (September 1999).

Wu, Tim. "Network Neutrality, Broadband Discrimination." *Journal of Telecommunications and High Technology Law* 2 (2003): 141–176.

Wykstra, Stephanie. "The Movement to Make Workers' Schedules More Humane." *Vox*, November 5, 2019.

Yellen, Janet. "Perspectives on Inequality and Opportunity from the Survey of Consumer Finances." Presented at the Conference on Economic Opportunity and Inequality, Federal Reserve Bank of Boston, Boston, MA, October 17, 2014. https://www.federalreserve.gov/newsevents/speech/yellen20141017a.htm.

Zaloom, Caitlin. *Indebted: How Families Make College Work at Any Cost*. Princeton, NJ: Princeton University Press, 2019.

Zietlow, Rebecca E. *Enforcing Equality: Congress, the Constitution, and the Protection of Individual Rights*. New York: New York University Press, 2006.

Zorn, Eric. "Ronald Reagan on Medicare, Circa 1961. Prescient Rhetoric or Familiar Alarmist Claptrap?" *Chicago Tribune—Change of Subject* (blog), September 2, 2009. https://blogs.chicagotribune.com/news_columnists_ezorn/2009/09/ronald-reagan-on-medicare-circa-1961-prescient-rhetoric-or-familiar-alarmist-claptrap-.html.

Mike Konczal
FREEDOM FROM THE MARKET
copyright © 2021 by Mike Konczal

图字：09 - 2022 - 0044 号

图书在版编目(CIP)数据

市场给不了的自由 / (美) 迈克·孔恰尔
(Mike Konczal) 著；舍其译. —— 上海：上海译文出版
社, 2023.8
(译文纪实)
书名原文：FREEDOM FROM THE MARKET
ISBN 978 - 7 - 5327 - 9213 - 9

Ⅰ. ①市… Ⅱ. ①迈… ②舍… Ⅲ. ①纪实文学—美
国—现代 Ⅳ. ①I712.55

中国国家版本馆 CIP 数据核字(2023)第 117178 号

市场给不了的自由
[美] 迈克·孔恰尔 著 舍 其 译
责任编辑/张吉人 装帧设计/邵旻 观止堂_未氓

上海译文出版社有限公司出版、发行
网址：www.yiwen.com.cn
201101 上海市闵行区号景路 159 弄 B 座
上海盛通时代印刷有限公司印刷

开本 890×1240 1/32 印张 7.5 插页 2 字数 165,000
2023 年 8 月第 1 版 2023 年 8 月第 1 次印刷
印数：0,001—8,000 册

ISBN 978 - 7 - 5327 - 9213 - 9/K · 311
定价：68.00 元